국선도의 큰 스승,
청산선사

국선도의 큰 스승, 청산선사

발행일	2022년 2월 11일			
지은이	眞目 고남준			
펴낸이	손형국			
펴낸곳	(주)북랩			
편집인	선일영	편집	정두철, 배진용, 김현아, 박준, 장하영	
디자인	이현수, 김민하, 허지혜, 안유경	제작	박기성, 황동현, 구성우, 권태련	
마케팅	김회란, 박진관			
출판등록	2004. 12. 1(제2012-000051호)			
주소	서울특별시 금천구 가산디지털 1로 168, 우림라이온스밸리 B동 B113~114호, C동 B101호			
홈페이지	www.book.co.kr			
전화번호	(02)2026-5777	팩스	(02)2026-5747	

ISBN   979-11-6836-164-5 03810 (종이책)   979-11-6836-165-2 05810 (전자책)

(주)북랩 성공출판의 파트너
북랩 홈페이지와 패밀리 사이트에서 다양한 출판 솔루션을 만나 보세요!
홈페이지 book.co.kr   •   **블로그** blog.naver.com/essaybook   •   **출판문의** book@book.co.kr

작가 연락처 문의 ▶ ask.book.co.kr
작가 연락처는 개인정보이므로 북랩에서 알려드릴 수 없습니다.

국선도의
큰 스승,

청산선사

眞目 고남준

지금의 환란을 미리 내다본 위대한 도인을 기리며

북랩 book Lab

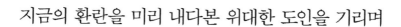

사랑하고 존경하는 아버님께 이 책을 바칩니다.

어언 13년 전쯤 이 책을 처음 집필하기 시작하던 때가 생각이 납니다.

잊혀져 가고 있는 청산선사와 그분께서 세상 사람들을 향하여 주고자 하신 메시지를 세상에 알려야 할 때가 되었고, 이 메시지를 통하여 앞으로 다가올 환란을 잘 극복할 수 있도록 하여야 한다는 제 나름의 사명감으로 펜을 들기 시작하였습니다.

그래서 2년 뒤 2010년도 10월경에 마침내 『청산선사』라는 제목으로 책을 출판하게 되었습니다.

당시 선사님의 가르침을 종합적으로 볼 때 앞으로 돌아오는 자년子年(2020년)을 기점으로 전 지구적인 엄청난 변화가 예상되었습니다. 그리고 그로 인하여 발생할 긴박한 미래의 상황들을 생각해보았습니다.

이때가 되면 무엇보다도 바이러스의 괴질로 인하여 전 세계인들이 위험하게 될 것인데, 많은 학자들이 해결책을 찾으려고 노력은 하겠지만 결론은 단전호흡이 답이라는 것을 알고 수련들을 하게 될 것이라고 하셨던 말씀을 떠올려보게 되었습니다.

그렇다면 그때를 대비하여 현재 매너리즘 속에 생활하는 많은 수련인들과 특히 지도자들에게 다시 한번 선사께서 하산下山하실 때의 상황과 심경 그리고 삶 속에서 그토록 몸부림치며 보여주고 일깨워주며 전하려 하셨던, 세상을 향한 메시지를 다시 상기시켜 마음의 준비를 할 수 있도록 하여야 한다는 제 나름의 소신을 가지고 이 책의 초판을 만들게 되었던 것입니다.

그 이후로 세월은 무심히 흘러 2020년 자년子年을 기점으로 선사님께서 주시하던 세계적 환란의 시기가 본격적으로 시작되었습니다.

그것도 정확하게 1월부터 시작하여 불과 2~3개월 사이에 전 세계로 코로나바이러스가 확산하여 팬데믹이라는 초유의 사태가 벌어지게 되었습니다.

이렇게 미래를 정확히 예언하신 청산선사라는 분은 과연 어떤 분일

까? 또한 이것 이외의 다른 예언들이 있을까? 하는 의문을 가져볼 만
할 것입니다.

이 책은 바로 대한민국의 위대한 도인 중 한 분이시며 국선도를 현대
인들에게 처음 알리시고 앞으로 일어날 전 지구적 변화를 예언하신 '청
산선사靑山伕篩'에 관한 책입니다.

청산선사는 저의 스승이자 아버지입니다.
청산선사는 14세의 어린 나이에 우연히 길을 가다 스승이신 청운도
인靑雲道人을 만나 입산入山하게 되었고 산중에서만 20년간 국선도를
수도修道하여 도道를 이루셨습니다.
이후 사부의 명에 따라 1967년 하산下山하여 오랜 세월 산중에서만
이어오던 우리 민족 고유의 심신수련心身修煉 비전秘傳인 국선도(밝돌법)
를 세상에 널리 알리고 보급하셨습니다.
그리고 지난 갑자년(1984년)에 세속의 인연에 따른 세상에 대한 정명

定命을 다하고 재입산하셨습니다.

아직도 귓가에는 선사의 말씀이 쟁쟁한데, 세월은 그 사이 세 번의 자子년이 지나고 또 1년여의 시간이 지났습니다. 새삼 가슴이 뭉클해집니다.

선사께서 입산하신 후, 이 세상에는 참 많은 변화가 있었습니다. 지구온난화로 인한 남북극 빙하의 빠른 해빙과 추측하기 어려운 전 지구적 이상기후와 환경 이변, 러시아, 중국의 변화와 자국의 이익을 위한 자원 확보로 인한 국가 간 신냉전체제 그리고 오늘날 팬데믹과 같은 상황 등등, 과거에는 볼 수 없었던 엄청난 일들이 짧은 시간에 압축적으로 발생했습니다.

앞으로 세상이 어떻게 변할지에 대해 세계의 많은 사람이 예언을 해왔습니다. 저마다 자신의 관점에서 미래에 대해 언급하였습니다. 그런데 잘 알려진 예언가들을 포함하여 다양한 사람들이 너무나 많은 이야기를 쏟아내다 보니, 그 메시지들이 공통적으로 지닌 크고도 중대한 함의含意를 인식하지 못하고 이제는 오히려 가볍게 스쳐 지나가는 말로 무심히 받아들이고 있는 형편입니다.

이러한 때에, 우리 곁에 가장 가까이 계시며 가르침을 주셨던 위대한 도인인 청산선사의 가르침을 다시금 널리 밝혀서 그간 들어왔던 동서양의 여러 예언들의 진의를 확실하게 하고, 후천의 조화선경造化仙境으로 넘어가기 전에 전 지구적인 격변과 환란에 잘 대비하게 하며, 나아가 그 격변과 환란 속에서 전 세계 인류를 구원救援하고 구활救活할 수 있도록 준비하고자 하는 것이 바로 이 책을 쓰는 목적이자 이유입니다.

선사께서는 전 지구적인 자연의 재앙과 대처하기 어려운 치명적인 질병들, 그리고 그런 환란이 지난 후에 이루어질 꿈같은 지상선경地上仙境에 대해 알려주셨습니다.

또한 그 환란에 대비하기 위한 가장 효과적인 방법이자 전인적全人的인 수련법으로서 국선도를 우리 민족과 전 인류에게 제시해주셨습니다. 그래서 우리가 먼저 수련하여 참사람이 되고, 환란을 이기며, 나아가 전 세계 인류를 구활하여 천지조화天地造化로 이루어질 선세계仙世界로 인도하라는 가르침을 주셨습니다.

전 세계 인류를 새로운 지상선경으로 인도해야 할 사명, 이것이 바로 국선도의 사명이며 우리 민족의 정명定命임을 선사께서 분명히 밝혀주신 것입니다.

이 글은 제가 아버지이자 스승인 청산선사를 가장 가까이에서 모시고 살아오면서 직접 보고 듣고 훈도訓導받은 내용입니다. 위대한 도인이 세상과 사람을 향해 품고 있는 간절하고도 깊은 마음이 이 글로 얼마나 잘 전달될는지 참으로 송구한 마음입니다. 그럼에도 불구하고 글을 쓸 수밖에 없었던 것은 이 일이 제게 주어진 평생의 의무라고 생각했기 때문입니다. 하지만 제가 아는 내용을 이 책에서는 다 밝히지 못한 답답함도 있습니다. 그러나 독자 제현들께서 선사의 참뜻을 파악하기에 어려움은 없으리라 생각합니다.

아무쪼록 선사의 진정한 메시지가 일단이라도 전해져서 세상의 많은 사람들과 수도자들에게 조금이라도 도움이 될 수 있기를 간절히 바랍니다. 독자 여러분의 너그러운 이해 있으시기를 다시 당부드립니다.

끝으로 이 책을 기꺼이 내주신 북랩 출판사에 깊은 감사의 말씀을 드립니다.

모든 분의 정진과 건안을 삼가 기원하면서

天元紀 9770년 임인년 정월

진목眞目 고남준

목차

✦ 5장 ✦
속세의 발자취

✦ 6장 ✦
후천을 버다보며

1장

도법의 계승자

"산에 올라 심산유곡深山幽谷 거닐자니 사부님 생각 간절하고, 이끼 덮어 미끄러우니 맨발 산중수도山中修道하던 옛 시절 그립구나. … 풍진세파 뛰어넘어 호연지기 키워가니, 독보건곤獨步乾坤 수반아誰伴我 읊은 고인 생각 절로 나네. 사부님 아니시면 이 맛을 어이 알았으리."

청산, 무갑산 수도원에서

우리 곁의 대도인, 청산

청산선사께서는 머무시는 방에 항상 어항을 놓으셨다. 보통 가정용 어항 중에도 제일 큰 어항을 놓으셨고, 방이 제법 클 때는 대형 어항 두 개를 나란히 붙여놓고 풍성한 수초에 다양한 물고기를 사다 기르셨다. 그리고 한가할 때마다 어항 속을 구경하는 일을 즐기곤 하셨다.

"나는 어항 속 물고기들을 바라보고 있으면 시간 가는 줄 모른다."

한번은 나도 함께 어항 속을 구경하고 있었는데, 그때 선사는 이런 말씀을 하셨다.

"너도 이것을 배워야 해."

나는 그 말씀의 의미를 몰라 한동안 어항 속을 자주 들여다봤고, 그 후로도 어항을 볼 때마다 속으로 '무엇을 배워야 하는 거지?' 하고 깊은 생각에 빠지는 버릇이 생겼다.

그런데 한참이 지난 후에, 꾸준히 수련을 해오던 어느 날 한순간에 나도 모르게 무릎을 쳤다.

"이 말씀이셨구나!"

어항 속을 이 세상의 모습이라 한다면, 어항을 바라보는 사람은 신이나 조물주의 입장이라고 할 수 있다. 따라서 우리는 세상 속에서 살되,

세상을 바라보는 관점만큼은 높고 멀리 떨어진 곳에서 지켜보듯 해야한다.

이러한 나의 깨달음이 정답인지 알 수는 없다. 하지만 이로 인하여 나는 수련을 통해 의식을 확장하는 데 커다란 도움을 받았다.

지금 생각해보니, 선사께서 세상에 모습을 드러내고 가르침을 펴실 때의 모습이 꼭 그와 같지 않았나 싶다. 선사는 나의 눈앞에 계셨지만, 나는 그의 가르침을 온전히 받아들일 그릇이 되지 못했다. 나뿐만 아니라 다른 수련인들의 경우도 마찬가지일 것이다.

하지만 다행스럽게도 선사는 '눈 있고 귀 있는 자는 보고 들을 수 있도록' 입산하기 전까지 말씀으로, 몸으로, 그리고 생활 그 자체로써 사람들에게 가르침을 주셨고 그것들은 나와 여러 제자의 기억 속에 생생하게 남아 있다.

나는 당시에 잘 이해하지 못했던 선사의 말씀이 시간이 지나면서 새롭게 깨달아지는 경험을 무수히 했다. 또한 선사께서 시대를 앞서 말씀하신 부분, 특히 예언적인 가르침은 오히려 오늘날에야 그 의미가 생생하게 다가오곤 한다.

독자 여러분도 이 책을 읽어가면서, 청산선사라는 위대한 스승을 통해 삶의 깨달음과 수련의 지침을 얻게 될 것이다(청산선사는 필자의 아버지이며 스승이시므로 이 책에서는 '선사'라는 호칭을 사용하고자 한다. 또한 혼동을 피하기 위해 선사의 선대 스승님들은 '도인'이라는 호칭으로 따로 구분할 것이다).

선사의 도력은 의심할 여지가 없는 진실이다. 선사께서 1970년대에 보이신 시범들은 당시 매스컴의 주목을 받으며 상당히 알려졌는데, 그

중에서도 일본 오사카에서 열린 만국박람회, 일명 '엑스포 70'에서 일본 후지TV의 초청으로 시범을 보이신 것이 대표적이다. 그때의 시범은 한국의 TV에도 여러 번 방영된 적이 있고 촬영된 필름은 지금도 보관되어 있으며 유튜브를 통하여 볼 수 있다.

당시 선사는 관람객들이 보고 있는 공개홀에서 다양한 시범을 보이셨다.

처음에는 길이가 대략 60센티미터 정도 되고 두께가 약 10센티미터인 각목에 한 뼘 정도 되는 대못을, 못의 머리에 얇은 헝겊만 살짝 감고는 아무 도구 없이 얼굴의 볼로 눌러 관통시키셨다. 그러고는 그 못을 다시 치아로 물어서 뽑아버리는 시범을 보이고 그 못을 손으로 부러뜨려 반 토막을 낸 뒤 옆에다 놓으셨다. 이어서 두 번째 대못을 박을 때는 헝겊도 없이 치아로 눌러 박다가 마지막은 손으로 눌러 박고는 그 못을 다시 손으로 잡아당겨 뽑아버리셨다. 그리고 이번엔 그 못을 반으로 접다시피 하여 완전히 구부려서 당시 진행을 맡은 아나운서에게 주니 아나운서는 그저 놀랍다는 감탄의 말만 되풀이했다.

다음으로 보인 시범은 상하 약 50센티미터, 좌우 30센티미터, 두께는 약 5센티미터 정도 되는 송판 두 장을 좌측과 우측에서 두 사람이 한 장씩 가슴 높이에서 잡게 하고는, 주먹을 쥐었다가 오른손 엄지와 새끼손가락만 펴고 두 손가락에 기를 넣어 먼저 오른쪽의 송판을 새끼손가락으로 격파하고 이어 왼쪽의 송판을 엄지로 격파하는 시범을 보이셨다.

그다음은 바위를 격파하는 시범을 보이셨다. 먼저 양쪽에 두껍고 평평한 돌을 놓고 그 위에 격파할 돌을 놓았는데, 그 길이가 약 40센티미터에다 두께는 약 25센티미터 정도 되었다. 선사는 잠시 호흡을 고르고 난 후에 기합 소리와 함께 이마로 돌을 받아 격파하셨다. 그러고는 방금 격파한 크기와 비슷한 돌을 놓고 이번에는 발로 밟아서 격파하셨다. 이 돌도 보기 좋게 두 동강 났다.

여기에서 흥미로운 사실은, 시범이 끝나고 후지TV 방송국에서 느린 화면으로 자세히 보니까 바위나 송판에 몸이 닿기 전에 물체에 금이 먼저 갔다는 것이다. 이는 시범이 끝나고 얼마 뒤에 후지TV 방송국에서 알려온 사실이다.

그다음으로 선사는 바닥에 옆으로 누워 두꺼운 수건 뭉치를 베개 삼아 머리를 받치고 다시 머리 위에 또 두꺼운 수건 뭉치를 얹으셨다. 그리고 두 사람이 겨우 들 만한 커다란 바위를 머리 위에 얹고 또 그 위에 약간 작은 바위를 포개어 얹고는, 제자 한 사람이 큰 해머로 바위 위를 사정없이 세 번 내리쳤다. 위에 얹힌 바위는 불똥이 튀며 산산조각이 났고, 선사께서는 바위를 밀치고 아무렇지도 않게 자리에서 일어나셨다. 대략 100kg은 될 만한 바위의 무게는 물론이고 해머의 충격까지 멀쩡히 견뎌낸 것이다.

마지막은 저녁 무렵에 공개홀이 아닌 야외로 나가 불속에 들어가 견디는 시범이었다. 이 시범을 하기 위하여 먼저 지름이 약 4미터 정도 되는 원의 둘레에 여러 개의 말뚝을 박고 석유가 묻은 솜뭉치 줄을 약 20센티미터 간격 높이로 여러 겹을 둘러 약 2미터의 높이로 만들었다. 그러니까 원으로 된 장막이 쳐지고, 원 가운데 바닥에는 볏짚 같은 것이 깔린 상황이었다.

그 장막 앞에서 선사는 잠시 아나운서와 통역관을 통해 인터뷰를 하고 나서 걸치고 있던 가운을 벗었다. 그리고 머리와 아래쪽만 흰 천으로 가린 복장으로 횃불 하나를 받아들고 천천히 장막 안으로 들어갔다. 이어서 들고 있던 횃불을 밖으로 던져 신호를 보내고 중앙에 양손 합장하여 앉으셨다. 외부에서 대기하고 있던 몇 사람들이 석유 묻은 솜뭉치에 불을 붙였고, 불길은 삽시간에 번져 완전히 화염에 휩싸였는데 그때 바람마저 세게 불어 보는 사람으로 하여금 가슴 조이게 하였다. 결국 솜뭉치가 다 타고 불길이 거의 꺼질 때 선사께서는 밖으로 태연히 걸어 나오셨다. 그 불속에서 견디고 나온 시간을 재어보니 약 8분 정도였다.

옛날 임진왜란 때 일본인들이 사명대사의 도력을 시험하려고 철화방에 앉혀 놓고 밤새도록 불을 때고는 죽었겠지 하고 아침에 방문을 열어보니 방 안이 온통 춥고 사명대사의 수염에는 고드름까지 맺혀 있었다는 일화를 떠올리게 하는 시범이었다. 실제로 선사께서도 시범을 보이기에 앞서 "누구나 수도를 하여 도를 이루면 범인의 경지를 넘어 불가사의한 도력을 보일 수가 있는데, 옛날 사명대사가 철화방에서 견딜 수 있었던 것도 수도를 하여 나타낸 도력의 힘이므로 그와 같은 시범을 보여드리겠습니다" 하고 말씀하셨다.

이처럼 선사께서 여러 가지 도력道力 시범을 직접 보인 것은 사람들로 하여금 관심과 호기심을 갖게 하기 위함이었다. 선사가 하산하실 당시에는 아주 극소수의 사람들 빼고는 단전丹田이란 말조차 모르는 현실이었기 때문이다.

선사께서 당대의 무술인들이나 차력사들과 겨룬 일화가 많은 것도 당시의 시대 상황과 관련이 깊다. 주지하는 바와 같이 70년대는 궁핍한 생활 속에서 힘 있고 주먹 센 사람들이 거리를 활보하며 자기 과시를 하던 때였다. 그래서 자연히 차력사들과 무술의 대가들이 한자리에 모여 경합을 벌이는 경우가 종종 있었는데, 그럴 때마다 선사께서는 그들보다 한 차원 높은 도력을 보이면서 이들을 수련의 길로 이끄셨다. 날고뛰던 무술의 대가들조차 실기와 시범 면에서 압도적으로 뛰어난 선사의 능력을 인정할 수밖에 없었다.

선사께서 이처럼 속세에 나와 활동을 하신 데는 분명한 목적이 있었다. 선사는 경계를 구분하기 어려울 정도로 범위가 아주 넓으신 분이셨다. 농사꾼과 만나면 농사꾼이 되고, 학자들과 만나면 학자가 되고, 수도인修道人을 만나면 수도인으로서의 진정한 모습을 보여주며 그들의 길을 터주는 스승이 되어주셨다. 그런 품성을 지닌 분이 굳이 세상에 몸을 드러내신 것은 인류에게 중요한 무엇인가를 알리고 전해주기 위해서였다. 물론 그것은 선사가 선대 스승들로부터 받은 사명이자 스스로의 정명일 것이다.

선사는 어린 나이에 스승을 만나 납치되다시피 하여 산에서 근 20년간을 우리 민족 전래의 밝돌법, 즉 국선도를 수도하여 득도하셨다. 그리고 앞으로 닥칠 환란에서 많은 사람들을 살리기 위해서, 직접 체득한 국선도를 세상 사람들에게 널리 알려야 하는 임무를 받으셨다.

60년대 말에 하산하신 후로 1984년도 대갑자년이 되면 재입산해야 한다는 말씀을 여러 번 하셨다. 그리고 1984년도 이후부터는 기울어진 지구의 지축이 바로 서기 시작하면서 후천 세계로 들어간다고도 하셨다. 그 이후 점차적으로 지구에 큰 변화가 오게 되고 언제부터인가 수많은 사람들이 죽게 되는데, 그때 환란을 이겨낼 수 있는 방법이 바로 국선도 수련법이라는 점을 강조하셨다.

그래서 선사께서는 국선도 수련이 무엇인가를 알리고 또 수련을 하면 이 정도의 도력을 부릴 수 있다는 것을 몸소 보이고자 하셨다. 선사가 보이신 도력 시범들을 그저 눈요깃거리로만, 또는 감탄의 대상으로만 여겨서는 안 되는 이유가 여기에 있다.

그가 말씀하신 '환란'은 그동안 세계적인 예언가들이 말한 내용과 이제는 실제 벌어지고 있는 바이러스로 인한 세계적 팬데믹에 대한 내용과도 같은 점이 많다. 그렇지만 선사께서는 "이렇게 될 것이다"에서 그치지 않고 "그러니 우리는 이렇게 해야 한다"는 메시지까지 자신의 삶을 통해 보여주셨다. 또한 결국 인류가 이르게 될 지상낙원의 모습까지도 세세히 예언하였다. 이는 선사가 저술한 『삶의 길』에 잘 나와 있는데, 이 책에서도 우리는 그 예언들의 의미를 수많은 일화와 더불어서 상세히 살펴보게 될 것이다.

필자는 선사의 예언에 대해 깊은 믿음을 가지고 있다. 국가적인 중대사가 있을 때마다 미리 정확하게 미래를 내다보시는 모습을 여러 번 보아왔기 때문이다. 예를 들면, 박정희 대통령이 살아 있을 때는 그분의 죽음에 대해 오래전부터 언급하셨고, 서거하기 한 달 전쯤에는 "박대통령의 명命이 이제 한 달 남았다"고 말씀하셨다. 그리고 정말로 한 달 만에 TV 뉴스에서 서거했다는 소식이 들려왔다.

선사께서는 그 인물이 언제 어디에서 태어났는가 하는 것을 중요하게 생각하셨던 듯싶다. 특히 오래전부터 김일성과 박정희 두 사람을 비교하시며 '인걸지령법人傑地靈法'으로 풀어보면 김일성은 제 명에 죽게 되고 박정희는 남의 손에 의해 죽게 된다고 말씀하시기에 "인걸지령법이 뭐예요?" 하고 여쭤보니 이렇게 답해주셨던 기억이 있다.

"누구나 사람은 자기가 태어난 땅의 지기를 받고 태어나는데, 태어난 곳을 정확히 알게 되면 그곳과 결부시켜 풀다가 마지막에 그 사람의 사주를 집어넣으면 몇 날 몇 시에 어떻게 죽는다는 것이 정확히 나온다."

그러시고는 "김일성은 만경대에서 태어났는데…" 하시며 마치 어렸을 때 아이들이 "원숭이 똥구멍은 빨개, 빨가면 사과, 사과는 맛있어, 맛있으면 바나나, 바나나는 길어~" 하는 노래를 부르듯이 쭉 이어서 무슨 말씀을 하시고는 "그래서 언제 어떻게 죽게 된다"고 설명하셨는데, 당시에는 필자의 나이가 어려 제대로 이해를 못했다. 어쨌든 희미한 기억을 되살려 보면 이런 식으로 혼잣말 비슷하게 죽 읊으셨던 것 같다.

"박정희는 구미 사람이고, 구미란 거북이 꼬리를 말하는 것이고, 거북이는 … 소가 밟고, 소이기 때문에 열심히 일을 하게 되고, 소는 죽을 때 타살이 되는데, 사주를 넣으면 어떻게 어떻게 해서 언제 어떻게 죽는다."

그리고 1983년 10월 9일에는 미얀마의 수도 양곤에 있는 아웅산 묘소에서 북한의 테러에 의해 우리나라 정부 요인들이 많이 숨지는 사건이 발생했다. 그런데 당시 그들이 출국하던 날에 비가 내렸다. 나는 아버지 곁에서 어쩌다가 김포공항에서의 기자회견 생중계를 TV로 보게 되었는데 그때 옆에 계시던 선사께서 나직하게 이런 말씀을 하셨다.

"하늘도 저렇게 울고 있는데 뭐 하러 가는지 모르겠다."

내가 궁금해서 "그게 무슨 말씀이세요?" 하고 여쭈니, "나가지 말고 그냥 우리나라로 부르면 될 터인데 다들 울러 가는구나" 하며 한숨을 쉬고 계셨다. 속으로 '뭔가가 있나 보다'라고만 생각하고 잊고 있었는데, 다음 날 폭탄테러로 정부의 핵심요원 열일곱 명이 사망하고 수십 명이 부상을 입은 대참사가 벌어졌다는 뉴스를 보게 되었다. 그제야 저것을 두고 하신 말씀이구나 하고 이해할 수 있었다.

만약 당시 전두환 대통령에게 귀띔만 해주었어도 그런 큰 참사를 막을 수 있지 않았을까 하는 생각이 드는 분들도 계실 것이다. 하지만 세상일이 마음같이 된다면 얼마나 좋겠는가. 잘 알려진 이야기지만, 선사께서는 실제로 다가올 비극을 막아보려고 애쓰시다가 옥고를 치르신 적도 있다. 이는 광주 민주항쟁과 얽힌 이야기인데, 뒤에서 자세히 소개할 기회가 있을 것이다.

큰 보름달이 내려오다

▌탄생

청산은 병자丙子년인 1936년에 충남 천안군 풍세면 용정리에서 출생하였다. 그러나 호적에 등재하기를 본가가 있는 수원에서 하였고 또 수원에서 자랐기 때문에, 스스로 고향을 수원이라고 말하였다.

청산의 본관은 제주 고씨 영곡공靈谷公파 중시조 35대손이다. 본명은 한漢 자, 영泳 자를 썼지만 나중에 스스로 경庚 자, 민民 자로 바꾸어 썼다.

청산거사의 '청산靑山'은 산중수련을 할 때 스승이신 청운靑雲도인으로부터 받은 이름이다. '청산'이라는 도호道號에 '거사巨篩'라는 별호를 붙인 까닭은 큰 효로써 하늘을 받들고, 하늘의 큰 가르침을 본받아 도를 세상에 펼치겠다는 뜻이었다. 거사巨篩에 왕대 사篩 자가 쓰인 것은 스승 사師 자 위에 있는 대나무(竹)가 곧 큰 효孝를 뜻하기 때문이다.

오늘날에는 거사보다 선사侁篩라는 용어를 쓰는데, 이 호칭은 1984년도에 재입산하신 이후 제자들이 청산을 더욱 높여 부르면서 익숙해진 호칭이다.

청산이 태어날 때 조부(청산의 부친)는 아주 좋은 태몽을 꾸었다고 한다.

조부는 충북 단양에 있는 한 암자에서 백 일을 정하고 기도 정진을 하고 있었는데, 생전에 내가 "어떤 식으로 기도 정진하셨어요?" 하고 여쭈어 보니, 그때가 추운 겨울이었는데 매일 새벽마다 냉수마찰을 하고는 방에 들어가 벽에 점 하나 찍어놓고 종일 그 점만 바라보며 정신통일을 했다고 말씀하셨다. "그렇게 하시니까 어떠셨어요?" 하고 다시 여쭈어보니, "처음에는 점이 삐뚤빼뚤하게 움직이다가 어느 정도에 가면 신작로같이 큰 대로로 보인다"고 설명해주셨다.

여하튼 그렇게 백 일 수련을 마칠 무렵 조부는 기이한 꿈을 꾸게 되었다.

"꿈에서 참으로 높은 산에 오르게 되었는데, 하늘에서 갑자기 무슨 소리가 나는 것 같아 고개를 드니 문득 엄청나게 큰 보름달이 나타나 온 천지를 대낮처럼 환하게 비추는 게 아니겠어. 잠시 그대로 보고 있으니까 그 큰 보름달이 내려오며 내 품에 안기었지! 그러고는 잠에서 깼는데 그 태몽을 꾸고 나서 네 애비를 낳은 거야!"

전해 듣기로는, 청산의 4대조 할아버지 되시는 분이 고종황제의 글선생이셨다고 한다. 그 이후로도 그런대로 잘 사는 집안이었고, 특히 청산의 조부 되시는 분은 학식이 있는 데다가 덕망도 있고 종교적인 신앙도 깊은 분이었다. 한때는 "수원을 다닐 때 고 아무개의 땅을 안 밟고는 못 다닌다" 하는 말이 나올 정도로 부유한 적도 있었다.

청산의 조부가 젊었을 때의 일화 한 토막이 있다.

하루는 무슨 날이어서 새 옷을 입고 나들이를 하였는데, 하필이면 그날 길가에 온몸에 욕창이 나서 피고름이 흐르는 병자가 쓰러져 있었다. 그때만 해도 문둥병이나 지독한 피부병이 흔하던 시절이었으니 그냥 못 본 척하고 지나가도 누가 흉보지 않았을 것이다. 그런데도 평소 의협심이 있고 어려운 사람을 외면하지 못하는 성정이 있었던지라 조부는 스스럼없이 입고 있던 옷을 벗어 환자에게 입히더니 그것으로도 모자라 환자를 업고 집으로 데려와 며칠 동안 의원을 불러 치료까지 해주었다고 한다. 이 같은 조부의 선행은 근동에 소문이 났고, 입이 있는 사람들은 다들 "적선지가積善之家에 필유여경必有餘慶이니 반드시 보답을 받으리라"라고 한마디씩 했다고 한다.

그러나 어찌된 일인지 무슨 사건에 연루되어 가세가 갑자기 기울게 되었다. 그렇게 평화롭던 집안이 심하게 흔들리자 식구들은 식구들대로 뿔뿔이 흩어지고 청산의 부모가 조부를 모시게 되었는데, 그것도 잠시뿐 결국에는 부모마저 어린 청산을 조부에게 맡기고 만주로 떠나게 된다. 그때부터 조부와 어린 청산 둘이서만 살게 되었는데 그때 조부는 청산을 끔찍이 사랑해주셨다고 한다.

조부는 연세에 비해 정정하신 편이었고 저녁마다 청산에게 한문을 가르쳐주는 것을 낙으로 삼으셨다. 하지만 일상이 고달프고 힘든 것까지는 어찌할 수 없었다. 청산은 청산대로 학교를 마치면 조부 몰래 빨랫줄 장사부터 남의 집 일까지 하고 저녁에는 조부가 가르쳐주는 한자를 배우면서 지냈다.

그러나 그런 생활도 오래 할 수는 없었다. 그때가 청산의 나이 열두 살, 지금으로 치면 초등학교 5학년이었다. 어린 청산은 자기 때문에 조부님이 더욱 고생하시는 것 같아 효성스런 마음에 입이라도 하나 덜어드린다는 생각으로 외가에 간다는 말을 남긴 채 무작정 집을 나왔다.

하지만 어렵게 찾아간 외가는 이미 뿔뿔이 흩어져 간 곳을 알 수 없었다. 동네를 다 뒤지다시피 하며 외가의 행방을 수소문했지만, 사람마다 말이 다 달랐다.

그러다가 요행히 큰외숙의 친구라는 이가 한 말이 믿음이 가서 그이의 말을 따라 충청도 어디에 있다는 태학산 해선암이라는 절을 찾아가기로 했다. 큰외숙이 그 절 옆 어디에 오두막을 짓고 산다고 들었던 것이다. 그렇게 물어물어 찾아가 보니 다행히 큰외숙이 그 절 위에 실제로 살고 있었다. 그곳에 정착하기로 마음을 먹은 청산은 큰외숙의 오두막이 좁았으므로 해선암 주지의 허락을 받아 냇가 옆에 임시로 거주할 토막집을 짓고 머물게 된다.

어린 시절의 청산은 몸집이 큰 편은 아니었지만 체격이 다부지고 눈빛이 형형하여 어른들도 눈이 마주치면 얼른 피할 정도였다. 집념이 강하고 잘 참는 성격이어서 뭐든 하고자 하는 일이 있으면 아무리 어려워도 반드시 이뤄냈다고 한다. 하다못해 개구쟁이들 사이에서 싸움을 할 때에도 상대가 아무리 힘이 세고 나이가 많고 몸집이 크다고 해도 악착같이 달려들어 꼭 이겨서 직성이 풀려야 그만두지, 이기지 못하면 싸움을 그치지 않을 정도였다.

반면에 섬세하고 부드러운 면도 있어서 개나 고양이, 토끼 같은 동물을 사랑하여 특히 아꼈고, 또 그림을 아주 잘 그렸다.

"네 애비가 어릴 때에 그림을 얼마나 잘 그렸다고. 겨우 걸음마를 뗀 아기였는데도 그림을 곧잘 그렸어. 한번은 단군 할아버지라고 어디서 보고 와서 그림을 그렸는데 어찌나 살아 있는 사람처럼 똑같이 그렸는지! 뭐 새우도 잘 그리고, 짐승들도 잘 그리고…."

할머니가 생전에 내게 해주신 말씀이다.

사흘간의 죽음

청산은 어린 시절 사흘간 죽음을 체험한 적이 있다. 할아버지 댁을 떠나기 전의 이야기다.

하루는 할아버지의 심부름으로 친척집을 다녀오는데 도중에 다른 것에 정신이 팔려 시간가는 줄 모르다가 어스름 해 지는 저녁 길을 혼자 걷게 되었다. 비마저 부슬부슬 내리니 별도 달도 없는 밤이 금세 들이닥치고 사방은 이내 깜깜해져서 앞도 보이지 않는 산길을 서둘러 걸어가고 있는 판이었다.

그때에 청산은 피막 곁을 지나가게 되었다. 피막이라고 하면 매장하기 전에 잠시 시신을 보관하는 곳으로 지금은 들을 수도 볼 수도 없는 곳이다. 그런 곳이었으니 나이 어린 청산이 얼마나 무서웠겠는가. 게다가 비까지 와서 없는 귀신도 보일 판인데, 정말 피막 쪽에서 하얀 소복 입은 여자가 머리는 산발을 하고 바람에 날리듯이 달려드는 게 아닌가. 혼비백산하지 않을 수 없었다. 어린 청산은 혼이 날아가고 넋이 흩어지는 것 같았다. 발이 떨어지지 않으니 달아날 수도 없고 꼭 주저앉을 것만 같은데, 귀신은 더욱 무섭게 달려들었다. 그렇게 귀신한테 붙잡히려는 절체절명의 순간에, 청산은 말뜻 그대로 젖 먹던 힘을 다하여 달아나기 시작했다. 그러나 얼마 달아나지 못하여 귀신한테 붙잡히고 말았다.

"놔!"

외마디 비명을 지르며 청산은 닥치는 대로 팔을 휘두르고 머리로 들이받고 발길질을 하며 저항하였다.

그렇게 한참 동안 정신없이 싸우고 있는데 갑자기 사방이 조용해졌다. 그러고는 잘 지어진 조선시대 양반집과 같은 큰 기와집이 보였고, 잠시 뒤 색동저고리를 깔끔하게 차려 입은 어린 청산이 안방 방문을 열고 마루로 걸어 나왔다.

신을 신고 돌계단을 내려가 넓은 마당에 서 있으니 하늘에서 커다란 백학이 날아와 청산 앞에 사뿐히 앉았다. 청산이 아무 말 없이 익숙한 몸짓으로 학의 목덜미 부위로 올라타자 학은 크게 울부짖으며 큰 날개를 몇 번 펄럭여 금세 하늘 높이 날아올라 한없이 어딘가로 날아갔다.

그때에 발아래를 내려다보니 문득 꿈같이 아름다운 경치가 펼쳐졌다. 온 천지가 꽃밭이었다. 동산과 풀밭에서는 각양각색의 동물들이 사이좋게 무리지어 뛰어놀고, 강에서는 갖가지 물고기들이 마치 제 모습을 뽐내기라도 하려는 듯 물 위로 뛰어 올랐다가는 물속으로 사라지기를 반복했다. 참으로 형언할 수 없는 아름다움이며 평화로움이었다.

청산을 태운 학은 한참 동안 더 날다가 차츰 아래로 내려가더니 아주 규모가 크고 잘 지어진 대궐 같은 집의 큰 솟을대문 앞에 내려앉았다. 청산이 학에서 내려 몇 발짝 걸으니 대문이 열리면서 청산보다도 더 어려 보이는 어린아이 하나가 걸어 나오는데 그 얼굴이며 피부와 눈빛, 입술 등 이목구비가 여느 아이들과 너무나 다르게 맑고 환하며 아름다웠다.

어린아이가 가까이 다가와 청산에게 말했다.

"잘 오셨습니다."

청산이 고개를 끄덕여 답례하자 아이가 다시 말했다.

"제가 들어가 어른들께 여쭙고 오겠습니다."

아이는 곧 대문 안으로 들어갔는데, 잠시 뒤에 나와서 이렇게 말했다.

"아직 이곳에 오실 때가 아니라고 하십니다."

청산이 의아한 표정을 지으며 그대로 서 있자 아이는 손을 내밀며 이렇게 말했다.

"이것을 받으세요."

받고 보니 쟁반처럼 생긴 작은 항아리였다. 그 가운데 이상한 화초 같기도 하고 나무 같기도 한 것이 한 그루 서 있고, 가장자리에는 물이 있었으며, 그 물 안에 금붕어같이 생긴 희한한 고기가 노는 것이 보였다. 그러나 그도 잠깐, 눈 깜짝할 사이에 항아리 안에 있던 나무가 점점 자라는데, 금세 하늘로 솟구쳐 오르며 천지를 덮을 듯이 어마어마하게 커졌다.

놀란 청산이 사방을 두리번거리며 소리를 질렀다. 그때에 갑자기 누군가 부르는 소리가 들렸고, 눈앞이 환해지면서 할아버지의 얼굴이 보였다. 그리고 조금 정신이 돌아와서 살펴보니 동네 어른들도 빙 둘러 자기를 내려다보고 있었다. 아무래도 한바탕 꿈을 꾼 것 같았다.

그런데 그게 아니었다. 청산이 심부름 갔다가 밤늦게 피막 있는 길을 지난 것은 사실이었고, 그 피막 앞에서 소복 입고 산발한 여자 귀신을 만난 것도 사실이었다. 실은 귀신이 아니고 살아 있는 사람이었는데, 알고 보니 젊은 나이에 남편을 잃은 여인이 그 충격으로 정신이상이 되어 밤이고 낮이고 피막에 있다가 사람만 지나가면 달려들어 붙잡으려고 한다는 것이었다.

그날 밤 그 산발한 여인에게 놀란 청산이 한참을 싸우다 기운이 진해 쓰러졌던 것인데, 손자가 귀가하지 않자 밤새 한숨도 못 자고 걱정하던 할아버지는 날이 새자마자 동네 사람들과 함께 손자를 찾으러 나섰다. 그렇게 산을 뒤지다가 길도 아닌 곳에 쓰러져 있는 청산을 발견하였는데 이미 숨도 안 쉬고 죽어 있는 모습이었다.

어린아이라 딱히 장례를 치를 것도 아니어서 시신을 윗방에 두었다가 관습에 따라 사흘째 되는 날 옮겨다 묻으려고 마을 젊은이들이 준비하고 있었는데, 할아버지께서 마지막으로 불쌍한 손자 얼굴이라도 한 번 더 봐야겠다 싶어 하얀 천을 들추는 순간 청산이 꿈에서 깨어 눈을 떴던 것이다.

친척 어른들 중에는 아직도 그때 일을 기억하는 분들이 생존해 계신다. 청산은 평생에 세 번 기이한 꿈을 꾸었다고 하는데, 이때 꾼 꿈이 그중 하나이다.

청운도인과의 만남

| 첫 인연

청산이 할아버지를 떠나올 당시에 큰외숙은 방 하나짜리 오두막을 지어놓고 산 농사를 지으며 살고 있었다. 방이 작아 함께 생활하기 불편했으므로 청산은 해선암 주지의 허락을 얻어 개울가에다 조그마한 토막집을 짓기로 했다. 나무도 잘라다 져 나르고 흙도 파서 이겨놓고, 어린 나이이긴 하지만 시골에서 자라 동네 어른들 일하는 것을 많이 봐온지라 외숙의 도움을 받으며 열심히 일을 하고 있는데 한번은 나무를 해 나르다가 오른쪽 다리를 크게 다쳤다. 아파서 쩔쩔매며 어찌할 바를 모르고 있는데 통증은 점점 더 심해지고 다리는 점점 더 부어올랐다.

깊은 산속인지라 이렇다 할 약도 없고, 약을 구하려면 마을에 있는 의원에게 가야 하는데 날은 이미 어두워진 뒤였다. 이런 상황에서 외숙과 함께 전전긍긍하고 있노라니 웬 사람이 저 골짜기 밑에서 걸어 올라오는 모습이 보였다. 승복 같은데 승복은 아닌 도포를 입고, 삿갓 같은데 삿갓이 아닌 모자를 쓴 사람이었다. 저녁에 웬 사람일까 의아했지만 절에 온 사람인가 보다 하고 무심하게 생각하며 외숙하고 상처에 대한 걱정을 하고 있는데, 그 사람은 산세 구경을 하듯이 여기저기 살피는 듯하더니 어느 사이 청산이 앉아 있는 곳까지 다가왔다.

"어린 사람이 어디를 다쳤나?"

그는 무심한 척 청산의 상처 난 다리 위에 손바닥으로 둥그렇게 원을 그리다가 새끼손가락으로 한 군데를 꾹 찔렀다. 그러고는 누가 뭐라 할 새도 없이 절 있는 쪽으로 휙 걸어 올라가는 것이었다.

너무나 자연스럽고 또 순간에 일어난 일이라서 청산과 외숙은 산을 오르는 그 사람의 뒷모습을 잠깐 보다가 이내 흥미를 잃고 서로를 쳐다보며 말했다.

"지금은 너무 늦어 마을까지 갈 수 없으니 일단 두었다가 내일 식전에 마을로 가서 의원께 보이도록 하자."

큰외숙이 이렇게 말하는 데다가 청산이 생각하기에도 밤새 무슨 큰일이 있겠나 싶어 그대로 집으로 들어가 밥을 먹고 잠을 청했다.

그런데 다음 날 아침에 일어나 보니 다리가 아프기 전과 똑같이 멀쩡하였다. 너무 신기한 일인지라 가만히 앉아서 곰곰이 생각해보니 어제 스님 같은 분이 도와주어서 그런 것 같았다. 너무 고마운 마음이 들어 절에 올라가 인사라도 드릴 요량으로 어젯밤 그 손님을 찾으니 그런 사람은 있지도 않고 온 적도 없다지 않는가.

그로부터 십여 년 세월이 흐른 어느 날 청산이 산중에서 수련하는 중에 하루는 스승이 10여 년 전 그 일을 거론하며 껄껄 웃으시는 것을 보고 그날 자신의 다리를 치료해준 이가 바로 청운도인이었음을 알게 되었다.

즉, 후일 스승이 되실 청운도인을 입산 전에 이런 인연으로 뵈었던 것이다. 청산의 입산 이야기는 이미 『삶의 길』에서 자세히 소개된 바 있으므로 여기에서는 간략하게만 살펴보려고 한다.

▍입산

청산의 큰외숙이 살았던 태학산 해선암은 멀리서 보면 큰 학이 날개를 펴고 하늘로 오르려는 모양을 하고 있는 중심부에 위치하고 있다. 큰외숙 집 근처인 해선암 옆에 집을 짓고 산 농사를 돕는 생활이 안정되자, 청산은 남의 집 일로 힘들고 외롭게 홀로 지내시는 할아버지를 모시고 와서 함께 지냈다.

당시에 청산은 어린 마음이지만 부처님과 같은 큰 성인이 되겠다고 마음먹고 낮에는 농사일을 돕고 밤에는 불경을 갖다 놓고 읽고 외우며 공부하였다.

청산의 나이 13세가 되던 해 봄, 하루는 해선암의 주지스님이 편지를 주며 산 너머 광덕사에 있는 스님에게 전해주고 오라는 심부름을 보냈다. 그리고 청산은 가는 도중 저녁 무렵에 길모퉁이에서 어떤 노인을 만났다.

그런데 이 노인이 편지를 보자며 달래 가지고는 보는 둥 마는 둥 하더니 찢어버리는 것이 아닌가. 그러고는 어린 청산에게 태어날 때부터 지금까지 살아온 것에 대하여 이것저것 물어보았다. 묻고 답하기를 마치자 노인은 청산이 보는 앞에서 새끼손가락 하나만으로 주먹만 한 돌을 깨어 보이고는 배워보고 싶지 않으냐고 청산에게 물었다.

청산은 얼떨결에 "예"라고 대답을 한다. 그 대답이 자신의 운명을 바꾸게 될 줄은 미처 몰랐다. 몇 마디 질문 후 보내줄 줄 알았는데 노인은 단호하게 말했다.

"돌 깨는 법을 가르쳐달라고 했으니 우리는 이제부터 사제지간이 되었다. 너는 나를 따라 산으로 들어가 돌 깨는 법을 배워야 한다."

청산은 일이 전혀 예상 밖으로 되자 두려운 마음에 잘못한 대답의 용서를 빌어보았지만 통하지 않았다. 노인은 가지고 온 광목 필을 찢어 끈으로 만들고는 한쪽은 자신의 허리에, 다른 쪽은 청산의 허리에 묶고는 오랜 시간을 걸어 어디론가 데리고 갔다.

2장

산중수련

"태백산 높이 솟아 하늘을 세우고, 산 골골 물 모여 흘러 바다에 이었네. 돌아보면 안개 산허리 두르고, 상상봉에 걸친 푸른 하늘 잡을 수 없네. 계곡물 세차 바위 부술 듯 흐르고, 큰 나무에 가린 햇빛조차 차갑구려. 티끌 같은 세상 일 모두 거두어, 나는 목석이 되었나 바위가 되었나. 수도 修道의 참 멋에 잠겼을 뿐."

청산, 「산중수도」 중에서

▌ 중기단법中氣丹法

청산이 노인에게 끌려가다시피 하여 처음 도착한 곳은 저녁 무렵 속리산의 어느 작은 바위굴이었다. 먼 길을 걸어 피곤하여 바로 잠에 빠질 만도 한데 어린 청산은 무서움과 두려운 마음에 잠은커녕 기회를 봐서 도망칠 궁리로 머릿속이 가득했다.

그러다 보니 거의 뜬눈으로 밤을 보냈고, 동이 틀 무렵 소변을 본다고 하고 도망을 치려고 했으나 별안간 노인이 산이 무너질 것 같은 큰 소리로 "너 어디 가느냐? 이리 오너라" 하고 호령하여 두려운 마음에 포기하고 다른 기회를 엿보게 되었다.

아침이 되어 밥을 받아보니 말로만 듣던 생식가루였다. 어린 청산은 실망과 함께 못 먹겠다고 했다. 그러자 노인이 말했다.

"앞으로 먹을 것은 이것밖에 없으니 우선 이것 먹는 법부터 배워야 한다. 못 먹겠으면 물이나 마시고 그만두어라. 며칠 굶으면 이것도 맛있게 먹을 터이니."

청산은 절망했지만 어찌할 도리가 없으므로 다시 기회를 봐서 도망가기로 마음먹었다.

그 후로 청산은 며칠 간격으로 기회다 싶으면 도망치기를 세 번이나 했는데, 그때마다 노인이 앞에 나타나 길을 막아서 되돌아오게 되었다.

한번은 노인이 없어서 하늘이 준 기회다 생각하여 먼 거리까지 도망쳐 하산한 줄 알았는데, 노인은 먼저 와 길을 막아서고는 빙그레 웃었다.

"소용없는 생각 말어. 못 가게 되어 있는 거야. 어서 올라가자."

결국 청산은 하산을 단념할 수밖에 없었다. 그리고 단념은 결심으로 변하여 노인이 가르쳐주는 것을 배워보겠다는 마음을 먹게 되었다.

먼저 산 생활에 적응하려면 생식에 적응을 해야 했다. 청산은 노인이 주는 대로 생식을 하다가 차츰 스스로 생식을 구하여 먹게 되었다. 생식으로는 주로 칡, 산콩, 솔잎, 풀뿌리 등이 쓰였고, 대부분 가루를 만들어 보관해두었다가 먹었다. 이렇게 몇 개월이 지나자 옷은 다 떨어지고 해져서 더 이상 걸칠 수가 없게 되었다. 그래서 생각다 못해 짐승의 가죽으로 아래만 가리고 다니게 되었고, 또 산 생활에 적응되다 보니 옷은 그다지 필요치 않았다.

어느덧 몇 개월이 지나가는 데도 노인은 아무것도 가르쳐주지 않았다. 청산은 단조로운 시간만 보내게 되어 여러 번 질문을 드렸지만 언제나 대답은 한결같았다.

"생식에 자신이 생겼느냐? 여기 정좌하고 가만히 앉아 있거라. 아무 생각 말고, 마음이 완전히 비워져야 다른 무엇이 들어갈 것 아니냐. 잡념이 시시각각으로 마음에 떠오르면 아직 먼 것이다. 부모 생각, 세상 생각, 허연 밥 생각, 뜨뜻한 이불 생각, 돈 생각, 집 생각, 그런 것들이 마음에 머물러 있으면 안 되는 것이다. 공부는 그런 것 없이 하는 공부가 첫째야. 도道는 무슨 도道이건 허심虛心과 공심空心에서 출발하는 거야. 그리고 네 생각, 네 판단, 네 고집 같은 네 모든 것도 다 없어져야해. 그런 후에야 하늘의 법法이 네게 들어오는 법이거든. 아무 소리 말고 눈 감고 고요히 앉아 있어. 때가 되면 내가 알아서 모든 것을 가르쳐줄 터이니까."

이렇게 어느덧 1년의 세월이 지나도록 고요히 앉아 있는 것 말고는 아무것도 배운 것이 없었다. 그러나 그 1년간은 몸과 마음을 더욱 깨끗하게 하는 기초 훈련으로, 큰 도道를 이루기 위한 아주 중요한 밑거름이었다.

어느 날 노인은 청산에게 '들머리나라'라는 옛날이야기를 들려주었다. 이런 이야기를 도화道話라고 한다. 오랜 옛날 들머리나라에 세단 도사라는 분이 젊은이들에게 국선도법을 가르쳐서 도를 이루고 훌륭한 인물들이 되어 외적의 침입을 막고 나라를 구했다는 내용이었다. 노인은 들머리나라 이야기를 다 들려주고는 밖으로 나오게 하여 몸을 골고루 움직이게 한 후에 처음으로 호흡법을 가르쳐주었다.

"고요히 앉아서 모든 생각을 다 버리고 돌단자리 숨 쉬는 것을 배워라. 숨을 들이쉴 때는 배꼽 아래만 나오게 하고, 숨을 내쉴 때는 배꼽 아래가 들어가게 하면서 부지런히 계속하여라. 숨을 들이쉴 때 마음으로 수를 다섯까지 헤아리고, 내쉴 때 여섯부터 열까지 헤아려라. 수를 빠르지도 느리지도 않게 헤아려라."

청산은 이제야 돌 깨는 법을 가르쳐주시나 보다 하고 돌 깨려는 욕심에 한참을 하니, 잘되기는커녕 배만 아프고 여러 가지 생각이 떠올라 그만두고 싶었다.

"아직도 욕심이 가득하구나. 배가 아픈 것은 욕심이 있어서 힘을 주어 하늘기운을 들어갈 곳 없이 받으려 하기 때문에 아프고, 오만가지 생각은 또한 욕심 때문에 일어나는 것이니 한 가지 욕심이 생각으로 바뀌고, 생각은 또 생각을 낳아서 오만가지 생각이 다 나는 것이니 그 욕심을 부리지 말고 천천히 그리고 서서히 은은하게 하여라. 그러면 오만가지 생각도 없어지고 배도 아프지 않다. 어서 해보아라."

할 수 없이 다시 앉아서 했지만 계속 잘 안 되었다. 차라리 숨을 입으로 내뱉으니 후련하였다. 그래서 이렇게 한참을 하고 있으니 노인이 다시 말했다.

"누가 입으로 숨을 쉬라고 했느냐? 입은 음식이 들어가는 곳이고, 코는 숨을 쉬는 곳인데 하늘의 뜻을 따르지 않고 어떻게 힘을 얻어 갖겠느냐? 입은 사람이 거칠게 살다가 마지막으로 죽어 갈 때나 입으로 쉬는 것이니 앞으로는 절대 입으로 숨을 들이쉬지도 내뱉지도 말아야 한다. 입은 다물고 눈은 지그시 감고 조용히 앉아서 하여라."

이렇게 여러 날 동안 숨쉬기를 하였는데 청산은 잠깐 잠깐씩만 하고 그만두었다.

그러다 하루는 노인이 칡줄기를 가져오라고 하여 갖다 드리니, 커다란 나무 위에 칡줄기를 걸고 청산의 발을 묶어 거꾸로 매달고 아랫배 숨쉬기를 하라는 벌을 주었다.

그동안 가르침을 게을리한 것에 대한 벌을 받은 것이다. 온몸의 피가 머리로 쏠리는 것은 참기 어려운 벌이었다. 벌을 받은 이후부터 청산은 열심히 수련을 하게 되었다. 그리고 노인을 스승님으로 부르고 모시게 되었다.

매일같이 이렇게 계속하다 보니, 이제는 마음속으로 수를 헤아리지 않아도 스스로 숨을 들이쉴 때나 내보낼 때나 한결같이 고르게 잘 되었다.

노인은 "이제는 이런 동작들을 하면서 숨쉬기를 하여라" 하며 쉰 가지 동작을 가르쳐주며 자세히 설명해주셨다.

청산은 이렇게 국선도의 기초 단계인 중기단법을 1년 동안 하루에 8~10시간씩 매일 수련하며 보냈다. 나이도 어리고 깊은 산중에서 훌륭한 스승에게 일대일로 배우니 심신心身의 변화가 무척 다양하고 빨랐다.

힘이 다소 나는 것 같았으나 그간 몇 차례 대소변이 나쁘게 나온 적도 있었다. 또는 머리가 몹시 아픈 적도 있었고, 손발에 힘이 없고 저린 적도 있었고, 몸이 떨릴 때는 끝난 후 기분은 좋으나 힘이 더 빠지는 것 같기도 하였다. 어느 때는 손발이 차고 자다가 손발에 마비증세도 있었고, 어느 때는 자다가 악을 쓰기도 했었다. 또 수련 중 많은 사람들이 나타나기도 하고, 어느 때는 앞일이 훤히 내다보이기도 한다. 얼마간 배꼽 밑이 흔들리다가 그치고 그쳤다가는 또 흔들린다. 이렇게 하기를 여러 차례가 지나가도 개의치 않고 계속 숨쉬기를 하니 눈에 보이는 것도 없어지고, 때로는 드문드문 나타나기도 하고 아주 안 나타나기도 하고, 나중에는 수정같이 푸른 물이 고인 웅덩이 같은 것도 나타난다.

수련 중반쯤부터는 몸도 아주 부드러워져서 어떤 몸을 하고도 숨이 고르게 잘 쉬어졌고 마음도 아무런 움직임 없는 샘물같이 맑게 할 수 있었다.

어떤 날은 배꼽 아래가 더워지고, 떨리기도 하고, 몸 안이 훤히 들여다보이고 지난 일들이 다 보이기도 하였다. 이러한 변화들이 궁금하여 스승님께 여쭈어보니 이런 답이 돌아왔다.

"배꼽 아래가 떨리는 것은 네 몸이 이제야 가운데를 잡는 것이다. 앞으로도 여러 날 그런 것이 올 것이다. 가운데 기운이 움직여야(中氣의 運用) 비로소 너는 '단의 자리를 마련하기 시작한 것이다. 단이란 하늘의 기운과 네가 구해다 먹은 땅기운이다. 배꼽 아래에는 단자리(下丹田)가 있어서, 이 단자리에 그 두 기운이 돌돌 모이게 되어 돌단자리라 하는 것이고, 나중에 모든 단이 들어오는 것이다. 이를 붐 받는 법이라 하는 것이니 부지런히 하여라. 그리고 눈에 여러 가지가 보이는 것은 네가 아직도 마음이 맑은 물과 같이 깨끗하지 못하여 마음이 흔들리어 나타나는 것이니 더욱 잡념을 버리고 그런 것이 앞으로 수없이 나타나도 아무렇게 생각지 말고서 하거라."

청산은 중기단법이 거의 끝나갈 무렵 스승님의 사부님을 뵙게 되었다. 이분의 입에서 스승님이 안동 분이시고, 본명은 이송운이시며, 산에서는 청운도인으로 불린다는 이야기를 들었다. 그리고 청운도인의 사부님은 충청북도 분이시고, 본명은 박봉암이시며, 모두들 무운無雲도인으로 부른다는 것도 알게 되었다.

그 이후부터 스승님의 가르침과 수련에 대한 믿음이 더욱 강해지게 되었다. 무운도인의 모습은 연세가 청운 스승님보다 훨씬 많은데도 불구하고 더 젊어 보였다. 청산은 이분을 산중수련 중에 여러 차례 뵙게 되었는데, 궁금한 것이 있어서 물어보면 언제나 자상하게 설명해주셔서 많은 가르침을 받았다.

매일 꾸준히 중기단법을 수련하던 어느 날 스승님께서 말씀하셨다.

"너는 이제야 겨우 마음을 고르고(調心) 몸을 고르고(調身) 숨을 고르는(調息), 곧 네 마음으로 네 몸을 움직이는 첫 문에 들어섰으며 이 가운데 아래 단이 모이는 곳(下丹田)인 돌단자리는 하늘의 기운과 땅의 기운이 모여 사람 힘의 뿌리가 되는 것이다. 그러나 아직도 어려운 붉 받는 길까지는 창창하다. 이제 그 길로 쉬지 말고 가야 한다. 그것이 사람으로서 똑바로 가는 길이야. 알겠느냐?"

건곤단법乾坤丹法

청운도인은 말을 이었다.

"이제야 너의 몸 안에 있는 것들이 튼튼해진 것이다. 몸 안의 가운데 기운을 키우는 곳을 튼튼하게 만드느라고 여태껏 쉰 가지 몸 움직임을 하면서 숨쉬기를 한 것이다. 앞으로 모든 곳을 튼튼하게 하려면 아직도 멀었다.

내일부터는 숨을 들이쉴 때 다섯을 전과 같이 수를 헤아리고, 그대로 멈추고 있으면서 여섯부터 열까지를 헤아려라. 그리고 숨을 내쉬면서 다섯을 헤아리고 그대로 자연스럽게 멈추어서 여섯부터 열을 헤아리며(吸五數, 止五數, 呼五數, 止五數) 숨 쉬는 것을 계속하거라.

그리고 이런 몸을 하고서도 오랫동안 하거라. 모두 스물세 동작이니 잊지 말고 내가 한 대로 해보아라."

이에 청산이 빨리 스물세 가지 몸 움직임을 보여드리자 스승은 다시 자세히 가르쳐주셨다.

"몸을 그렇게 빨리 움직이지 말고 천천히 조심스럽게, 한 움직임을 할 때마다 고요히 바꾸고 오래 하거라."

이것이 바로 중기단법을 마치고 두 번째 단계인 건곤단법 수련의 가르침이었다.

그 무렵 속세에서는 6·25 전쟁이 시작되었다. 그러나 청산은 가끔 대포 소리가 멀리서 들리는 듯한 소리만 들을 뿐 전쟁이 일어난 줄도 모르고 수련에만 전념하고 있었다. 그리고 수련 장소도 사부님을 따라 여러 산, 여러 곳으로 옮겨 다녔다.

하루는 스승님께서 말씀하셨다.

"너는 오늘날까지는 모든 것을 모르고 하였으나 이제 내 말을 잘 들을 거라. 위로 조상 선령이 계시어 네가 이 세상에 태어났으며, 할아버님과 웃어른이 있고 또 내가 있으니 모두가 너를 보살피는 것이다. 네 몸은 혼자이나 하늘과 땅이 굽어보고 조상 선령이 모두 보살피고 있으니 마음속으로 항상 고마움을 느끼고 늘 그 품 안에 들지 않으면 마음이 혼자가 되어 아무리 붉 받는 법을 닦아도 소용이 없는 법이다. 그러하니 하늘과 땅, 그리고 돌아가신 모든 영(人類源歸)과 할아버님, 그리고 너에게까지 붉 받는 법을 전하게 하여주신 많은 웃어른들께도 고마움을 알고 절을 하여야 몸과 마음에 혼자가 되지 않는 것이다."

청산은 참된 마음과 진심으로 고마움을 느끼며 하늘과 땅 그리고 조상 어른과 할아버님 계신 곳과 모든 곳에, 그리고 윗대 스승님과 스승님의 스승님과 스승님께 절을 돌아가면서 하고서 조용히 가르쳐주신 대로 숨쉬기를 하였다.

이렇게 1년을 하루같이 매일 10~12시간씩 건곤단법을 수련하는 동안 심신의 많은 변화와 체험이 있었다.

어느 때는 산에서 다친 곳이 아프기도 하고 다시 떨리기도 하였고, 소리를 지르기도 하며 골치가 아파오기도 했다. 그러나 누워서 앓고 있을 정도는 아니었다. 또 진동을 하고 나면 힘이 없으나 기분이 아주 좋은 적도 있었고 그렇지 않은 때도 있었다. 눈앞에 여러 가지가 보이기도 했고 숨쉬기 하는 것이 몹시 싫어지는 날도 있었으나 눈이 오나 비가 오나 춥거나 덥거나 하루도 쉬지 않고 정진하였다.

그리고 스승님께서는 가끔 며칠씩 어디를 다녀오셨다. 청산은 궁금하여 여쭈어보니 이런 답이 돌아왔다.

"오고 가는 것이 하루를 나가나 잠시 나가나 몇 달 몇 해를 떠나나 같은 것인데 그런 것에 마음 쓰지 말거라. 너에게 가르침을 주어야 할 때는 내가 꼭 올 것이다. 가고 오는 것도 슬픔도 허전함도 기쁨도 없어야 하는 거야. 알겠느냐?"

▌원기단법元氣丹法

어느 날 스승님께서 오시어 이런 말씀을 하셨다.

"네가 처음에 숨쉬기를 한 것은 먼저 다소 가르쳐 주었지만 하늘 기운과 땅 기운을 아래 돌단자리(下丹田)에 모이게 하는 집을 지으려고 가운데 기운을 튼튼히 한 것이며(脾胃), 그 가운데 기운은 홀(陰)과 올(陽)이 하나의 흙(氣)으로 모이는 이치의 모습인 것이다. 이것이 가운데 기운을 기르는 처음이 되는 붉 받는 법(中氣丹法)이고 그 흙(一氣)을 싸고 가운데 기운을 키움(包一守中)이 붉 받는 법으로 들어가는 몸가짐이며 또한 도에 들어가는 자세다. 그리고 다음으로 숨을 쉬어 멈추고 숨을 내쉬어 멈추고(吸止呼止) 하는 숨쉬기는 하늘기운(乾氣)과 땅기운(坤氣)

이 하늘에 가득하여 서로 맞물고 돌아가며 움직이고 있는 것으로 사람도 그와 같은 것이니 그 가운데에서 생기고 커가는 것이 힘이며 그 가운데에서 사는 것이다. 그래서 둘째 숨쉬기(乾坤丹法)는 하늘 자리에서 하늘의 원래 이치를 네 몸 안에서 움직이게 시키는 법이다. 그런데 아주 훌륭히 해냈다.

오늘부터는 스물셋까지 하던 것을 끝내고 다음 것을 가르쳐줄 터이니 그리하여라. 숨을 들이쉬고서 멈추어보아라. 그리고 그것이 임의롭고 고르게 되도록 딴 생각은 말고서 하거라. 몸 움직임도 이렇게 먼저 열두 가지만 하여라."

청산은 배운 대로 천천히 그 열두 가지 움직임을 따라해보았다.

"그렇지, 그대로 하되 한 가지 몸 움직임을 하고서 지난 번 스물세 가지 동작을 할 때보다 더 오래 있다가 자세를 바꾸어라. 마음으로 헤아려서 잘 맞게 하거라. 이 세 번째 단계를 원기단법元氣丹法이라고 한다. 원기단법의 원기元氣란 모든 기氣가 합실한 기운을 말하는 것이니 이 원기를 네 몸에 지니어 네 몸을 네 마음대로 동작할 수 있도록 수련하여라."

이어 스승님은 고요히 마음을 가라앉히는 법과 기를 유통시키는 법들을 자세히 말씀해주셨다. 이렇게 가르침을 주시고 며칠 계시다가는 어디를 가셨다가 한 20일쯤 지나서 오셔서 또 다른 열두 가지 동작을 가르쳐주시고 다시 어디론가 떠나셨다. 이렇게 열두 동작씩을 바꾸어가며 꾸준히 수련을 하는 동안 여름도 가고 가을도 지나고 추운 겨울도 지나 이른 봄이 되었고 청산의 심신은 많은 변화를 겪게 되었다.

한두 차례 배꼽 밑이 흔들리면서 몸 전체가 떨리기도 했고, 갑자기 수련이 지겹고 귀찮아지기도 했고, 어느 때는 배가 몹시 아프고 입맛이 전혀 없거나 대소변이 나쁘게 나오고 머리가 어지럽기도 했다. 가끔 소리를 지르면 목소리가 상당히 커져서 산이 쩌렁 울렸고, 어디 한 군데가 아프고 나면 그곳이 몹시 시원해지면서 입맛이 좋아지고 대소변을 눌 때도 기분이 아주 좋았다. 어떤 날에는 단전이 더워지고 떨리기도 했고, 또 어떤 때는 몸 안이 다 보이거나 앞일들이 보이기도 했다. 또 주체할 수 없을 정도의 힘이 솟기도 하였다. 이런 등등의 많은 변화를 겪으며 어린 청산의 몸은 생명력이 넘치는 막강한 몸으로 재탄생하게 되었다.

원기단법을 거의 마칠 무렵에는 절벽 위에서 수련을 하다가 몸에 강한 진동이 와서 절벽 아래로 떨어지는 바람에 사흘간 정신을 잃은 적도 있었다.

이렇게 어린 나이에 처음 입산하여 원기단법을 마칠 때까지의 근 4년간의 고행이란 이루 말할 수 없을 정도로 어렵고 힘든 과정이었다. 그렇게 어렵고 힘든 고비가 있을 때마다 스승인 청운도인은 하늘흠 도인(天氣道人)과 김풍기 도인 같은 옛날 도인들의 수련 이야기를 들려주셨다. 그리고 사람이 살아가는 데 해야 할 일, 사람이 하면 안 될 일들, 하늘이 생기고 모든 것이 생기게 된 일 등등의 많은 가르침을 주셨다. 또한 모든 동물과 자연을 사랑하고 함께 어울려 사는 법을 몸소 실천하며 가르침을 주셨다.

그러던 어느 날 스승님께서 오셔서 물었다.

"그동안 몸놀림을 몇 가지 하였느냐?"

"예, 이번에는 365가지를 하였습니다. 그리고 가끔씩 힘을 몸에 돌리는 것도 가르침대로 하였습니다."

"이제 내 이야기를 잘 들어라. 네가 지금까지 한 것은 모든 기운을 몸에 지니어 네 몸을 네 마음대로 움직일 수 있도록 닦은 것이다. 몸이 마음을 따른다는 것은 쉬운 것 같으면서도 어려운 것이다.

그리고 네가 오늘날까지 세 차례에 걸치어 바꾸어가면서 한 숨쉬기는 씨를 뿌리고(中氣丹法) 가꾸고(乾坤丹法) 잘 보살펴준(元氣丹法) 것이니, 너는 앞으로 여물어가고(眞氣丹法) 무르익어(三合丹法) 거두어놓아야(造理丹法) 하늘의 붉을 받게 되는(三淸, 無盡, 眞空) 것이니 이제 겨우 자신의 몸을 보살피는 법을 닦은 셈이다.

이제 너는 하늘의 기운을 담을 수 있는 그릇이 되었다. 참으로 용하게 견뎌냈다. 아무리 보고, 듣고, 알고, 깨달아도 소용없는 것이야. 실천하여 닦아서 얻지 못하면 설경자舌耕者일 뿐이지. 입으로만 밭을 갈아야 소용없는 법인 것이야. 직접 밭을 갈고 씨 뿌려야 가을에 곡식을 거둘 수 있는 법이다. 씨만 뿌려도 안 되지. 가꾸고 김매주고 거름 주고 잡초를 뽑아주고 하여야 비로소 여무는 것이고, 여물어도 베어다가 잘 간수하여야 비로소 내 것이 되는 것이니 그러한 방법을 알지 못하고 실행하지 않으면 아무리 알아도 소용없는 헛것이야. 알겠느냐? 이 말을 꼭 명심하여라. 내일부터는 더 어렵고 오묘한 길을 걸어야 한다.

세상에 혹 나가면 너의 이름을 청산靑山이라고 쓰거라. 이곳에서도 그리 부르마. 너는 언제나 푸른 산과 같은 마음을 가져야 한다. 그 깊은 뜻은 네 스스로 깨우칠 날이 있을 것이다. 그리고 세상에서 붉 받는 하늘과 사람이 하나되는 길(道)이라 하면 아무도 알아듣지 못할 것이니 잘 맞도록 하다가 나중에 알려주어야 한다. 그리고 그 밝음이 세상에 밝게 될 때 이름을 비경秘境으로 너도 바꾸어 쓰거라. 명심하고 이제 자거라."

통기법通氣法 수련기

| 진기단법眞氣丹法 수련

"어제 저녁 너에게 이른 말을 알겠느냐?"

"네, 그대로 다시 이야기할 수 있습니다."

"잊지 말아라. 그리고 지금부터 하는 얘기도 잘 들어서 그대로 하여라.

너는 지금 나이가 어리나 이제 붉 받을 수 있는 몸과 마음을 닦았다. 욕심 덩어리였던 네 몸이 이제 네 마음을 따르게 되었으니 이제부터 붉 받는 법으로 깊이 들어갈 수 있고, 참된 기운(眞氣丹法)을 받아들일 수 있는 몸과 마음이 되었다. 하늘과 땅의 조화는 끝이 없는 것이나 그 바뀌고 만들고 하는 법은 정해진 대로 돌게 되어 있다. 이것이 다름이 아닌 하늘의 길이다. 이 땅 위에서 그러한 법을 네 몸과 마음에서 이루어질 수 있도록 닦게 된 것을 알아야 한다. 그 증거는 네 아래 단 힘이 바로 네 몸 안에서 등허리를 타고 흐르고, 또 앞으로 내리어 몸 전체를 마음대로 돌아가는 것이다(任督流通). 붉 받는 법이란 하늘, 땅의 모든 것이 크고 자라고 하는 이치를 사람이 알아서 그대로 하여야 하는 것이다.

하늘과 사람은 둘이 아니고 하나다. 모두가 하나로 보아야 한다. 모든 것이 그 하나에서 생겨나 흩어진 것이니 말이다(個全一如觀). 붉 받는 법이란 사람들이 따라야 할 길이며 알고 올바로 닦으면 하늘과 땅의 뜻에 맞아서 하늘과 땅의 참된 주인이 된다.

이 법을 이름하여 풍류도風流道, 혹은 선인도先人道라고도 한다. 이것은 오직 하늘의 뜻과 그 기운을 내 한 몸에 받아 얻어서 하나로 맞출 뿐이며, 참된 올바른 길일 뿐이다. 네가 여태껏 세 가지 숨쉬기를 한 것은 네 몸이 붉을 받을 수 있도록 올바른 길로 접어든 것이고(正覺道) 오늘부터 하는 것은 하늘과 땅의 참된 기운을 바로 네 몸과 마음에 맞물고 돌게 하는 법(通氣法)으로서 이것도 세 가지를 가르쳐줄 것이다. 네 몸과 마음이 하나가 되고 하늘과 땅의 모든 기운이 하나같이 되어 맞게 하는 법이다.

앞으로는 돌리는 것을 하는데 서거나 앉아서 할 때는 서쪽을 바라보면서 하고, 누워서 할 때는 머리가 서쪽으로 가게 하되, 밤중이 조금 지나서부터 점심때가 조금 지날 때까지(丑時부터 未時) 하도록 하여라.”

스승님께서는 이러한 가르침을 주시고 어딘가를 가셨다. 그리고 가끔 가다 돌아오셔서 수련을 점검해주셨다.

그러던 어느 날 무운도인께서 오셔서 묵으신 적이 있었다. 청산은 그동안 궁금하던 것이 생각나서 숨쉬기 할 때에 겪었던 일들을 말씀드리니 잠자코 듣고 계시다가 이렇게 말씀하셨다.

“그런 것이 앞으로 더 많아질 것이다. 모든 것은 네 스승이 가르쳐줄 것이다. 그런 것은 알아도 되고 몰라도 되는 것이며 나중에는 네 스스로 알게 되는 것이다. 하지만 가르쳐주마. 붉 받는 법을 닦아가는 데는 일흔 가지의 일들이 생긴다. 몸에는 서른 가지요, 마음으로 생기는 것이 마흔 가지다. 마음에서 생기는 마흔 가지는 무엇이 보이는 것, 말하는 것, 먹는 것, 가고 오는 것, 나는 것, 물에서 걷고 잠기는 것, 불에 들어가도 타지 않는 것, 어떤 딴 세상이 보이는 것, 영계라 하여 가고 오는 것, 무엇을 만들기도 하는 것, 높은 자리에 오르는 것, 세상천지에 못하는 것 없이 글도 절로 나오는 등등이다. 몸으로도 자기 몸이 실제 둘이 되고, 열도 되고, 천도 되는 것, 날 수도 있는 것, 아무 데나 마구 다녀도 걸리는 것이 없는 것 등등 이것도 서른 가지나 된다. 그러나 모두 허망한 짓이며, 만부득이 할 경우에 몸과 마음이 하나가 되어서 하여야 하는데, 붉 받는 법을 하는 가운데 잠시 잠시 되는 것은 다 소용없는 짓이고 그런 것이 된다 하여 다 닦은 줄 알면 큰일 나는 것이다. 그런 일이 있어도 빨리 잊고서 꾸준히 닦아야 하는 법이다. 그런 것에 지면 몸과 마음을 버린다. 알겠느냐?"

청산은 무운도인의 가르침을 마음에 새기며 꾸준히 수련에 정진하였다. 수련할 때는 고요한 가운데 혼령을 멀리 띄워서 스승님 계신 곳이나 항상 숨 쉬던 자리에 앉아서 쉬지도 않고 기운 돌리기를 하였다. 혼령은 한없이 먼 거리도 순식간에 보낼 수 있다. 누구나 다 자기 생각이 나는 곳을 머릿속에 떠올리면 즉시 그 모습이 나타나는 것과 같은 것이다. 그러나 깊이 닦아 가면 아주 정확히 보이는 것이다. 그리고 그 혼령, 넋은 허옇게 생긴 자기 모습과도 같다. 또는 아주 명확하게 자기가 보이기도 한다.

이것을 '나누어 보낸다(分心法)'고 한다. 그러고 나서 그 허연 자기를 이곳에서 가르치는 것이다. 나는 숨을 들이쉬는데 저곳의 자기는 숨을 토하는 수가 있다. 그것이 같이 되도록 하여 흠(氣)을 돌리면, 처음에는 여러 색깔이 도는 듯도 하고 안 도는 듯도 하다가 얼마 가면 거무스름한 것이 도는 것이 보이다가 차츰 붉은 빛으로 보인다. 나중에 푸른 기운이 완연히 돌아갈 때는 그것도 이곳에 있는 자기가 완전히 마음먹는 대로 되어야 한다.

이때에 기운이 약하면 옆에서 떠나지 못하고 잘 보이지도 않게 된다. 이때는 세 번째의 숨쉬기를 몇 가지 몸 움직이는 것만 하면서 계속하여 힘을 아래 단자리에 모아야 한다. 그 흠이 없으면 숨쉬고 돌리고 얼, 넋, 영을 띄우는 넷째 단계를 이룰 수 없다. 이것이 완전히 되면 몸이 둘로 보이는 수도 있다. 다른 사람이 보아도(分身法) 마찬가지다.

그리고 어느 것이나 그 얼, 넋, 영으로 볼 수 있으며 그것이 정확하면 딴 사람을 시켜 대질하여도 정확한 때도 있다. 그러나 그런 것에 현혹되거나 그것이 제일인 양 생각하면 안 된다. 그리고 얼, 넋, 영이 남보다 앞서 있기 때문에 말을 함부로 하여도 안 된다. 그대로 되는 수가 있으므로 말뿐 아니라 마음으로도 그리하면 안 된다. 그러면 반드시 인과율에 의하여 결국 자기가 당하고 만다. 닦아서 높이 올라갈수록 더욱 매사에 조심해야 한다.

네 번째 단계인 진기眞氣단법에서는 그동안 수련으로 아랫배 단전에 쌓여진 기운 덩어리인 단화기丹火氣를 몸의 정중앙인 임독맥으로 유통시켜 일명 소주천이라고 하는 임독자개任督自開를 이루었다. 이때 몸에서는 크게 세 번의 진동을 하였다. 그러고는 이어서 청산과 똑같은 몸이 나누어지는(分身) 체험을 하였다.

그 이후부터는 모든 수련을 분신과 함께 하였다. 예를 들어 호흡을 할 때도 분신을 앞에 놓고 분신과 같이 호흡을 하고 고난도의 동작을 할 때에는 분신에게 시키고 나서 뒤에 동작을 하면 그대로 잘 되는 것이다.

그리고 정신은 고도로 발달하여 스승님과는 영靈으로 대화를 하며 가르침을 받을 수 있는 단계가 되었다. 청산은 이렇게 진기단법을 2년 간 수련하였다.

진기단법을 다 마칠 무렵 스승님께서는 옛날 도화道話인 '그악태자'라는 이야기를 해주셨다. 어렸을 때 외적의 침입으로 왕이었던 부모님들을 여의고 산중으로 피난하여 살다가 도가 높은 가족을 만나 그 가족들에게서 국선의 도를 닦아 득도하여 잃어버렸던 나라를 되찾는다는 내용이었다.

스승님은 이 내용 중에 그악태자의 뼈를 깎는 고행의 수련 과정을 상세하게 들려주시고는 청산에게 그악태자와 같은 수련을 하라고 명하셨다. 그리고 내공 수련에 있어서는 다음 단계인 삼합단법을 가르쳐주셨다.

▎삼합단법三合丹法

"이제부터는 하늘, 땅 그리고 네 기운이 모두 합하도록 수련을 하는 것이다."

청산은 스승님의 가르침을 받아 점차적으로 전신의 기공으로 숨을 쉬는 피부호흡 단계로 들어갔다. 그리고 특이한 몸놀림도 배웠다. 이것은 돌단의 참 붉을 받아 단이 많이 모이면 넋이 뿌리려 하는 것을 돌리는 법이다(外功). 그러나 단이 모이지 않을 때에는 별로 소용없는 일이다. 그리고 외공(武術)을 배워서 싸움에 쓰면 절대 안 된다. 청운도인은 이처럼 다짐을 받아야 할 것이 있을 때는 "알겠느냐?" 하고 거듭 물으셨다.

"지금까지 닦아 얻은 단의 기운을 몸에다 갖추어 지니고 한 번 숨을 들이쉴 때나 내쉴 때에 코로 하지 말고 몸으로 숨을 쉬어라. 사람 몸에는 수없는 구멍이 있으니 그리로 땀만 나오는 것이 아니라 본래의 숨을 쉬는 것이다(皮膚呼吸). 그래야 하늘, 땅의 기운이 너와 하나가 된다. 너는 지금 하늘, 땅의 모든 기운이 스스로 네 몸에 들어오고 나가고 할 수 있는 곳에 있으며 또 닦아 나가면 네 스스로 그렇게 될 것이니 끊임없이 하여라. 그러고는 먼저와 같이 너의 얼령(魂靈)을 이번에는 하늘 높이 띄워놓고서 하거라."

누구나 10퍼센트 정도는 피부로 숨을 쉬고 있지만 본격적인 피부호흡을 하게 되면 심신의 많은 변화와 함께 높은 경지의 체험을 하게 된다. 특히 무술인 외공에 있어서도 범인의 경지를 뛰어넘는 도술을 구사하게 된다. 청산이 삼합단법을 다 배우는 데는 거의 2년이라는 세월이 소요되었다.

┃ 조리단법造理丹法

조리단법이란, 삼합단법의 피부호흡이 완전히 익숙해져서 피부로 들어온 기운을 단전에 모아 그 힘을 몸 전체 안에서 아무 곳이나 마음대로 돌리고 돌아가게 하는 것이다. 몸과 마음도 하늘 높이 둥둥 떠다니며 나와 하늘을 둘로 보지 않고 하나로 보면서 하늘과 나를 하나로 되게 하는 법이다.

특히 조리단법에서 나타나는 심신의 변화와 도력은 보통사람들이 이해하기가 힘들어서 나중에는 혼잣말 비슷하게 '내나 알지, 누가 아나' 하는 말이 절로 나온다고 한다. 또한 청산은 이때 스승님으로부터 의술醫術과 인체학人體學에 대한 가르침도 받았다.

그러던 어느 날, 스승께서 청산에게 하산하여 할아버지도 찾아뵙고 세상 구경도 하고 오라는 명을 내리셨다. 청산은 사부의 명에 따라 하산하여 할아버지를 찾아뵙고 바로 군 입대를 하였다. 이때는 이미 수련이 몸에 배어 있던 때라 군생활 중에도 시간만 있으면 꾸준히 수련을 계속하였다.

군복무를 다 마치고 청산의 나이 스물다섯 되던 해, 늦여름에 스승님을 찾아 다시 산을 올랐다. 그리고 못다 이룬 조리단법을 완전히 이루었다.

선도법 仙道法 수련기

▌삼청단법三淸丹法

"네 몸과 마음을 하나가 되게 하고 다음으로 하늘과도 같이(天人合一) 만드는 것이니 너의 몸을 수천수만으로 보이지 않게 나누어버린다는 생각을 하고서 전혀 내가 하나로 모이지 않으니 없다는 것을 만들도록 하였다가 다시 모이게 하여라. 생김도 없는 데서 생겼고, 너도 없는 데서 생겼으니 다시 없는 데로 가는 것이다. 그리고 다시 생겨나는 것이다. 그 이치를 잘 알아서 하도록 하여라."

누가 들으면 몹시도 허망한 얘기가 될 것이다. 그러나 이것이 선도법 수련의 방법이다.

그동안의 여섯 단계의 수련이 도력을 부리기 위한 준비였다면, 삼청단법부터는 대자연과 나의 몸이 완벽하게 하나가 되어 모든 잠재능력을 구사하고 발전시켜 도력의 극치를 닦는 과정이다. 이때부터는 영靈이 과거를 거슬러 올라가 모든 것을 아는 회상법回想法이나 아무리 먼 곳도 직접 가서 보는 것과 같은 투시법透視法, 거리와 상관없이 들을 수 있는 원청법遠聽法, 멀리 있는 사람과도 말할 수 있는 심언법心言法, 몸을 가볍게 하는 경신법輕身法 등등 이루 말할 수 없는 도력을 닦게 된다.

청산은 열심히 삼청단법을 수련하던 어느 날 동굴에서 실오라기 하나 안 걸친 벌거숭이 도인을 만났다. 이 도인은 말이 없이 다짜고짜 청산에게 싸움을 걸어와 대결을 하게 되었는데, 청산은 도력을 구사하는 단계에 오른데다 아무 두려울 것이 없는 한창의 나이였는데도 처음 만난 이 벌거숭이 도인에게 꼼짝을 못하고 당했다. 이 일은 청산으로 하여금 수련에 더욱 정진할 수 있는 계기가 되었다.

시간이 흘러 계절이 바뀐 어느 날 또 벌거숭이 도인이 나타나 다시 싸움을 걸어왔다. 이때는 청산도 그동안 갈고 닦은 실력을 십분 발휘하여 역전의 공세를 폈는데, 대결을 하면서 느낀 것은 벌거숭이 도인의 도가 상당히 높다는 사실이었다. 이렇게 한참을 싸우다가 벌거숭이 도인은 왼손을 높이 들고는 사라져버렸다.

후에 스승님께 이 도인에 대하여 여쭈어보니 큰 가르침을 주시는 분이라고 하셨다.

| 무진단법無盡丹法

어느덧 청산이 붉 받는 법을 닦기 시작한 지 어언 17년이 되었다.

무진단법은 고요히 앉아서 서서히 몸과 마음을 둘로 나누어서 다시 몸은 몸대로 마음은 마음대로 각각 또 수없이 나누었다가 다시 몸은 몸대로 마음은 마음대로 모으는 식으로, 몸과 마음을 하나로 만들었다가는 또 나누었다가는 또 모으고 하는 수련이었다.

이도 역시 말이나 글로써는 도저히 이해할 수 없는 법이나 스승님은 아주 세밀하게 설명을 하시며 청산을 이끌었다. 삼청단법에서도 몸과 마음을 함께 나누었다가 합치고 하였으나, 무진단법은 몸은 몸대로 마음은 마음대로 따로 따로 나눈다는 차이가 있다. 말은 비슷해 보이나 여기에는 엄청난 차이가 있다는 사실을 직접 해보지 않은 사람은 알 수가 없을 것이다.

▌진공단법眞空丹法

진공단법은 몸과 마음을 따로 나눈 다음에 그것을 여러 갈래로 나누고서도 하늘과 땅기운에다 맞추어 한데 모았다가 다시 내보내는 것이니, 이때는 최고 최대의 하늘과 땅기운까지도 끊고(遮斷法) 푸는(散解法) 법을 수련하는 것이다.

고요히 누워서 몸과 마음을 허공에 높이 띄우고 몸은 몸대로 마음(얼, 넋, 영)은 마음대로 나누어 홀올과 맺어주고 한없이 흩어서 먼지도 남지 않게 하였다가(天地人 氣合實), 서서히 허공에 모아 몸도 마음도 합하고 다시 몸은 몸대로 마음은 마음대로 나누어놓고 또 합하고 하는 와중에 몸과 마음의 변화가 수없이 일어나게 된다.

몸이 한없이 커지거나 작아질 때도 있고 하늘의 모든 것을 휘휘 저어버리려는 생각 등등의 수없는 변화가 생긴다. 그러한 생각은 절대로 금물이므로 반드시 올바른 지도를 받아야 한다. 그러한 것을 하면 자기가 먼저 하늘의 고아, 땅의 고아가 되어 모든 공덕과 공력이 허사로 되고 만다는 것을 명심해야 한다. 삼청단법 이후부터는 거두어놓고 쓰는 법이기 때문에 무서운 결과를 가져오게 되므로 극도로 몸과 마음을 조심해야 한다.

그러던 어느 날 스승님께서 말씀하셨다.

"우리는 맺음이 있어서 만났으나 맺음이 다하였으니 헤어지는 것이다. 사람이란 만나면 헤어지기 마련이고 또 헤어지면 만날 수도 있는 법이야. 너는 배울 것은 다 배웠으니 너 혼자서 배운 것을 꾸준히 끊임없이 닦아 나가도 좋을 것이다. 너는 그동안 용케도 고생을 참아가면서 수련에 정진했다. 이제부터는 자유로이 하산하여 네 갈 길을 찾아가야 한다. 그리고 후계자를 양성도 하고 모든 사람에게 유익을 주도록 도법을 전하여라. 그것이 너의 사명이다. 사람은 다 자기가 가는 길수가 있는 법이야. 그리고 내가 가르쳐준 모든 것을 바꾸면 안 된다. 아홉 가지 순서를 그대로 하고 그 정신에 벗어나면 못 쓴다. 조금이라도 벗어나면 다르게 되는 거야. 올바로 되지 못하는 것을 알아야 한다. 이제 잘 가거라."

청산은 그 마지막 말씀이자 명을 듣고 하산을 하게 되었다.

3장

국선도의 수련체계

"올바르다는 말의 기준은 천지자연의 원리 즉, 천지자연의 생성원리에 맞으면 올바른 것이 되고 그 원리에 어그러지면 올바른 것이 못되는 것이지요. … 사욕私慾과 사심私心을 버리고 천지자연의 공리公理와 같은 공심公心을 가지면 그 러한 마음을 도심道心이라 합니다. 도력道力을 얻으려면 도심道心을 가지고 도道의 법칙대로 수련해야 합니다."

청산, 강의 중에서

국선도의 역사

_____선사께서는 무엇이든지 강요하는 일이 없으셨다. 뭐든지 때가 되면 자연스럽게 되도록 하셨고, 필요하시면 한 번은 말씀하셔도 두 번 다시는 말씀을 안 하셨다. 그런데 지나고 나서 가만히 생각해 보면, 여러 번 반복해서 들은 말보다 한 번 들은 말씀들이 더 기억에 생생히 남아 있다.

성정이 그러하셨듯이, 국선도의 수련 체계도 직접 집필하신 『국선도』(1~3권)를 통해 누가 더 손댈 필요가 없을 정도로 철저하게 정리를 해놓으셨다. 따라서 국선도를 수련하려는 분들은 다른 무엇보다도 그 책들을 참고하면 좋을 것이다.

여기서는 일반 독자들을 위해 내가 선사로부터 배운 내용을 바탕으로 국선도에 대한 전반적인 설명을 드리고자 한다.

국선도란 한마디로 우리 민족 고유의 전통 심신수련법이다. 국선도國仚道라는 단어를 그대로 풀이하면 우주를 한 나라(國)로 보고 사람(仚)과 하늘(天)이 묘합하는 도(道)라는 뜻이 된다. 원래의 명칭은 '붉돌법(밝돌법)'이라고 하는데, '붉'은 태양, 광명, 밝음, 빛 등을 뜻하고 '돌'은 명사가 아닌 동사로서 돌고 도는 자연의 변화 법칙을 상징하는 말이다. '돌

잔치'라는 단어 속의 그 '돌'의 의미와 같다. 다시 말하면 사람이 태양의 밝음을 받아 자연의 법칙과 하나가 되게 하는 법이라고 말할 수 있다.

밝돌법은 오랜 세월 동안 신선도, 선비도, 현묘지도, 풍류도 등등의 여러 명칭으로 불려왔다. 현재의 국선도라는 이름은 '국선國仙'이라는 스승을 모시고 그 아래 낭도郎徒라는 학생들이 수련하였던 신라시대 화랑도의 문화로부터 유래한 것이다.

원래 국선도의 선伭 자는 신선 선仙 자가 아니고 사람 인 변(亻)에 하늘 천天 자가 쓰인다. 이 글자는 하늘사람 선, 통할 선, 깨달을 불 자 등으로 읽히는데, 옥편에는 안 나와 있고 아주 오랜 고서에만 나온다. 청운도인께서 선사에게 가르침을 주실 때 사용한 글자라서 선사도 스승의 뜻에 따라 이 글자를 쓰신다고 말씀하셨다.

국선도의 유래는 약 9,700여 년 전으로 거슬러 올라간다. 당시에 천기天氣(하늘홉)도인이라는 분이 인연이 있어 백두산에 들어가 도인들을 만나 수련법을 배우고 나서 하산하여 세상 사람들에게 전해주었고 그 이후부터 수련법이 전래되어 내려왔다고 한다.

물론 천기도인을 가르쳐준 도인들까지 계보를 밝힐 수 있으면 좋겠으나 그것은 불가능한 일이고, 국선도에서는 천기도인을 시조로 생각하여 모시고 천기도인이 백두산에서 세상에 도를 전하러 내려온 해를 천원기天元紀라 하여 연원을 삼고 있다.

예컨대 올해 2022년 음력 1월 1일을 천원기로 표시하면 9770년 음력 1월 1일이 되는 셈이다. 선사께서도 특별한 경우에는 이 천원기를 기입하여 사용하시곤 했다.

계연수가 편찬한 『한단고기』라는 책을 보면 7대의 환인桓因과 18대의 환웅桓雄, 47대의 단군이 계셨다고 한다. 그리고 7대 환인 중 첫 번째인 안파견 환인은 기원전 7197년에 생존했던 인물로 묘사되어 있는데, 이는 지금으로부터 약 9,217년 전이 된다. 그러니까 1대 환인과 천기도인은 약 550년의 차이가 있지만 얼추 비슷한 시대를 살았던 분들이 아닌가 추측을 해본다.

그리고 청운도인이 들려준 도화를 보면, 천기도인의 제자에게 배운 제자 가운데 한 사람이 지금 중국의 환강산에 경치를 구경하러 갔다가 '산고'라는 사람에게 밝돌법을 가르쳐주었는데 그 산고가 '화원의 오형제'에게 다시 도법을 가르쳐주어 그것이 중국 전역으로 퍼지게 되었다고 한다. 산고라는 사람에 대한 이야기는 청산의 저서인 『삶의 길』 중에서 「그악태자」 편에 나온다.

결론적으로 국선도는 하늘과 태양을 숭배하는 사상에서 비롯되었고 동양의 3교, 즉 중국의 도교, 불교, 유교가 생기기 오래전부터 전래된 동이민족 고유의 도법인 것이다.

수련이란 수신련성修身煉性의 준말이다. 즉 몸을 닦고 성품을 단련한다는 뜻이다.

우리는 흔히 대자연大自然을 대우주大宇宙라 하고 인간의 몸을 소우주小宇宙라 표현한다. 우리 인간의 몸이 대우주의 형상을 닮아 있기 때문이다. 그러나 자연과 우리 인간은 분명히 다른 부분도 있다.

그것을 크게 두 가지 측면으로 살펴보자면, 첫째로 육체적인 면이 다르다. 대우주는 무한히 크고 광활하다. 그래서 우주의 기氣는 아무 저항 없이 마음대로 유동하며 변화한다.

그러나 인간인 소우주는 너무도 협소한 육체를 가지고 있다. 그러다 보니 그 작은 육체 안에 있는 기혈이 마음대로 유동을 하지 못하고 많은 제약을 받게 된다.

둘째로 정신적인 면이 다르다. 대우주는 무욕無慾이면서 공욕公慾이다. 스스로 변화될 뿐 사심이란 없는데, 소우주인 인간은 감정과 욕심의 지배를 받아 사심私心과 사욕私慾을 가지고 있다. 이 점이 또한 대우주와 소우주의 차이점인 것이다.

그렇다면 수련이란 무엇인가? 수련이란 결국 소우주인 인간이 대우주와 같이 닮아가는 과정이다. 다시 말해 육체는 좁은 몸속에서도 대우주와 같이 기혈 순환에 아무 장애 없이 유동할 수 있도록 만들고, 정신은 사심과 욕심의 감정에서 벗어나 대우주의 정신과 같이 무욕이면서 공심이 되도록 만드는 과정이 수련인 것이다.

이것이 바로 수신련성修身煉性이고 다른 말로는 성명쌍수性命雙修라고 하는 것이다.

결론적으로 수련이란 육체와 정신, 몸과 마음을 같이 닦는 것이다. 몸만 닦거나 마음만 닦아서는 안 된다. 그러므로 국선도 수련은 먼저 정신을 담는 육체를 튼튼하게 만들고 나서 보다 높은 정신을 수련하는 체계로 되어 있다.

내공과 외공

국선도 수련의 목표는 부조화된 심신을 조화롭게 만들고, 인간의 잠재능력을 최대한 계발하여 극치적 체력과 극치적 정신력, 극치적 도덕력을 갖춘 전인적인 인간완성에 있다.

국선도의 수련은 크게 음陰적인 내공법內功法과 양陽적인 외공법外功法으로 나뉜다.

▎내공법

내공법은 음적인 고요함 속에 정신을 집중하고 호흡을 통하여 기를 쌓아 몸 안의 정기를 충만하게 하고 나아가 내 몸 안의 기운과 대자연의 기운이 소통대개疏通大開하는 법이다.

내공법은 아래와 같이 정각도正覺道, 통기법通氣法, 선도법仚道法의 세 단계로 나누어져 있고, 다시 각 단계마다 3단법丹法으로 나뉜다.

정각도 (육체적 단계)	중기단법中氣丹法	50가지 행공동작
	건곤단법乾坤丹法	23가지 행공동작
	원기단법元氣丹法	360가지 행공동작
통기법 (정신적 단계)	진기단법眞氣丹法	5가지 행공동작
	삼합단법三合丹法	2가지 행공동작
	조리단법造理丹法	행공동작 자유
선도법 (육체와 정신 합실合實)	삼청단법三淸丹法	행공동작 자유
	무진단법無盡丹法	행공동작 자유
	진공단법眞空丹法	행공동작 자유

그러나 이러한 총 아홉 단법은 수련단법의 종류이고, 실제로 수련을 하여 얻어진 단의 힘(丹力)은 성취도에 따라 수修, 련煉, 지智, 지地의 4단계로 나뉜다.

수修	1~6수修까지 중기단법과 건곤단법 완성
련煉	1~6련煉까지 원기단법 완성
지智	1~10지智까지 진기단법 완성
지地	1~15지地까지 삼합단법과 조리단법 완성

선사께서는 그 이후 단계에 대하여 "공空-진眞-아我의 삼청단법, 무진단법, 진공단법이 있다"고 하셨는데, 어느 책에는 "석가가 10지地요, 관세음보살이 8지地요, 서산대사가 5지地요, 사명대사가 4지地라 하나 선도의 도단과는 다른가 한다"고 쓰신 적이 있다.

▎외공법

외공법은 내공으로 쌓여진 정기를 원리와 법에 맞추어 양陽적으로 강력하게 순환시키어 기氣로 변화시키는 법이다. 그래서 외공법을 국선도에서는 기화법氣化法이라고 한다. 기화법은 외부의 위협으로부터 자신을 보호하는 호신법이기도 하다. 국선도는 내공 수련의 수준 높이에 따라 외공을 맞추어 하게 되어 있다.

내외공內外攻 오행五行 신체 단련법	
두頭	내內 / 외外
흉胸	내內
복腹	내內
수手	외外
족足	외外

국선도에서는 위와 같이 몸을 단련시킨 후에 본격적인 외공으로 들어간다.

외공법에는 다양한 권법과 검법이 있다. 검법에도 장검법, 단검법, 쌍검법 등등 여러 종류가 있고 창술과 봉술, 부채술(학우선법) 등의 다양한 무기술(武器術)도 있다.

권법拳法에서는 내공 단계의 수준에 따라 정靜-동動-강强-약弱의 흐름을 타며 기氣를 유통流通시키고 발산(發勁)하게 된다. 권법의 종류를 간략히 소개하자면 아래와 같다.

기본기	공방법	공격과 방어를 하나의 동작으로 하며 사방을 공격, 방어함
	원화법	회전의 탄력을 이용하여 공격과 방어를 함
	화중법	사방을 공격함
기화오공법氣化五功法		수화목금토 오행에서 음양을 나누어 5수씩으로 구성된 10세勢의 50가지 동작
기화팔상법氣化八象法		주역 8괘의 형상에 맞추어 8방을 공격하며 64괘에 해당하는 음의 64가지 동작
기화팔형법氣化八形法		주역 8괘의 형상에 맞추어 8방을 공격하며 64괘에 해당하는 양의 64가지 동작
오행법五行法		수화목금토 오행의 방향으로 보법을 전개하며 각 방향마다 5수씩 공격으로만 구성된 25가지 동작
기화용법氣化用法		오운육기五運六氣에 맞추어 구성된 권법으로 다음 표와 같다.

	地陰 ↓		地陽 ↓	
春	龍馬花(용마화)	子(자)	春馬花(춘마화)	각 3세형 36동작
春	龍春花(용춘화)	丑(축)	花春法(화춘법)	각 3세형 36동작
春	春飛花(춘비화)	寅(인)	飛上法(비상법)	각 3세형 36동작
夏	虎進法(호진법)	卯(묘)	地氣法(지기법)	
夏	飛龍法(비룡법)	辰(진)	天氣法(천기법)	
夏	躍上法(약상법)	巳(사)	上氣法(상기법)	· 六氣 ·
秋	躍天法(약천법)	午(오)	飛氣法(비기법)	· 六氣 ·
秋	結丹法(결단법)	未(미)	結金法(결금법)	
秋	妙功法(묘공법)	申(신)	天馬法(천마법)	
冬	雪中法(설중법)	酉(유)	雪梅法(설매법)	864동작
冬	白花法(백화법)	戌(술)	松月法(송월법)	864동작
冬	陽火法(양화법)	亥(해)	水氣法(수기법)	

	天陰 ↓		天陽 ↓	
木	初昇法(초승법)	甲(갑)	更昇法(경승법)	각 90동작
木	元昇法(원승법)	乙(을)	生昇法(생승법)	각 90동작
火	盛列法(성열법)	丙(병)	活列法(활열법)	각 90동작
火	廣列法(광열법)	丁(정)	救列法(구열법)	
土	心中法(심중법)	戊(무)	土中法(토중법)	· 五運 ·
土	圓中法(원중법)	己(기)	晴中法(청중법)	· 五運 ·
金	仁金法(인금법)	庚(경)	收節法(수절법)	
金	仁丹法(인단법)	辛(신)	强節法(강절법)	총 1,800동작
水	浸强法(침강법)	壬(임)	有無法(유무법)	총 1,800동작
水	堅强法(견강법)	癸(계)	有氣法(유기법)	

地陰			地陽		
龍馬花(용마화)	~勇·進·防(용진방)	春	春馬花(춘마화)	~力·動·禦(역동어)	각 12 동작
龍春花(용춘화)	~民·活·道(민활도)		花春法(화춘법)	~蒼·生·法(창생법)	
春飛花(춘비화)	~逆·惡·滅(역악멸)		飛上法(비상법)	~栓·善·導(전선도)	
虎進法(호진법)	~躍·列·盛(약열성)	夏	地氣法(지기법)	~湧·波·井(용파정)	
飛龍法(비룡법)	~梅·實·初(매실초)		天氣法(천기법)	~發·仁·始(발인시)	
躍上法(약상법)	~継·承·法(계승법)		上氣法(상기법)	~續·遠·永(속원영)	
躍天法(약천법)	~乾·坤·晴(건곤청)	秋	飛氣法(비기법)	~天·地·明(천지명)	
結丹法(결단법)	~物·黃·金(물황금)		結金法(결금법)	~質·玄·團(질현단)	
妙功法(묘공법)	~光·運·動(광운동)		天馬法(천마법)	~誠·得·妙(성득묘)	
雪中法(설중법)	~行·間·靜(행간정)	冬	雪梅法(설매법)	~功·丹·多(공단다)	
白花法(백화법)	~陰·中·陽(음중양)		松月法(송월법)	~圓·形·廣(원형광)	
陽火法(양화법)	~寂·醒·水(적성수)		水氣法(수기법)	~取·受·零(취수령)	

天陰			天陽		
初昇法(초승법)	~立·身·出(입신출)	木	更昇法(경승법)	~大·向·業(대향업)	
元昇法(원승법)	~和·相·成(화상성)		生昇法(생승법)	~風·過·勞(풍과로)	
盛列法(성열법)	~苦·得·世(고득세)	火	活列法(활열법)	~平·德·健(평덕건)	
廣列法(광열법)	~發·展·変(발전변)		救列法(구열법)	~滿·欲·揚(만욕양)	
心中法(심중법)	~早·起·順(조기순)	土	土中法(토중법)	~息·惠·逢(식혜봉)	
圓中法(원중법)	~行·景·暢(행경창)		晴中法(청중법)	~主·爭·否(주쟁부)	
仁金法(인금법)	~江·谷·芳(강곡방)	金	收節法(수절법)	~花·落·佈(화락패)	
仁丹法(인단법)	~錦·紋·慶(금문경)		強節法(강절법)	~茫·晴·命(망청명)	
浸强法(침강법)	~松·獨·波(송독파)	水	有無法(유무법)	~燈·失·亂(등실란)	
堅强法(견강법)	~安·加·吉(안가길)		有氣法(유기법)	~興·近·再(흥근재)	

앞의 표를 보면 오운육기의 10간干과 12지支 별로 음양陰陽으로 나누어 외공의 형이 구성되어 있다. 예를 들어 12지지地支 중에 음적인 봄

기운에 해당하는 자子의 용마화龍馬花 형형形에는 용용·진進·방방防이라는 세 가지 세세勢의 외공 형형形이 있고 한 가지 세세勢마다 열두 동작으로 구성되어 있다.

그러므로 종합해보면 기화용법의 외공은 44개의 형법形法과 124개의 세세勢와 2,664개의 동작으로 구성되어 있는 방대한 권법拳法인 것이다.

권법에는 그 외에도 기화용법氣化勇法, 기화생법氣化生法 등이 있다.

검법劍法으로는 장검법, 단검법, 쌍검법, 단도법 등이 있으나 정도법正刀法 한 가지만을 소개하자면 아래와 같다.

보운검保雲劍	상上·중中·하下의 세勢 각각 열두 동작
보정검保正劍	원元·명明·승昇의 세勢
보비검保飛劍	진眞·공空·유有의 세勢

그 외에 정원검正元劍, 비원검飛元劍, 천원검天元劍 등등이 있다.

봉법棒法은 설충봉雪忠棒, 상충봉霜忠棒, 영충봉泳忠棒 등이 각 3세勢의 형형形으로 구성되어 있고 총 108개 동작이 있다.

창법槍法은 화열창火烈槍, 금열창金烈槍, 뇌열창雷烈槍 등이 각 3세勢의 형형形으로 구성되어 있고 총 108동작이 있다.

이외에도 외공의 종류는 많이 있으나, 나중에 외공만 별도로 책자가 만들어질 때 자세히 밝힐 기회가 있을 것이다.

수련의 실제

물론 국선도를 수련하기 위해 이 모든 내외공을 다 배워야 하는 것은 아니다. 선사께서 국선도를 처음 보급하실 때, 그러니까 70년대 초에는 내외공을 함께 하여 내공 50퍼센트, 외공 50퍼센트의 비율로 이렇게 수련을 지도한 적도 있었다. 그러나 시간에 쫓기며 생활하는 현대인이 내외공을 같이 수련한다는 것은 너무 많은 노력이 필요했고, 외공에 있어서는 호신술로 사용하였으나 위력이 너무 강하여 당시에 문제가 되는 사건들이 몇 건 생기면서 그 이후부터는 아예 외공을 지도하지 않게 되었다. 그래서 요즘은 국선도라 하면 수련에 필요한 최소한의 시간인 1시간 20분 동안 단전호흡을 위주로 하는 내공 수련을 뜻한다고 보면 된다.

현재 외공은 지도자들을 위주로 교육을 하고 있으며, 더욱 깊이 있는 외공 수련을 원하는 사범들에게는 별도의 지도자 모임을 통하여 꾸준히 수련하며 계승하고 있다.

실제 국선도 수련장에서는 단전호흡에 앞서 약 15분 정도 온 몸의 각 관절들과 근육들을 다 풀어주는 준비운동을 한다. 그래야 몸을 충분히 이완을 시킬 수 있으며 이후에 하는 45분간의 단전행공丹田行功을 하기가 수월해진다.

단전호흡은 말 그대로 아랫배 부위의 하단전을 작용하며 숨 쉬는 것을 말하고, 단전행공이란 여러 가지의 많은 동작을 하는 가운데 단전호흡을 하는 것을 의미한다. 이처럼 단전행공을 하는 이유는, 사람의 몸이란 한 자세를 오래 하면 기혈氣血 순환이 잘 안 되기 때문이다. 단전호흡을 할 때는 몇 안 되는 동작을 가지고 하는 것보다도 상하좌우의 균형 잡힌 동작들을 다양하게 하면서 기혈 순환의 균형을 맞추게 되면 수승화강水昇火降이 잘되어 신진대사가 더욱 원활하고 기혈이 맑아진다. 그래서 단전행공은 타 수련법과 확실히 구별되는 국선도만의 독특한 특징이자 장점이라 할 수 있다.

수련 처음 단계인 중기단법에는 단전행공이 50가지 동작, 건곤단법에는 23가지 동작, 원기단법에는 360가지 동작이 있다. 총 433동작으로 구성되어 있는데, 그 이후부터는 수련을 해오면서 쌓인 기운이 작용하므로 크게 동작이 필요 없이 자유로운 행공이 가능해진다. 이와 같은 동작의 개수도 다 정확한 원리에 따라 구성된 것이다.

이처럼 단전행공을 한 후에는, 행공으로 모인 하단전의 기운을 오장육부와 전신으로 고루 보내고 순환시켜 신체를 더욱 탄력 있고 강건하게 하는 정리운동을 하게 된다. 그 시간이 약 20분 정도 걸린다. 그래서 준비운동과 단전행공, 정리운동까지 모두 마치면 총 1시간 20분 정도가 소요되는데, 이것이 일반 수련원에서 말하는 한 차례의 수련(1 time)이다.

국선도 수련의 가장 핵심원리는 정精-기氣-신神의 3단전丹田 이단二段 호흡법이다. 이것을 이해하기 쉽게 하나씩 간단히 풀어 설명하자면 다음과 같다.

사람이 숨을 쉰다는 것은 공기空氣를 마시고 토한다는 것이다. 그런데 공기 중의 기氣, 곧 천기天氣는 폐에 들어왔다가 나가기도 하지만 횡격막을 지나 아래로 내려가기도 한다. 그것은 지기地氣와 교합하려는 성질 때문이다. 그럼 지기地氣란 어디서 생기는가? 사람이 먹은 음식물은 위장을 거쳐 소장으로 와서 영양분으로 퍼지는데, 이것이 바로 음식물에서 생긴 지기地氣이다.

이 천기天氣와 지기地氣가 아랫배인 소장 부위에서 교합하여 신묘한 정精이 만들어진다. 이 정精은 정력精力과 정액精液으로 나누어지는데 그 뿌리를 허리 쪽에 있는 양 신장腎臟에 두고 있다. 그래서 정이 충만하면 허리가 튼튼하고, 또 허리가 튼튼하면 아랫배 힘도 당연히 좋게 되어 있다.

한방에서는 아랫배의 기운을 하초下焦라고도 부른다. 이 하초는 윗배의 중초中焦와 가슴 쪽의 상초上焦에 기운을 만들어 공급해준다.

이렇게 정精이 움직여 작용하는 것을 다른 말로 백魄이라고도 한다. 또 백魄을 순수 우리말로는 '넋'이라고 한다. 우리는 가끔 대화 중에 "넋 나간 사람처럼 왜 그래!"라는 표현을 하는데, 그때의 넋이 바로 이것을 두고 하는 말이다.

그런데 백은 흩어지려는 성질이 있어 오장육부 중에 어딘가 기운이 부족하면 기운을 공급해주는 역할을 하게 된다. 그러니까 하초下焦나 정력精力이나 백魄이나 넋이나, 결국 말만 다를 뿐 모두 아랫배에서 생긴 정의 기운을 일컫는 말인 것이다.

이렇게 아랫배에서 천기와 지기가 우리 인체의 중요한 작용을 일으키는데, 이곳을 도道의 용어로 단전丹田이라고 부른다.

단은 붉은 단丹 자를 써서 불꽃의 색깔을 의미하고, 나중에 깊은 수련이 되었을 때에는 기운이 뭉쳐 태양과 같은 덩어리가 아랫배에 형성이 되는데 이것을 단이 뭉쳐진 화기라 하여 단화기丹火氣라 부른다. 순수 우리말로는 '붉을 받았다'고 하는데, 이는 태양과 같은 불덩어리를 내 몸에 생기게 했다는 뜻이다.

전田은 자리 전田으로 장소를 말한다. 다시 말하면 단전丹田이란 천기와 지기가 뭉쳐진 자리라는 뜻이다. 이런 단전이 아랫배 쪽에 있다 하여 하단전下丹田이라 한다.

| 기氣에 대하여

정精은 안개와 같은 기운으로 변하여 척추를 타고 오르면서 머리의 뇌로 가는데, 하나의 기가 올라와 머리에 머문다 하여 머리의 기운을 이름하기를 그냥 기氣라고 부른다.

기氣는 뇌腦에 퍼져 있다가 작용을 하며 모든 생각을 주관하는데, 이 기氣가 활동하는 상을 영靈이라고 부른다. 기氣와 영靈은 결국 아래 단전에서 올라와 생긴 것이므로 머리를 상단전上丹田이라 한다.

┃ 신神에 대하여

상단전의 영靈은 무거워서 가라앉으려고 하는 성질이 있어 아래로 기운이 내려가는데, 이렇게 하단전의 기운이 오르고 상단전의 기운이 내리는 가운데 심장에 머무는 작용이 생기므로 이것을 신神이라 하고, 이 부위를 중단전中丹田이라고 한다.

신神이 활동하는 상을 가리켜 혼魂이라고 부르고, 이 혼魂을 순수 우리말로 '얼'이라고 한다. 우리는 지금도 대화 중에 "얼빠진 사람처럼"이란 말을 심심찮게 쓰곤 한다.

신神은 마음이 담겨 있으므로 사람들이 마음이 아프다고 할 때는 자연스럽게 손이 심장 쪽으로 가게 되는 것이다.

이렇게 정기신精氣神은 우리 인체의 가장 핵심원리가 되는 것이며, 이것을 가리켜 3단전이라고 하는 것이다.

그리고 실제 수련을 할 때는 상단전 기氣와 중단전의 신神을 아래 하단전의 정精으로 모으게 되므로, 결국 수련이란 정精을 충만하게 하여 기氣와 신神을 고도로 발달시키는 것이라고 보면 된다.

┃ 이단二段 단전호흡丹田呼吸에 대하여

만약 머리의 기氣와 가슴의 신神이 아랫배의 정精의 자리에 잘 모여 있으면 이것을 "정기신이 통일되었다"라고 하고, "얼이 잘 가라앉아 있다"라고도 말한다. 그런데 우리 인체는 신기하게도 얼이 머물러 있는 곳까지만 호흡 작용을 하게 된다.

다시 말해서 만약 얼이 들떠 있어서 명치에 걸려 있으면 숨을 아무리 깊게 쉬고 싶어도 숨은 명치까지만 내려간다는 것이다. 이런 경우는 우리가 살면서 많이 체험을 하는 부분이므로 쉽게 이해가 될 것이다.

만약 얼이 완전히 가라앉아 있다고 하면 위에서 설명한 정기신의 원리가 잘 이루어져서 건강해질 것이다.

일례로 아이들의 잠자는 모습을 살펴보라. 아이들은 정신이 맑고 얼이 가라앉아 있어 아랫배를 움직이며 호흡을 하는 모습을 보인다. 그러나 어른이 되어 많은 잡념과 번뇌망상으로 얼이 안 가라앉아 숨이 잘 안 내려가면 정이 뭉치는 힘이 약해질 것이고, 이런 상태를 오래 유지한다면 몸에는 병이 오게 되는 것이다.

호흡은 이렇게 중요한 역할을 하게 되어 있다. 호흡이 멈춘 것이 곧 죽음이다. 이처럼 중요한 호흡을 정기신이 통일되었다는 전제하에서 고요하고 부드럽고 깊게, 아랫배 즉 하단전으로 하게 되면 자연스럽게 호呼와 흡吸 사이, 흡吸과 호呼 사이가 약간씩 머무는 듯한 상태가 되는데 그런 상태를 이단二段 호흡 상태라 한다.

특히 숨을 마시고 멈추는 시간이 자연스럽게 길어지게 되면 정精이 뭉치는 작용이 강해지는데 거기에 바로 호흡의 비법이 숨어 있다.

언젠가는 선사께서 직접 종이에 그림까지 그리시며 내게 이단 호흡법을 설명해주신 적이 있는데, 그 내용은 아래와 같았다.

"숨을 마실 때 배를 최대한 내밀고 토할 때 최대한 움츠리는 식으로 움직이는 것은 처음 단전호흡을 할 때나 허용되는 것이지 본격적인 호흡에 들어가서는 최대한 단전을 내밀고 당기는 식의 극極은 피해야 한다. 만약 그렇게 하면 이마에 땀이 나고 잘되는 것 같지만 실상 단전으로 모여야 할 화기火氣는 흩어지는 것이다. 그래서 단전호흡을 할 때는 80~90퍼센트 정도만 마시고 토하면서 약간의 여유를 두어야 한다. 이것을 가리켜 이단二段 호흡呼吸이라고 한다."

국선도의 핵심원리를 정리해서 말씀드리자면, 첫째로 정기신을 통일하고, 둘째로 깊은 숨쉬기인 하단전 호흡을 하는 것이라 할 수 있다. 이것이 바로 국선도의 도道 닦는 법이다.

단전호흡을 가장 잘할 수 있는 방법의 핵심은 바로 위에서 말한 '얼'을 가라앉도록 하는 것이다. 아무리 동작을 바르게 잘 한다고 해도 얼이 들떠 있으면 단전호흡이 안 되고 반대로 얼이 가라앉아 있는 사람은 동작이 조금 안 되어도 단전호흡이 잘 된다.

요즘 많은 사람들이 단전호흡보다는 명상冥想에 대한 이해도가 높은데, 정신과 마음의 잡다한 망상과 잡념들을 단전에 두고 고르게 깊은 숨을 쉬고 있다 보면 자연적으로 머리와 마음이 비워져 맑아지며 최고의 명상 상태로 들어가는 것이고 더욱 깊게 들어가면 무아無我와 우아일체宇我一體의 경지境地를 체험하게 된다.

4장

청산의 가르침

"고목 우거진 산골 수십 리 사람 혼적 하나 없는데, 깊은 산속 여기 동굴 있으니 스승님 계신 곳 바로 내 안식처로구나. 아침 조용히 골짜기에 잡된 생각 모두 묻으니, 여기는 하늘의 수도터. 흰 구름 떠돌아 한가로우니, 이 몸도 저 먼 우주에 잠겨 있도다. … 산새들 지저귀며 바삐 날아 아침을 맞는데 웬일인고, 이 몸은 사시사철 그대로니 바쁠 것 없네. 스승님 말씀 따라 그대로 하면 되는 걸, 나보다 너희가 왜 바쁘냐!"

청산, 「스승님 찾아서」 중에서

도道와 수련법修煉法에 대하여

_____선사는 나의 질문과 그때그때의 상황에 맞추어 여러 가지 가르침을 들려주시곤 했다. 이번 장에서는 그중에서 가장 인상 깊고 또 독자 여러분께 도움이 될 만한 내용들을 공개하고자 한다.

▎입도

내가 수련이 한창 잘되어 정말 도를 이루어보고 싶다는 생각이 처음들 때가 있었는데, 그때 선사께 이렇게 청을 드린 적이 있다.

"진정한 도를 닦고자 하는데 한 말씀 해주시겠습니까?"

"도道로 들어가는 데는 두 가지가 있다.

첫째는 어린 나이에 아무것도 모를 때 스승에 의해 끌려 들어가는 것이고, 둘째는 세상만사 경험을 다 해보고 나서 그 부질없음을 깨닫고 늦게 들어가는 것이다. 그래서 도道에서는 '어서 오십(50)시오'라고 한다. 나이가 50이 되면 도 닦기에 아주 좋은 시기라는 뜻이다.

20대 중에는 아직까지 도로 들어간 사람이 없다. 오죽하면 석가모니 같은 사람도 29세에 출가하여 30대에 도를 이루지 않았느냐!

그리고 자기의 노력을 최대한 들여 수련을 하되, 하다가 하다가 이루지 못할 때는, 그때는 하늘이 잡아 이끌어준다."

| 자빠진 공부

선사께서 대화를 하시다가 몇 번인가를 '자빠진 공부'라는 말씀을 하시기에 여쭈어보았다.

"방금 '자빠진(一) 공부'라는 말씀을 하셨는데 그게 무엇입니까?"

"공부工夫에는 일(1) 자 공부와 자빠진 공부가 있다. 일 자 공부는 스승과 제자가 똑바로 앉아 자세를 바르게 하면서 하는 것을 말하고, 자빠진 공부라는 것은 스승과 제자가 누워서도 할 수 있는 것인데 도道 공부는 자빠진 공부라고 하는 것이다."

선사는 다른 제자에게도 "공부 중에 마지막 공부가 자빠진 공부야"라고 말씀하신 적이 있다.

| 진眞

내가 한창 나름대로 도道 공부를 한다고 열중하고 있을 때의 일이다. 불교 하면 떠오르는 글자가 공空이고, 유교 하면 공자와 맹자의 인仁과 의義가 떠오르고, 도가에서는 노자의 무無가 떠오르는데, 국선도에는 그런 글자가 무엇인지를 몰라 여쭈어보았다.

"국선도가 찾는 것을 한 글자로 표현하면 무엇인가요?"

"진眞이니라. 진眞을 옛 글자로 하면 갖출 구具 자이니라. 시방(十方) 세계의 모든 것을 다 갖춘다는 뜻이다."

▌정명완수定命完遂

한번은 선사께서 내게 물으셨다.

"남준아! 너는 왜 태어났다고 생각하니?"

"글쎄요."

"사람은 누구나 자기의 정명定命이 있어 그것을 완수完遂를 하기 위해서 태어나는 것이란다."

▌도인道人

수련 중에 문득 '누구나 같은 수련으로 도道를 이루면 아는 것과 능력도 똑같아지지 않을까?'라는 의문이 생겨서 선사께 질문을 드렸다.

"도인들은 도를 이루고 나면 다 같아집니까?"

"아니다. 도를 다 이루고 나면 각자의 전문 분야가 다 있다."

▎세 명의 도인이 법을 걸면

한번은 TV뉴스를 보다가 세상에서 말하는 극악무도한 사람이 경찰에 잡힌 소식이 나왔다. 왠지 마음에 여운이 남아 도인道人들의 세계에서는 이런 사람을 어떻게 해결하는지 궁금하여 선사께 여쭈어보았다.

"세상을 너무 어지럽혀서 도저히 안 되겠다, 없애야겠다는 생각이 들만한 사람이 만약 있다면 도인들은 어떻게 합니까?"

"사람은 누구나 자기의 정명을 완수하려고 이 땅에 태어나지만, 살면서 너무나 자연의 법도를 어지럽힌 탓에 하늘과 조상마저 도저히 살려둘 수 없어 내친다고 가정한다면 그럴 때는 도인道人들이 그를 처단할 수 있다.

그 방법은 도인 세 명이 모여 앉아 처단할 사람의 성명을 종이에 적고 죽을 날짜와 시각을 적는다. 그리고 세 도인이 법法을 걸면 종이에 이름이 적힌 사람은 정확히 적힌 날짜와 시각에 죽게 된다.

만약 그런 일을 한다면 그 세 도인에게도 상당한 기의 소모가 있게 된다. 하지만 이처럼 도인 셋이 모이는 것은 참으로 어려운 일이다."

▎통리通理

선사는 통리에 대한 말씀을 강의에서 자주 하셨는데, 나는 처음에 그 말뜻을 이해하지 못해 강의를 마치신 선사께 곧장 여쭈어보았다.

"통리通理라는 말씀을 하셨는데 그것이 무엇인지요?"

"통리通理라는 것은 이통理通이라고도 하는데, 세상의 모든 이치를 알고 깨우치는 것을 말한다. 통기법 수련에는 이통을 하는 과정이 있는데, 이처럼 이치를 통하기 위해서는 약간의 기초 공부가 있어야 한다. 만약 이통理通이 되면, 『천자문』같은 것은 '천지인야天地人也'라고만 해도 더 볼 것이 없다. 천지인의 이치를 적어놓은 것인데 이치는 이미 알고 있으니 책을 볼 필요가 없다는 말이다."

▍ 거부신拒否身

국선도가 다른 수련법과는 다르게 몸을 상당히 소중하게 생각하는 경향이 있기에 선사께 이런 질문을 드렸다.

"수도자修道者가 자신의 신체 일부를 결심을 위해 훼손하였다면 어떠한지요?"

"수도자가 자신의 몸을 함부로 훼손하면 이는 하늘이 버리고 조상이 버려서 수도修道를 할 수 없게 된다. 또 수도를 계속한다 해도 도를 이루기 어렵다."

▍ 난공難功 수련법

언젠가 선사께서 강의를 하시다가, 사람들이 편하고 안락한 것만 찾아서 수련을 게을리한다고 말씀하시면서 이런 수련인들에게 난공 수련을 시키면 아마 하루도 못 견딜 것이라고 하시기에 궁금하여 여쭈어보았다.

"난공難功 수련이란 무엇입니까?"

"난공 수련이란 말 그대로 어려워서 하기 힘든 수련이라는 뜻이다.

1년을 사계절로 나누어 봄부터 종일 수련을 하여 내기內氣를 쌓고, 여름에는 흰 돌을 바닥에 깔아놓고 그 위에서 옷을 다 벗고 행공을 하되 돌에 반사되는 빛까지 받으며 여름 내내 수련을 한다. 가을에는 폭포로 들어가 물을 맞으며 가을 내내 수련을 한다. 이렇게 가을 수련까지 마치게 되면 아무리 눈이 오는 추운 겨울이라도 어디에서건 무난히 견디며 수련할 수 있다. 이것을 난공 수련이라고 하는 것이다."

▎중기中氣

국선도 수련에서 제일 처음의 수련 단계가 중기단법인데, 그 의미를 모르고 수련을 하다가 문득 중기란 말이 궁금하여 선사께 질문을 드렸다.

"중기中氣가 무엇인지요?"

"중기라는 것은 기운이 한쪽으로 치우치지 않은 것을 말하는데, 만약 백지장에 중기의 작용(도술)을 걸면 백지장 모서리를 벽이나 천장 아무 데나 붙여도 안 떨어진다."

▎각진관覺眞觀

진기단법 때부터는 각진관을 이루고 들어가야 깊은 단계로 들어갈 수 있다는 말씀을 어떤 분과의 대화 중에 하시기에 대화가 끝나고 나서 궁금하여 여쭈었다.

"진기단법 때 하는 각진관이라는 것은 무엇입니까?"

"각진관이라는 것은 수도를 꾸준히 해나가기 위해서 나와 관련된 모든 일의 답을 얻는 것이다. 예를 들면 가족이나 직업, 친구, 자기가 해야 할 일 등등을 적어놓고 가부좌로 앉아 깊은 수련을 하다가 문제 하나를 떠올린다. 만약 가족이면 나와 가족을 떠올리고 나서 그대로 수련을 하며 잊어버린다. 그러다 보면 어느 순간 내가 꾸준한 수행의 길을 가기 위해서는 어떻게 가족들에게 해주고 어떻게 행동해야 하겠다는 것이 자연스럽게 깨우쳐져 답을 얻게 된다.

그래서 그 답을 얻으면 그만큼 천기天氣가 찬다는 것이다. 그렇게 해서 하나씩 나와 관련된 모든 것을 다 풀고 나면 그다음부터는 그런 것으로 인한 고민이나 근심 없이 그대로 행行만 하면 되는 것이다. 이것을 각진관覺眞觀이라고 한다."

"그런데 왜 나와 관련된 문제를 계속 떠올려 생각을 하지 않고 잊어버려야 하나요?"

"만약 네 생각을 계속 잡고 있게 된다면 다른 영감靈感은 떠오르지 않게 된다. 깨달음이란 나를 잊었을 때 오는 것이다."

| 빙의憑依

선사는 무속인과 접신接神에 대하여 이야기를 하시다가 이런 말씀을 하신 적이 있다.

"요즘 빙의된 사람들이 많다고 하는데 수련을 하면 어떻게 되나요?"

"수도자가 정신을 우주에 통일시키면 삿(邪)된 잡신雜神들은 두려워 감히 수도자 앞에 나타나질 못한다. 그래서 옛말에 사불범정邪不犯正 (삿됨은 바름을 침범하지 못함)이란 말이 있지 않느냐!

그리고 도인 한 사람이 나오면 그 집안에는 대대로 접신되는 사람이 안 나온다."

| 꾸준한 수련

한번은 건곤단법을 수련하다가 나보다 몸집이 좋은 분과 팔씨름을 해서 이기게 되었다. 기분이 좋고 기쁘기도 해서 선사께 말씀드렸더니 이런 말씀을 하시면서 웃으셨다.

"제 아무리 천하장사라도 꾸준히 수련하는 사람에게는 못 당하는 법이야!"

| 긴 호흡

세 번째 수련 단계인 원기단법은 호흡을 차츰 길게 유도하면서 행공을 하게 되어 있는데, 나는 원기단법을 열심히 수련하던 중에 문득 경지가 높아지면 어느 정도 호흡을 길게 할 수 있을까 하는 의문이 생겼다.

"수련의 단계가 올라갈수록 호흡을 점차 길게 하는데, 그러면 높은 단계에서는 호흡이 얼마나 길어지나요?"

"서울에서 부산까지 서너 번의 호흡이면 갈 수 있다."

┃ 비서秘書

선사는 하산하면서 스승으로부터 두 권의 책을 받으셨는데, 그 책을 한동안 부친(필자의 조부)께 맡기셨을 때가 있었다. 나는 어려서 당시에는 못 보았고 나중에 할아버지께 그 책에 무엇이 적혀 있었는지 여쭈어보니 이렇게 말씀하셨다.

"한 권은 책 내용이 네 아버지의 스승부터 전대의 스승들까지 쭉 도맥道脈을 이은 계보가 적혀 있었는데, 다른 사람은 잘 모르겠고 직계인지 방계인지는 알 수 없으나 사명대사와 서산대사의 이름이 있더라.

그리고 다른 한 권은 축지법이나 장풍과 같은 도술이 적힌 책이었어. 어느 날인가 네 아범이 와서 달라고 하여 가져갔다."

언젠가 선사도 강의를 하시다가 이런 말씀을 하신 적이 있다.

"서산대사, 사명대사도 우리 국선도 수련을 했고 옥룡자라고 부르는 도선국사나 최고운 같은 분들도 모두 우리 수련을 했는데, 그러한 기록이 『선사仙史』에 잘 나와 있기에 내가 하산하여 그 책을 수소문해보았지만 찾지 못했습니다."

그러나 할아버지의 말씀대로라면 아마도 선사는 그 책을 가지고 계셨던 것 같다.

나는 할아버지가 들려주신 도술이 적힌 책을 직접 보진 못했다. 다만 선사께서 직접 기록하신 노트를 외공 노트와 함께 보관하고 있는데, 그 내용이 황당하게 느껴져서 전혀 받아들이지 못하실 독자들도 많을 것이기에 여기서는 약 30퍼센트 정도만 간략히 옮겨 소개하고자 한다.

❖ **회사법**回思法
　영靈이 과거를 거슬러 올라가 과거의 일들을 살펴보는 법

❖ **투시법**透視法
　거리와 물체에 상관없이 꿰뚫어 보는 법

❖ **원청법**遠聽法
　거리와 상관없이 소리를 듣는 법

❖ **음청법**音聽法
　죽은 사람의 혼과 영의 소리를 듣는 법

❖ **심언법**心言法
　멀리 있는 죽은 혼령과 말하는 법

◈ **유기법**流氣法

　　기의 힘으로 몸속의 막힌 곳을 푸는 법

◈ **분심법**分心法

　　마음으로 자신의 몸을 나누는 법

◈ **분신법**分身法

　　실제 몸을 여럿으로 나누는 법

◈ **경신법**輕身法

　　신체를 아주 가볍게 만드는 법

◈ **대기차단법**大氣遮斷法

　　기의 흐름을 차단시키는 법

◈ **현광선법**顯光宣法

　　감춰진 곳을 더욱 밝게 보는 법

◈ **비원법**飛遠法

　　멀리 뛰어 나는 법

◈ **인잠법**引潛法

　　높이 있는 것을 아래로 끌어내리는 법

◈ **찰형명관법**察形明觀法

　형체를 추적하여 밝게 보는 법

◈ **대기혼진진법**大氣混唇抮法

　음양의 기를 흔들어놓아 형체를 볼 수 없게 하는 법

◈ **산해법**散解法

　정체된 기氣를 푸는 법

◈ **탄력방어법**彈力防禦法

　(칼 등의 무기로) 몸에 공격을 받아도 아무렇지도 않음.

◈ **비행법**飛行法**(총 아홉 종류)**

　① **낙화비공법**落花飛空法: 높은 곳에서 하부로 내려오는 수련으로서 아무리 높

　은 곳에서도 사뿐히 내려올 수 있다.

　② **비조술법**飛鳥術法: 새는 날개로 날지만 인간은 공空을 알아 정신精神, 육체肉體

　가 혼연 공空이 되어 한없이 먼 곳도 동일 시간에 날 수 있는 법을 수련한다.

◈ **합정기법**合精氣法

　정精과 기氣를 합합하여 법력法力을 발發하여 상대相對 상부上部를 거니는 법으로

　경신법輕身法을 병행 수련하여야 한다.

◈ **풍법**風法**(총 일곱 종류)**

① **천풍법**天風法: 하늘로부터 바람을 날리는 법(삼매를 지나야 한다)

② **장풍법**掌風法: 손바닥으로 공기를 강력히 밀어 바람을 일으키는 법

③ **풍뢰교격장**風雷交擊掌: 뇌성벽력 치는 벼락바람으로서 도저히 막을 수 없는 장풍법

◈ **행법**行法**(총 다섯 종류)**

① **축지행법**縮地行法: 인간은 정신精神이 육체를 지배한다는 원리는 알고 있으나 실지 하나도 행하여 보는 자 드물다. 정신이 서울에서 부산을 가면 육체도 서울에서 부산을 가야 한다. 정신이 미치는 시간에 육체도 도착하여야 한다는 원리는 너무도 당연하다. 하나 기실은 못하고 있으니 소小-대大-통通의 단계별로 소축, 대축, 통축으로 구분하여 수련한다(그림 참조).

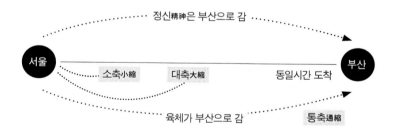

② **수상행법**水上行法: 물 위를 걸어가는 법으로서 물이 파도에서 오르는 힘(力)을 이용하여 걷는 법부터 시작하여 잔잔한 물 위도 걸을 수 있다.

◈ **감취법**甘取法

　상대를 가까이 오게 하는 법(상대성과 양유음유陽有陰有의 원리)

◈ **은신법**隱身法**(총 네 종류)**

　① **물은**物隱: 물체를 이용하여 은신하는 법

　② **형은**形隱: 전면前面에 색色을 비치어 몸을 감추는 법

◈ **신법**身法**(총 네 종류)**

　① **분신법**分身法: 몸을 여럿으로 상대에 보이게 하는 법

　② **공신법**空身法: 색즉시공色即是空 공즉시색空即是色의 원리로 공空으로 변하여
　　아무것도 보이지 않게 하는 법

◈ **생사법**生死法

　① **가사법**假死法: 잠시 죽어 있으나 완전히 죽지 않게 하고 다시 환생할 수 있는 법

　② **환생법**還生法: 잠시 죽어 있다 다시 심장을 조절하여 살아나는 법

◈ **격파법**擊破法**(총 여섯 종류)**

　① **분신격파법**分身擊破法: 몸을 여럿으로 하여 상대를 제거하는 법

　② **신공격파법**神功擊破法: 정신력으로 부수고 육은 나중에 닿는 법

◈ **검도창봉법**劍刀槍棒法**(총 열일곱 종류)**

　세상에 고금을 막론하고 적이 있으면 음양법陰陽法에 의하여 상대가 반드시 있
　는 것이다. 고로 상대를 물리치기 위하여 도인은 검봉劍棒 상上 유로有路를 깨달

았으니 검, 도, 창, 봉법은 도법道法 통자通者에게 필요하나 '이理'에 가면 필요 없다는 점을 알아두고 수련하기 바란다.

① **정검법**正劍法: 살생을 피하고 상대에게 위협을 주는 검법으로서 팔방八方 정검법이 있으니 아무리 많은 적도 살생하지 아니하고 급혈을 쳐서 실신케 하는 검법(각 혈마다 별도 알려주겠음)

② **단검법**短劍法: 자기 몸에 가장 가벼운 작은 칼로서 적을 제거할 때 자유자재로 하기가 좋으며 특히 여자에게 수련하기 좋은 수련법(48행을 별도 교양)

③ **삼기검법**三奇劍法: 치아로 물고 좌우수左右手로 검을 잡고 좌우수검. 분실 시에는 치아에 물고 있던 검으로 사용하기도 하며, 또한 적이 도주 시 치아로 그대로 던져서 상대를 제거하는 법.

④ **목검법**木劍法: 생검에 능숙히 통달하면 백지 한 장을 생검같이 사용할 수 있듯이 비록 나무이나 생검과 같은 위력을 나무에 넣어 사용하는 특검법特劍法이다.

⑤ **압검법**壓劍法: 적의 검을 손이나 치아로 잡고 놓아주지 아니하는 법

❖ **안정신법**安精神法

원소元素를 지나 정精과 신神을 달통達通, 법력法力을 발發하여 가장 쉬우며 가장 편안히 휴양을 하는 법으로서, 무아無我의 신신身에 들어가 일체고뇌를 버리고 모든 죄 지은 자도 스스로 깨닫게 하는 법

❖ **의술법**醫術法

백회부터 용천까지 365경혈을 알고 질병의 원인을 규명하여 수승화강水昇火降 요법과 약, 침, 뜸 등으로 13요법에 의하여 해당 치료하는 법(별도 교양).

❖ **역법**力法**(총 일곱 종류)**

　　① **정신비력법**精神秘力法: 심령의 비밀을 투철히 잡아 쥐고 법력을 발發하는 법

　　② **앙격력법**央擊力法: 36방향에서의 공격을 중앙에서 공격하는 법

❖ **역식해법**力食解法

　　어떠한 물체를 먹어도 소화시키는 법.

❖ **용철법**用鐵法

　　모든 쇠는 쓰는 곳마다 다르니 상대 무기가 무슨 쇠로 된 것을 사용하는지가 중
요하여 언제나 상대보다 좋은 쇠를 사용하여야 하며, 쇠를 아무렇게나 임의대로
꺾고 휘고 마음대로 할 수 있는 법력 수련을 하여야 한다.

❖ **상통천문법**上通天文法

　　위로 하늘의 이치를 깨닫는다(특별교육).

❖ **간문통법**間文通法

　　하늘과 땅 사이의 이치를 깨닫는다(특별교육).

❖ **하달지리법**下達地理法

　　아래로 땅의 이치를 깨닫는다(특별교육).

❖ **이통**理通

　　천상天上과 천하天下의 모든 이치理致를 체득體得하여 득도得道하는 것을 말하니

이곳은 생로병사生老病死도 없는 불생불멸不生不滅의 자리니라.

선사는 이처럼 모든 도력을 노트에 적어놓고 제일 첫 장에 '인생하처불상봉人生何處不相逢'이라는 글을 쓰셨다.

인생하처불상봉人生何處不相逢이란 "사람이 살아가면서 어디에서든 서로 만나지 않겠는가!"라는 뜻으로, 수련을 꾸준히 한다면 어느 곳에서든지 반드시 서로 만나게 된다는 가르침이다.

외공 시범

선사의 외공 노트 첫 장에는 이런 글귀도 씌어져 있다.

"내외공內外功이 신화神化할 때까지 수련하라."

선사는 경기도 광주 무갑리 야외 수련장에서 외공을 주로 전수해주셨다. 물론 직접 시범도 보여주시곤 하셨는데, 나는 지금도 선사가 목검을 잡고 보여주신 몇 수를 잊지 못한다. 그 칼의 움직이는 속도와 힘은 정말 대단했다. 부채를 양 손에 잡으시고는 마치 춤을 추듯이 우아하게 펼치는 모습 또한 어디에서도 볼 수 없었던 장면이었다.

한번은 서울 본원 건물 옥상에 살 때, 아래층에서 수련을 마치고 옥상으로 올라가 보니 선사께서 약간 무릎을 구부리고 서서 동서남북을 움직이며 계속 양손을 교차하며 뻗고 계셨는데 손 모양이 각양각색으로 바뀌면서 공격하는 형이 보였다.

▎ 외공 교육

외공에서 제일 처음의 가르침은 허리휘기였다. 선사는 허리를 마치 고양이같이 만들도록 하셨고, 다음으로 보법을 가르쳐주시고 그다음은 막기, 팔 뻗기, 발차기 순으로 가르쳐주셨다.

선사는 따로 가르치는 시간을 내실 때도 많았지만 절반 정도는 생활하시다가 자연스럽게 가르침을 주시곤 했다. 예를 들어 식사를 하다가 갑자기 젓가락을 하나 들고는 "봉술의 기본은 이 동작부터 익히는 거야" 하며 시범을 보여주시는 식이었다. 보법의 경우에도 같이 길을 걷다가 "보법은 이렇게 하는 거야" 하며 언뜻언뜻 자세를 취해 보여주시던 기억이 있다.

그리고 한번은 이런 말씀도 하신 적이 있다.

"내공 수련에다 외공 수련을 합하면 완벽하다."

▎ 외공 호흡법

선사께서 입산 전에 지으신 『국선도 1』의 「외공」 편에 보면 "외공에도 음양陰陽적 작용이 있으니, 서서히 동작을 하다가 빨라지고 빨리 하다가 또 느려지고 하는 것이 국선도 단리 외공법의 특색이다"라고 쓰여 있고, 또 "외공에 있어 한 동작을 하여도 숨쉬기를 잘 조절하여서 하여야 된다는 것도 명심하여야 되는 것이다"라고 적혀 있다.

그런데 책에만 그렇게 적혀 있을 뿐 호흡이 언제 빨라지고 언제 느려지는지를 구체적으로 밝히시진 않으셨다. 그러다 보니 초창기부터 외공을 배운 분들도 타 외공들과 같이 호흡에는 크게 신경을 안 쓰고 외공형外功形에 집중하여 수련을 하고 있다.

그러나 선사는 내게 유독 호흡에 대한 말씀과 강조를 많이 하셨다. 어찌 보면 국선도 외공은 그대로 내공의 연장이나 마찬가지이므로 호흡이 중요하지 않을 리 없다.

언젠가 선사는 기초형形 하나를 가르쳐주시고 이렇게 말씀하셨다.

"단전호흡을 하되 한 호흡에 한 동작씩 하거라!"

이에 수백 번 반복해서 호흡과 동작이 잘되니 다시 말씀하셨다.

"이제는 한 호흡에 두 동작을 하거라! 그리고 동작은 조금 더 빨리 하거라!"

그다음에는 "한 호흡에 세 동작을 하거라! 그리고 지난번보다 더 빨리 하거라!" 하셨고, 이렇게 한 호흡에 여러 동작을 하는 법이 익숙해지니 "이제는 너의 폐활량에 맞추어 해보거라! 하다 보면 스스로 터득하게 될 것이다" 하셨다.

그래서 말씀하신 대로 따르다 보니 단전으로 숨을 마시고 멈춤과 동시에 빨리 움직이며 여러 동작을 하고, 숨을 토할 때는 천천히 움직이거나 거의 정지가 되어가며 하게 되었고, 이어서 서서히 숨을 마심과 동시에 빨라지는 것을 터득하게 되었다.

이때 외공으로 생기는 아랫배의 압력은 아주 강해졌으며, 형을 하고 나면 힘이 빠지는 것이 아니라 오히려 몸이 정말 가볍고 힘이 생기는 것이 참으로 독특했다.

그리고 나 스스로의 연습으로 어느 단계에 들어가면서 몸의 앞쪽인 임맥任脈이 열리고 목 뒤의 대추혈이 풀어지는 것을 완연히 느낀 이후부터는 많은 형形을 해도 숨이 하나도 안 찼다.

더 나아가서는 임맥任脈과 독맥督脈 부위에서 텅 빈 통로만 있는 느낌이 들었고 전신이 텅 빈 느낌, 전신이 꽉 찬 느낌, 기가 운기되어 뻗치는 느낌 등등 내공 수련에서의 변화 못지않게 많은 체험과 체득을 하게 되었다.

▌경신법輕身法

경신법이란 글자 뜻 그대로 몸을 가볍게 하여 특히 외공을 할 때 쓰이는 것인데, 선사께서는 그 원리를 설명하면서 직접 시범을 보여주셨다.

"경신법의 가장 기초는 줄넘기부터 하는 것이다. 자세는 이렇게 하고 발을 이런 식으로 하면서 연습을 하거라. 그리고 나서 숙달이 되면 돌들이 많은 개천 같은 곳에서 달려보거라. 그러면 너 스스로 알게 될 것이다. 그런 다음 평지에서는 보법을 이런 식으로 밟으면서 뛰는 것이다."

▌내관법內觀法

내가 수련이 잘되질 않아 정신 집중하는 방법을 여쭈어보았더니 선사는 이렇게 말씀하셨다.

"눈을 감고 마음으로 눈에서 코끝을 본다고 생각하고, 다시 코에서 입을 본다 생각하고, 입에서 턱을 본다 생각하고, 턱에서 목, 목에서부터는 가슴속을 본다 생각하고, 다음은 뱃속, 그리고 그대로 단전 속을 본다고 생각을 해보거라.

이것이 내관하여 정신을 집중하는 방법인데, 한 번 해서 안 되더라도 여러 번 하다 보면 집중이 될 것이다.

이렇게 내관을 오래하며 수련이 높아지다 보면 오장육부가 보일 때가 있는데, 그때 만약 충蟲이 있으면 그대로 손을 뱃속에 넣어 끄집어내는 것이다."

▌1일 수련 시간

어느 날 내가 수련을 열심히 한다고 해도 여전히 부족한 것 같아 여쭈어보았다.

"아버님, 도道를 이루기 위해서는 하루에 최소한 몇 시간 수련을 해야 합니까?"

"그야 여섯 시간은 해야지."

▌변화

나는 수련을 시작한 후에도 이렇다 할 만한 변화가 좀 늦게 나타나는 것 같아 선사께 이런 질문을 드렸다.

"어느 정도 수련을 해야 몸에 변화가 올 수 있나요?"

"길 지나가는 사람 아무나 모셔다 놓고 수련을 지도해도 정확히만 한다면 16분이면 변화가 오기 시작하지."

요가의 창시자

선사는 70년대 초에 가끔 작은 소책자를 내신 적이 있으신데, 그 소책자들 중에는 이런 글귀가 있었다.

"인도 요가의 창시자도 우리 민족의 밝돌법 수련을 배운 사람이다."

도인道人의 기준

또한 소책자에는 도인道人에 대해서도 이렇게 적혀 있었다.

"체득體得으로 심리, 생리, 물리, 병리, 약리가 하나(一)의 이치라는 곳까지 다다랐을 때 도인이라 한다."

행공의 효과

일반적으로 수련원에서 단전호흡과 병행하는 동작인 행공을 할 때 1분

20초나 2분 40초에는 동작을 바꾸게 되는데, 이처럼 긴 시간을 수련할 때 행공 동작을 어떻게 바꾸는 것이 좋은 것인지 궁금하여 여쭈었다.

"행공 수련을 할 때 한 동작을 오래 하는 것이 좋은가요? 아니면 자주 바꾸며 여러 번 하는 것이 좋은가요?"

"그야 한 동작을 오래 하는 것이 좋지."

▮ 좋은 변화를 놓치다

내가 정각도의 두 번째 단계인 건곤단법을 수련하면서 집중이 잘되었을 때가 있었다.

하루는 서서 단전호흡을 한참 하고 있는데, 얼굴에서 약 1미터 정도의 거리에서 점 같은 것이 느껴지면서 그 점에서 얼굴과 상부 쪽에 마치 거미줄이 씌워져서 강하게 나를 당기는 듯한 기운을 경험했다. 만약 내가 힘을 풀면 그대로 넘어질 정도의 세기였다. 그리고 잠시 뒤에는 뒤쪽에서 똑같은 증상이 느껴졌고, 또 잠시 뒤에는 왼쪽과 오른쪽으로도 일정한 거리와 시간으로 전후좌우의 증상을 체험했다. 내가 바로 선사께 가서 말씀을 드렸더니 이렇게 말씀하셨다.

"이놈아, 그런 때는 그대로 가부좌 자세로 앉아 끌리는 대로 뒹굴면서 계속 수련을 했어야지! 그다음의 변화는 오장육부가 다 보이는 것인데, 네가 그것을 끊어버렸으니 다시는 안 올지도 모른다."

나는 후회막급이었지만 어쩔 수 없는 일이라 생각하고 또 부지런히 수련을 재개했는데, 선사의 말씀대로 그러한 경험은 다시 오지 않았다.

▮ 단전의 움직임

보통 단전호흡을 하면 단전의 움직임이 사람들마다 비슷한 것 같으면서도 미세하게 다 다른데, 그렇다면 축기가 많이 된 사람들의 단전은 어떨까 궁금해져 선사께 여쭈었다.

"아랫배에 기氣가 꽉 차면 단전은 어떻습니까?"

"몇 밀리미터(㎜)밖에 안 움직이지."

▮ 지止에 대하여

국선도에서는 단전호흡을 할 때 숨을 마시고 약간 자연스럽게 머무는 듯하다가 숨을 토하고, 또 약간 머무는 듯하다가 숨을 들이마시게 되어 있다. 그리고 단법이 올라갈수록 마시고 머무는 시간을 점차 늘리게 되어 있다.

그런데 이 들숨과 날숨 사이에 머무는(止) 방법도 세 가지로 나뉜다.

① 멈추는 동안 기가 계속 들어오게 하는 방법

② 물속에 들어간 것과 같이 완전히 차단시키는 방법

③ 멈추어 있는 동안 알게 모르게 새어 나가는 방법

이중에서 선사의 방법은 세 번째였다. 선사는 본원에서 강의를 하실 때 지止에 대한 질문을 받으시고는 이렇게 대답하셨다.

"숨을 마시고 멈춘다는 것은 이미 기氣가 빠져나가기 시작하는 것이고, 숨을 토하고 멈춘다는 것은 이미 기가 스며들어 오기 시작하는 것입니다. 자기가 마시거나 토하지 않았는데도 모르는 사이에 코와 피부로 작용을 하는 것입니다. 그리고 원기단법 후반부터는 녹음기 소리도 무시하고 흡지吸止를 점점 길게 유도해주어야 합니다."

▌재수련

나는 원기단법을 수련하다가 아무래도 여러 면에서 부족한 것 같아 선사께 이런 말씀을 드렸다.

"제가 생각할 때 아무래도 원기 수련의 축기가 많이 부족한 것 같아 흰 띠를 매고 중기단법부터 다시 시작해야겠다는 생각이 드는데요?"

"아니다. 그러지 말고 원기단법을 계속해서 마치거라. 도道에서는 '다시'라는 말이 없다. 부족한 것은 앞으로 열심히 해서 채우거라. 그래도 부족함이 느껴지면 원기단법을 반복하거라."

▌축기과정

한번은 또 원기 수련을 하다 어려운 행공 동작에서 호흡이 잘 안 되는 때가 있어서 선사께 질문을 드린 적이 있다.

"원기 행공을 하다 보면 동작이 어려워서 호흡이 잘 안 되는 경우가 있는데 끝까지 참고 잘 될 때까지 완벽하게 하고 넘어가야 하나요?"

"정히 어려운 동작들은 부족하더라도 넘어가고, 나중에 원기 마치고 축기를 할 때에 원기 1번부터 안 되던 동작들만 골라 보충하여 하고 나머지 시간은 가부좌로 오래 하는 것이 축기 과정의 수련이다."

┃ 후회

본원의 수련생 중에 호흡 수련만 들어가면 잠시 뒤부터 신선과 바둑을 둔다는 분이 계셨다. 선사께서는 그 얘길 들으시고 그 사람에게 말씀하셨다.

"그런 것에 미혹되면 안 됩니다. 그런 것이 보이더라도 잊어버리고 호흡에만 집중해서 수련하세요."

그래도 그 사람은 선사의 충고를 안 듣다가 결국 수련을 그만두었는데, 당시 같이 수련을 하시던 분이 나중에 그분을 우연히 길에서 만났더니 그때 선사의 말씀을 듣지 않은 일을 몹시 후회하고 있었다고 한다.

┃ 섭생법

섭생법에 대해서는 선사의 기존 저서들에도 나와 있지만, 여기서는 선사께서 라디오 방송과 강연 등에서 말씀하신 내용을 종합해서 소개하고자 한다.

첫째로, 기후와 풍토를 고려해야 한다.

지구를 보면 크게 나누어 냉대, 온대, 열대 지역으로 나눌 수 있다. 지역별로 하나씩 살펴보자.

냉대 지역은 바깥기온이 체온보다 상대적으로 낮고 음陰이 강한 지역이다. 그래서 이 지역의 사람들은 음양의 조화를 맞추기 위하여 섭생으로는 양陽이 강한, 즉 열량이 높은 음식을 먹어야 하고 술도 독한 술을 취해야 한다. 지리적 여건상으로도 야채나 과일이 귀하므로 어쩔 수 없이 열량이 높은 육류를 많이 먹게 되고, 잘 알려진 보드카라는 술은 추운 지방에서 먹어온 대표적인 독한 술이다. 이러한 섭생법들이 그 지역에 사는 사람들에게는 가장 알맞은 것이다.

열대 지역은 냉대 지역과 반대로 체온보다 상대적으로 바깥 기온이 높고 양陽이 강한 지역이다. 그래서 이 지역에 사는 사람들은 음양의 조화를 맞추기 위하여 음陰적인 열량이 낮은 음식을 섭취하고 술도 순한 것을 먹어주는 것이 좋다. 그리고 야채와 과일들이 풍부하므로 자연환경이 제공하는 음식을 그대로 먹는 것이 가장 좋은 섭생법이다. 그래서 힌두교에서는 소고기를 안 먹고, 무슬림에서는 돼지고기를 안 먹는다. 물론 이는 종교적인 계율이지만 섭생의 관점에서 보면 더운 지방에서 필요로 하는 위생적인 계율이라고 볼 수 있다.

온대 지역은 냉대나 열대 지역처럼 편중된 기온은 아니지만, 각 지역마다 나름대로의 사계절이 있고 기후풍토가 있으므로 그 지역에서 생산되는 계절별, 지역별 특산물을 먹는 것이 바람직하다. 그러니까 제철에 나는 음식과 지역의 특산물을 위주로 먹는 것이 가장 좋은 섭생법인 것이다.

현대에는 보관과 유통 과정이 매우 발달해서 계절에 상관없이 여름 음식을 겨울에도 먹고 지구 반대편 음식을 가져다가 먹기도 하지만, 그만큼 음식에 담긴 영양과 에너지(氣)와 인체 생리상의 조화는 썩 바람직하지 않다.

요즘은 그래도 많은 사람들이 웰빙을 내세우며 신토불이를 강조하고 제철음식을 찾는 것은 섭생법에 있어 많이 깨어가고 있다고 봐야 할 것이다.

둘째로, 성격과 관련이 있다.

섭생은 크게 나누어 육식과 채식, 알곡으로 나누어 볼 수 있다. 자연계에 존재하는 모든 동물을 관찰해보면 결국 이 세 종류의 섭생을 하며 살아가고 있다. 이러한 자연계의 동물들을 유심히 관찰해보면 섭생과 동물의 품성과는 많은 유사점이 있음을 쉽게 발견할 수 있다.

우선 육식을 하는 사자나 호랑이, 독수리와 같은 동물들을 보면 용맹스러우며 또한 포악한 면을 볼 수 있다. 반면 채식을 주로 하는 소나 사슴, 기린과 같은 동물들을 보면 상대적으로 순하고 어질어 보인다. 또한 알곡을 좋아하는 다람쥐나 참새와 같은 종류의 동물들은 순하면서도 영리한 특징이 있다.

이와 같이 섭생과 성격과는 아주 밀접한 관계가 있다. 그리고 이러한 관계는 비단 동물에게만 적용되는 것이 아니고 사람에게도 비슷하게 적용이 된다. 오래도록 육식을 한 사람과 오래도록 채식을 한 사람 간에는 혈액이 탁하고 맑은 정도가 차이가 나며, 혈액이 맑고 깨끗한 사람일수록 성격 또한 차분하고 순해진다. 그래서 수행을 하는 사람들은 대부분 채식을 선호하며 성정을 맑고 안정되게 하려고 한다.

그리고 학설에 의하면 사람은 육식과 채식을 골고루 해야 하는 잡식성이라고 하는데, 사람은 엄격히 말해서 채식동물로 태어났다. 그래서 채식이나 알곡 위주의 식물을 섭취하면 몸 안의 생리작용이 원만해지지만, 육식을 하게 되면 생리 활동의 장해 요인들이 미세하게 발생하게 된다. 이러한 장해 요인들은 현대 과학에서도 많이 증명되고 있는 사실이다.

특히 수련을 열심히 깊이 있게 하다 보면 몸 안이 점점 맑아지면서 점차적으로 육식이 싫어짐을 체험할 수 있고, 더 나아가 높은 단계의 수련을 닦게 되면 완전한 초식과 생식만으로만 섭생하여야 한다는 사실을 보더라도 인간에게 가장 올바른 섭생은 채식임을 알 수 있다.

셋째로, 단식斷食은 금한다.

국선도에서는 금식과 단식을 금한다. 그 이유는 수련의 목적 자체가 몸 안의 조화를 이루는 것인데 단식을 하게 되면 부조화가 생기기 때문이다.

예를 들어 음식물이 위胃에 있을 때는 소장小腸이 비어 있고 또 소화가 되어 소장으로 내려가면 위장이 비고 하는 식으로 일정한 시간 간격으로 서로 차거나 비우면서 균형을 맞추게 되어 있는데 단식을 하게 되면 이러한 조화가 깨진다.

젊을 때 위胃를 개선해보고자 한두 번의 단식을 하는 것은 그렇다고 쳐도, 속이 조금만 안 좋아도 단식을 하게 된다면 점차 조화가 깨지며 위장胃腸뿐만이 아니고 비장脾臟까지 같이 상하며 얼굴이 핏기를 잃고 오히려 깊은 병을 얻게 된다.

그래서 예부터 금식이나 단식은 죄인들에게 벌을 주기 위한 방법으로 사용을 했고, 한의학에서도 식약일체食藥一體라 하여 병이 있을 때 알맞게 잘 골라 섭생을 하면 모두 약이 된다고 보고 있다.

더욱이 수련을 하는 사람들이 단식을 하면 많은 기氣 소모가 있게 된다. 만약 3일간 단식을 하게 되면 배로 잡아 6일을 보양해야 하는데, 수련인의 경우에는 7일 동안 수련해놓은 축기가 소모가 되어버린다.

그러므로 단식은 가급적 피하는 것이 바람직하다고 볼 수 있다.

넷째로, 소식小食을 한다.

요즘 현대인 대부분이 알맞게 소식小食을 하면 좋다는 것쯤은 모두 알고 있다. 물론 맞는 말이지만, 수련을 하는 사람이라면 간과하면 안 되는 부분이 있다.

처음 수련을 시작하게 되면 그동안 생활하면서 잘 안 쓰던 근筋, 골骨, 기肌, 육肉, 혈血, 맥脈, 피皮, 부膚를 쓰게 되면서 많은 에너지를 소모하게 된다. 이 말은 그만큼의 충분한 에너지원인 곡기(地氣)를 공급해 줘야 한다는 뜻이다. 만약 소모되는 열량에 비해 너무 적게 지기地氣를 공급하게 되면 오히려 정精이 잘 안 뭉치고 수련의 진전이 더딜 수도 있다.

그래서 수련에 처음 입문을 한 사람들은 소식小食만을 고집하지 말고 몸이 요구하는 대로 알맞게 식사를 하는 것이 좋다. 꾸준히 수련을 하다 보면 아랫배에 기운이 쌓이면서 차츰 식사량이 자연히 줄게 되고, 또한 몸이 스스로 알아서 탁한 음식을 조절하므로 자연스럽게 담

백한 음식을 찾게 된다.

이렇게 식사량이 자연스럽게 조절되어 줄게 되면 그만큼 천기天氣가 몸 안에 쌓이게 되는 것이고 또한 천기天氣가 쌓인 만큼 몸은 가벼워지는 것이다. 이 정도 수련이 된 사람이면 식사량도 일정해지고, 체중도 가장 알맞은 수준에서 유지가 된다.

결론적으로 말하여 수련하는 사람이라면 처음부터 무조건 소식하지 말고 몸에서 요구하는 대로 알맞게 맞추어 식사를 하면서 차츰 소식을 해야 하는 것이다.

다섯째로, 생기生氣 있는 음식을 먹어라.

사람에게 병이 생기기 시작한 것은 화식火食을 하고 난 이후부터라는 말이 있다. 그 말의 진실 여부를 떠나, 일단 싱싱한 채소를 지지고 볶는 과정에서 생기가 없어지는 것만은 분명한 사실이다. 물론 육류도 이에 해당하지만 여기에서는 식물성 음식에 대해서만 언급하겠다.

음식을 섭취한다는 것은 다르게 말하면 우리 몸이 지기地氣를 취하는 것이다. 기왕 지기를 취할 것이라면 기氣가 파괴되기 전의 상태에서 섭취하는 것이 당연히 좋다.

이런 차원에서 보더라도 앞에서 언급한 제철음식이라든지 자기 고장에서 바로 구할 수 있는 음식을 채취하여 바로 먹는 것이 얼마나 중요하고 좋은 일인지를 알 수 있다.

요즘은 포장과 유통업이 발달하여 인스턴트식품과 가공식품이 넘쳐 나는데, 그것들은 생기生氣 있는 음식과는 거리가 멀다. 그러므로 가급적 열을 가하지 말고 생식이나 초식과 같이 천연 그대로의 음식을 먹는 것이 바람직하다고 하겠다.

여섯째로, 자신과의 대화에 능통하라.

섭생법에 대한 많은 이론이 있지만, 무엇보다 중요한 것은 자신과의 대화에 능통해지는 것이다. 이 말은 현재 지금 나에게 어떠한 음식이 가장 필요하고 알맞은 것인가를 자신에게 물어 섭생을 한다는 뜻이다.

이 방법은 우리가 흔히 말하는 맛있는 것만 골라 먹는 편식과는 다르다. 예를 들어, 심한 운동으로 땀을 많이 흘렸다면 당연히 몸은 수분을 공급해달라고 요구를 하고 우리는 물을 마시고 싶어질 것이다. 또 음주를 과하게 한 후에는 아침 식사로 해장국이나 콩나물국, 북어국 같은 것을 먹어 속을 달래고 편하게 하고 싶은 마음이 들 것이다. 이처럼 우리가 몸의 상태를 읽어 요구에 응해주었다면 곧 심신이 편안해지며 만족해할 것이다.

바로 이와 같은 식사법이 자신과의 대화에 능통한 식사법이다. 이렇게 자기 몸의 상태에 맞추어 식사를 한다면 굳이 자신의 체질을 파악하지 않아도 가장 이상적인 섭생을 할 수 있는 것이다.

자신과의 대화를 가장 잘하는 사람들은 임신을 한 여성들이다. 임신 여성들을 보면 갑자기 무엇이 먹고 싶다고 하거나 잘 먹던 것에 질색하기도 하면서 몸이 요구하는 것을 찾아 먹곤 한다. 이때 먹는 음식은 바로 몸에 꼭 필요한 것이므로 약 못지않은 좋은 작용을 하게 된다.

일곱째로, 감사한 마음으로 식사하라.

오늘날의 식사 문화는 음식을 앞에 놓고 대화하며 즐기는 문화로 많이 바뀌었다. 예전만 해도 유교의 영향을 받아 '식불언食不言하며 침불언寢不言하라'는 말에 따라 밥 먹을 때와 잠 잘 때는 조용히 하는 것을 예로 삼아왔다.

그러나 어떠한 식사법이 옳고 그르다고 말할 수는 없다.

중요한 것은 음식을 먹을 때 감사와 고마움의 마음을 생각하면서 먹는가 하는 점이다. 우리가 식사를 할 때는 겸허한 마음으로 자연과 인간의 땀방울로 생산된 귀한 음식이 내 피가 되고 살이 된다는 고마움을 느끼며 먹어야 완전히 소화가 되는 것이다. 이것 먹고 빨리 나가서 뭘 해야지 하고 급하게 먹게 되면 체하기 쉽고, 소화도 제대로 안되고, 영양 흡수도 잘 안된다. 음식이란 기氣의 결정체이므로, 내 마음 작용으로 인하여 내 몸 안의 기와 음식의 기가 조화가 안 될 수 있기 때문이다. 그래서 '한 톨의 쌀알도 귀한 줄 알고 먹어라'고 하는 옛 어른들의 말씀에는 깊은 뜻이 담겨 있는 것이다.

우리는 누구나 알게 모르게 이러한 섭생법을 실천하고 있다. 그러나 늘 염두에 두고 생활한다면 더욱 건강한 삶을 유지할 수 있을 것이다.

▍동물과의 대화

선사는 국선도의 네 번째 단계인 진기단법에 대해 알려주시다가 이런 말씀을 하셨다.

"진기단법 수련이 깊어지면 영으로 동물들과의 대화가 가능해진다."

그런데 하루는 실제로 경기도 광주의 야외수련장에서 이런 일이 있었다. 당시 야외수련장에는 전국에서 찾아온 수련생들이 많이 있었다. 점심 식사 후 모두들 밖에 나와 산책을 하려고 하는데, 마침 하늘에서 야생매가 사람들 머리 위를 빙글빙글 돌고 있었다. 그때 수련생들과 함께 걸으시던 선사께서 매를 보시고는 "이리 와라" 하고 소리를 치셨다.

그러자 신기하게도 매가 서서히 내려오더니 선사의 팔뚝 위에 앉았다. 모두들 신기한 광경에 깜짝 놀랐는데, 선사가 다시 날려준 후에 다른 사람이 똑같이 불러보았지만, 그 매는 산 어딘가로 날아가 버렸다.

┃ 산 기도

선사께서는 산의 정기精氣에 대한 말씀을 하시다가 "수도修道하는 사람들은 산에 오르기 전에 마음으로 기도를 하고 올라야 한다"고 주의를 주셨다.

┃ 밤 수련

대부분의 수련자들은 하루 중에서 새벽이 수련하기에 가장 좋고, 다음으로 오전이 좋고, 그다음은 오후이고, 밤에는 기가 별로 없으니 수련을 하지 않는 편이 났다고 생각을 한다. 어떤 지도자는 아예 밤 수련을 금하는 예도 있다. 나름 일리가 있긴 하지만 진기단법 수련 때는 좀 예외가 된다.

선사는 "진기단법에서는 밤에 수련을 하여야 할 때가 있다"고 하셨는데, 내 상식으로는 밤 10시부터 새벽 2시까지가 세포 분열이 가장 왕성한 시간이라 밤 수련이 필요해지는 때가 있지 않나 생각해본다. 그리고 선사는 "밤에 수련을 하다 보면 귀신을 볼 수 있다"고도 하셨다.

▎임독유통의 증험

사람의 신체에서 등 쪽 정중앙에는 독맥督脈이 있고 앞쪽 정중앙에는 임맥任脈이 있다. 수도자는 앞뒤의 임독맥을 여는 것을 아주 중요시하는데, 이것을 임독유통任督流通, 또는 임독자개任督自開라고 한다.

연다는 것은 단전의 기운 덩어리인 단화기丹火氣가 척추로 올라 머리 위를 거쳐 앞쪽 임맥으로 내려오도록 한다는 것인데, 단화기가 막힘없이 돌 정도에 이르려면 몇 년을 한결같이 수련해야 할 정도로 쉽지 않은 일이다. 나는 만약 완전한 임독유통이 되면 어떻게 되는지 궁금하여 선사께 여쭈어보았다.

"완전한 임독유통이 되면 어떻게 되나요?"

"자기가 가지고 있는 힘의 세 배가 생기고, 자기 체중의 다섯 배가 되는 것을 몸의 어느 부위에 얹어도 견딜 수가 있다. 피부는 본래의 제 색깔이 나오고, 눈에서는 안광이 나오며 기氣를 볼 수 있게 된다. 그리고 머리가 고차적으로 트여 통리通理를 할 수 있는 두뇌로 바뀐다."

분심分心과 분신分身

선사가 진기단법 강의 때 하신 말씀이다.

"처음에는 마음으로 영체를 띄워 분심分心법으로 수련을 하지만, 나중에 완전한 임독유통이 되어 분신分身이 나오게 되면 제삼자가 봐도 똑같은 모습의 다른 한 사람이 보이고 옷을 빨간색으로 입고 있으면 그 옷 색깔 그대로를 객관적으로 볼 수 있게 됩니다. 이때 만약 발 벌리기라든지 허리 휘기와 같은 안 되던 동작이 있다고 하면 분신을 시켜 먼저 하게 하고 내가 따라 해보면 다 되게 되어 있습니다."

전신全身의 단전화丹田化

선사는 진기단법에 대한 가르침을 주실 때 상당히 중요한 것이라면서 자세히 설명하셨다.

"어떤 나무를 어떻게 만들어서 몸에 허虛한 곳이 없도록 빈틈없이 고루 자극을 주어 전신全身의 단전화丹田化를 이룬 후에 비로소 진기단법에 들어가야 한다."

기계체조

한때 운동에 욕심이 있던 나는 기계체조를 잘하는 사람이 부러워서 서울 종로의 YMCA에서 기계체조를 한 달간 배운 적이 있었다. 하루는 조금 늦게 집에 들어오게 되었는데 선사께서 왜 이렇게 늦었냐고 물으시기에 사실대로 고했더니 이렇게 말씀하셨다.

"나중에 분신을 띄워서 시키게 되면 그 분신이 하는 대로 네 몸도 어떤 동작이든 다 할 수 있게 되는데, 뭐 하러 기계체조는 배우러 다니느냐!"

▍기혈유통의 이유

선사께서는 강의를 하시다가 기혈유통氣血流通의 필요성을 다음과 같이 설명해주신 적이 있다.

"사람은 움직여야 합니다. 아무리 올바로 먹고 올바로 마신다고 해도, 움직이지 않으면 그 자체만을 가지고 힘의 동력은 나오지 않습니다. 축기蓄氣의 예를 들어보겠습니다. 축기란 말은 단전丹田 안에서 자꾸 기를 모으는 것을 말합니다. 그런데 이 축기도 축기로만 그쳐서는 안 됩니다. 이것이 움직여야 힘으로 발發하기 시작하는 것입니다. 파동波動해야 힘이 나지 그냥 축기만 한다고 힘이 되지를 않습니다.

그래서 임독을 유통시키고, 기를 유통시키고, 피를 순환시키고 해서 동력을 내기 위해 돌려야 하는 것입니다. 그러기 위해서는 손으로 기혈을 보낸다든지 또는 어디로 보낸다든지 해서 작용을 시켜 경혈을 마음대로 유통시켜서 기氣가 유장悠長하고, 맑고 깨끗한 혈血이 마음대로 몸에서 작용을 할 때 비로소 몸에 다른 이물질, 즉 딴 병균이 나한테 접근을 못 하는 것입니다."

▎행공 자세

정각도 단계에는 433가지의 행공 동작이 있다고 앞에서 언급한 바 있다. 그런데 그간 국선도에 관련된 책자와 인쇄물들이 여러 번 나오면서 간혹 동작의 좌우가 바뀌어 나오는 경우가 있어 선사께서 입산하시기 전에 책을 집필하실 때 옆에서 질문을 드려보았다.

"아버님, 행공 동작이 나오는 인쇄물들을 보면 좌우左右나 우좌右左로 방향이 바뀌게 되어 있는 것들이 있는데 어떤 것이 맞는지요?"

"행공 동작은 모두가 좌우나 좌좌우우 아니면 좌우좌우의 순으로 하게 되어 있다. 그러한 혼선을 막기 위하여 이번에 일괄 정리하여 책을 내려는 것이다."

▎외공의 완성기간

한때 나는 무협지 읽는 재미에 빠져서 시간을 보낸 적이 있는데, 거의 모든 무협지가 임독유통만 되면 생사현관生死玄關을 열었다고 하여 최고의 상승무공을 할 수 있는 듯이 쓰여 있기에 선사께 여쭈었다.

"임독유통이 완벽히 되었다면 외공은 얼마 정도 기간이면 되겠습니까?"

"일반적인 외공이야 일주일이면 끝나지."

▍영단靈丹

무협지에 보면 공력을 증가시키기 위하여 영단靈丹을 복용하고는 몇 갑자의 공력이 증가했다는 내용들이 나와 이것이 실제로 가능한 일인지 여쭈어보았다.

"무협지를 읽다 보면 공력을 증가시키는 영단이라는 약이 있다고 나오는데 정말 그런 약이 있나요?"

"있지! 영단은 하늘의 기운을 받은 다섯 가지 약재와 땅의 기운을 받은 다섯 가지 약재를 합하여 만든다. 그러나 문제는 그중의 약재 하나 구하기도 어렵다는 것이다. 그 약 이름은 천지환天地丸이라고 한다."

▍유기법流氣法

영화나 무협지에서 보면 대결 중에 탈진을 하거나 내상을 입은 사람에게 타인이 기를 주입하여 살려내는 장면들이 가끔 나오는데 정말로 가능할까 의문이 생겼다.

"무협지 같은 데에서 보면 진기를 타인에게 주입하여 공력을 높이는 법이 있는 것으로 나오는데 그런 방법이 실제 가능한가요?"

"가능하지. 허나 그럴 때는 혈穴을 쳐서 수승화강水昇火降이 되도록 하면서 기를 주입해야 하는 법이다."

| 통리通理 때의 모습

선사는 사물의 이치나 법리法理를 깨우치는 통기법 단계를 수련하실 때 스승님과 어떻게 공부를 했는지를 말씀해주신 적이 있다.

"사부님과 같이 앉아서 수련을 하다가 사부님이 '공空' 하고 글자를 주시면 나는 그 말씀을 듣고는 잊어버리고 계속 수련을 한다. 그러다 문득 '진眞입니다' 하고 답하면 사부님은 '그러려니(然)'라고만 말씀하신다. 그다음에 '기氣입니다' 하면 또 '그러려니' 하시고, 자연의 이치를 말하니 또 '그러려니' 하신다. 그것 말고 다른 말이 필요 없어진다는 뜻이다.

그다음은 류流, 수水, 평平, 화和, 락樂… 이런 식으로 자연법리의 이치를 푸는 것이다. 이렇게 세상 이치가 트이며 단계를 밟아 올라가면 사부님이 내 이름을 바꾸어주신다. '시월'이라고 주신 적도 있고, '근창'이라고 주신 적도 있고, '유기'라고 주신 적도 있고, 많지…"

"왜 이름을 바꾸어주시죠?"

"문방구를 철물점이라고 불러서야 되겠니?"

| 영혼靈魂

선사는 영혼에 대해서 이렇게 말씀하신 적이 있다.

"영혼이란 죽지 않는 것이지만 극소수의 영혼은 사라지기도 하고 생성되기도 한다."

▌자연의 품

경기도 광주에 야외 수련장이 있어 선사는 보통 승용차로 직접 운전을 하시며 다녀오곤 했는데, 하루는 차를 수리하게 되어 나도 함께 일반 버스를 타고 그곳까지 가게 되었다.

그때 선사는 창밖을 한참 보시다가 갑자기 "자연의 품에 안겨야 해" 하시고는 또 창밖을 보셨는데 당시에 나는 아무 생각 없이 그 말씀을 잊고 말았다.

그 이후 선사는 재입산을 하셨고 나는 입대하여 군생활을 마쳤다. 그리고 군생활로 못 다한 수련을 열심히 하게 되었는데, 어느 날 문득 "자연의 품에 안겨야 해"라는 말씀이 떠올라 마치 화두처럼 마음속에서 지워지지 않았다. 그렇게 1년 넘게 열심히 수련을 해오다가 어느 날 저녁 한순간에 그 말씀이 딱하고 깨우쳐졌는데, 머리가 환해지면서 몸에 있는 모든 기공이 다 열린 것 같은 느낌이었다.

내가 그때 깨달은 것은 "나는 이미 자연의 품에 안겨 있다"라는 사실이었다. 우리는 누구나 자연 속에 살고 있으면서도 너무나 당연히 존재하기에 의식을 못하고 있다. 나 또한 그런 의식 속에서 생활하며 살다 보니 호흡 수련을 할 적에는 언제나 내 몸과 분리되어 있는 자연의 기운을 몸 안으로 끌어당기는 느낌으로 단전호흡을 해왔다. 그러나 한순간 내 몸도 우주의 질質 중에 하나이고 자연의 일부라는 생각으로 의식이 열리면서 선사의 말씀을 깨달은 것이다.

그런데 특이한 것은 머리로 아는 것과 체험으로 깨달았을 때의 몸에 변화가 확연히 다르다는 점이다. 나는 한동안 외향으로만 답을 찾아다니다가 의식의 변화로 전체를 보는 시각을 얻게 되었고, 아는 것과 깨닫는 것의 차이도 그때 분명히 알게 되었다.

▎외로움

내 생각에는, 선사를 뵈러 집에 찾아오시는 분들이나 또 밖에서 만나시는 분들이 모두 서로 격식을 갖추어야 하는 처지라 정작 선사는 절친한 친구같이 아무 사심 없이 만날 만한 사람이 없으셨던 것 같다. 선사가 자작시에 "십 년 사귄 사람도 칼날 만지는 것과 같다"고 쓰셨듯이, 속내는 참 외로우셨으리라는 생각이 든다.

그래서인지 오히려 선사는 국선도를 모르는 장사꾼이나 시골의 농사꾼 또는 허드렛일을 하는 사람들을 만날 때 더욱 자연스럽게 그들과 어울리고 대화하기를 좋아하셨다.

한번은 강의 중에 능지성인能知聖人이라는 한자를 적으시기에 내가 넌지시 말씀을 올린 적이 있다.

"강의 중에 '성인聖人이라야 능지성인能知聖人이요, 선인仙人이라야 능지선인能知仙人'이라는 말씀을 하시는데, 도가 높아지면 누구와 마음을 열고 대화하고 싶어도 한계가 있겠어요."

"원래 도를 높이 닦아 올라가면 외로운 법이니라."

중간계

호號에 대한 대화를 하다가 평소에 가지고 있던 선사의 호號에 대한 내 생각을 말씀드렸다.

"사조님께서 지어주신 청산靑山이라는 호는 아버님께 잘 어울리시면서 참 의미가 있는 것 같아요."

"나는 선계仙界와 세속世俗의 딱 중간에 있다."

때

선사는 지금 시대의 도인상道人像에 대해 이야기를 나누다가 이런 말씀을 하신 적이 있다.

"지금은 구름을 타고 다닐 때가 아니다."

28대 도맥

평소에 선사는 국선도 도맥道脈으로 치면 본인이 몇 대가 되는지 언급을 안 하셨는데, 별안간 의외의 상황에서 말씀을 꺼내서 비로소 나는 그 사실을 알게 되었고 나중에 다시 정확히 확인을 해보기도 했다. 그 사연은 아래와 같다.

우리 집안의 가족 중에 나보다 한 살 위인 외삼촌 한 분이 고등학교

시절부터 주먹으로 명성을 날리고 서울 거리를 활보하며 다닌 적이 있었다. 지금이야 의젓한 사회인이 되었지만 당시에는 식구들 속을 많이 썩였다.

선사는 집안의 어른으로서 외삼촌을 불러다가 여러 번 타이르기도 하고 훈계도 해보았으나 습을 못 버리고 계속 말썽만 일으켰는데, 그러던 중에 한번은 가족들이 모두 걱정을 할 만한 사건까지 생기게 되었다.

선사는 평소에는 상당히 부드러워 보이지만 한번 화를 내면 얼마나 무서운지 그 눈빛에 압도되어 감히 똑바로 쳐다보기 어렵고 주변에 있는 사람들마저도 바짝 긴장하게 된다.

그날도 선사께서 내게 외삼촌을 불러오라고 하시어 나는 연락을 취했다. 당시 두려울 것이 없었던 외삼촌이었지만 유일하게 무서워하던 선사의 호출인지라 외삼촌은 어쩔 수 없이 집으로 들어왔다.

내가 안내하여 외삼촌이 왔다고 말씀드리니 선사는 "들여보내라"고 하셨고, 나는 선사께서 큰소리로 훈계하시는 말씀을 옆방에서 다 듣게 되었다.

선사는 몇 가지 말씀을 하시다가 "주먹을 쓰는 사람들은 의리가 있는 법인데, 너는 의리도 없느냐!"라고 하셨다. 그리고 "픽!" 하는 소리와 함께 "나는 국선도의 28대 대를 이은 사람이다. 이 도맥은 한 사람에게만 전해 내려왔다"는 말씀을 하시고는 바로 "너 언제부터 사람 될래?" 하고 호통을 치셨다.

나는 그 말씀에 깜짝 놀랐고, 이어서 훈계를 하시는 그 뒷말들이 하나도 귀에 들어오질 않았다. 선사의 스승이신 청운도인과 그 선대의 무운도인까지는 알아도, 그 이외의 스승이나 도맥에 관해서는 언급하신 적이 없으신데 왜 말썽 피우는 외삼촌을 훈계하시는 도중에 이처럼 중요한 말씀을 하시는 것인지 의아하기도 했다.

잠시 뒤에 방문이 열리면서 안에 있던 외삼촌이 나오기에 나는 배웅을 해주다가 왜 방에서 "픽!" 하는 소리가 났느냐고 물었다.

"네 아버님이 주먹으로 이마를 치셨는데 그동안 주먹으로 많이 맞아보았지만 이렇게 센 주먹은 처음이야."

"혹시 주먹으로 치실 때 하신 말씀 기억해?"

"아니, 아무 말도 생각 안 나."

나는 일주일쯤 뒤에도 다시 한번 "이마 맞을 때 하신 말씀 기억 못해?" 하고 물었지만 외삼촌은 "응, 아무 기억도 안 나고 머리 아픈 것은 사흘 가더라"라는 말만 했다.

당시에 나는 왜 그런 상황에서 자신이 28대 도맥을 이었다고 밝히셨는지 도무지 이해를 할 수 없었는데, 선사께서 입산하시고 난 후 오랜 시간이 흘러 철이 들면서 비로소 그 뜻을 이해하게 되었다.

❚ 학골의 의미

국선도에서는 무릎 운동을 학골 운동이라고 이름한다. 언젠가 내가 선사께 그 연유를 여쭈었더니 옛날이야기를 하나 들려주셨다.

오랜 옛날 한 도인道人이 도道를 다 이루고 천상天上으로 들어가야 하는 때가 되었다. 그리고 그 도인을 가르친 스승은 "몇 날 며칠 무슨 시에 마당에 큰 학이 올 것이니 그 학을 타고 천상에 들어가야 한다"고 미리 일러주었다.

그날이 되니 정말로 큰 학이 마당으로 내려와 앉았다. 도인이 그 학을 타려고 할 때 스승님은 물고기 세 마리가 담긴 통을 주었다.

"이 학이 한참을 날아가다가 '카~악' 하고 소리를 내면 배가 고파 먹이를 달라는 것으로 알고 물고기 한 마리를 입에 넣어주거라. 그렇게 세 번을 넣어주어야 천상으로 들어갈 수 있다."

도인은 물고기가 담긴 통을 잘 받아들고 학의 목덜미에 올라탔고, 학은 기다렸다는 듯 큰 날개를 펴고 창공을 힘차게 날아올라 한없이 날아갔다.

그렇게 한참을 날다가 학은 스승님이 이야기한 것과 같이 갑자기 '카~악' 하고 소리를 냈다. 도인은 얼른 물고기 한 마리를 꺼내어 '카~악' 하고 입을 벌릴 때 학의 입에 넣어주었다. 학은 먹이를 먹고는 아무 소리 없이 또 한참을 날아갔다. 그러자 얼마 있다 다시 배가 고픈지 '카~악' 소리를 내어 도인은 얼른 물고기를 입에 넣어주었다. 학은 배가 불러서인지 또 아무 소리 없이 한참을 날아갔다.

이윽고 거의 천상天上에 이를 무렵 학이 또 '카~악' 하고 입을 벌렸다. 도인은 얼른 물고기를 학의 입에다 넣어주려는데 그만 손이 미끄러져 물고기를 놓치고 말았다. 잘못하면 천상天上의 문 앞에서 못 들어갈 형편이 된 것이다.

도인은 생각을 하다가 자기의 무릎뼈를 손으로 떼어내어 학의 입에 넣어주었다. 학은 그것을 물고기인 줄 알고 받아먹고는 그대로 천상으로 들어갔다고 한다.

그 이후로 학에게 내어준 뼈라고 해서 무릎뼈를 '학골鶴骨'이라고 부르게 되었다.

시작과 끝

나는 수련을 열심히 하다가도 때로 게으름을 피운 적도 많았는데, 한번은 선사와 대화 중에 게으름을 피우는 것이 죄송스러워서 앞으로 언제 며칠부터는 열심히 할 것이라고 말씀을 드렸더니 선사께서 이렇게 말씀하셨습니다.

"도道에는 언제부터, 언제까지, 시작, 끝이란 단어가 없다. 생각이 나면 그냥 하는 것이 도道이다."

산 수련

한번은 회원 한 분이 산에 들어가 수련을 하겠다고 하면서 선사께 조언을 들으러 왔는데 그때 선사는 이런 말씀을 하셨다.

"지금은 산에서 내려올 때이지 들어갈 때가 아닙니다. 그냥 이곳에서 지나가는 차 소리, 사람 소리를 새 소리로 생각하고 수련을 하세요. 그리고 산에서 수련하다 보면 이상한 환각, 환시, 환청 같은 것이 생길 수 있는데 그런 경험이 없으면 놀라서 미치는 수도 있습니다."

도법 전수에 대하여

선사는 강의 중에 도법 전수에 대해 이렇게 말씀하셨다.

"원래 도법이란 구전심수口傳心授로 비전을 후계자를 선택하여 전하고 세수世壽를 거쳐 본향本鄕으로 갑니다. 그러므로 도인은 책을 쓰지 않는 법입니다. 그러나 나는 책을 썼습니다. 이는 국선도법의 비전을 몇몇 사람에게만 전하는 것이 아니라 모든 사람에게 전달되도록 공개한 것입니다. 도법이 어느 특정인만을 통해 전달되던 수직적 구조를 바꾸어 국선도를 수도한 모든 사람이 도법의 주인이 되고 도법의 계승자가 되어 법통을 이을 수 있도록 한 것입니다."

▌영도零度

하루는 아버님과 같이 'TV문학관'이라는 프로그램을 시청한 적이 있는데, 그 단막극의 제목은 이외수 작가가 지은 「장수하늘소」였다. 그런데 도를 닦은 수도인이 죽은 장수하늘소를 작은 피라미드와 같이 생긴 유리관 속에 넣어두었는데, 그것을 어떤 사람이 바위를 들고 깨뜨리려 하다가 결국 못 깨뜨리고 바위를 내려놓는 장면이 나왔다.

선사께서 그 장면을 보시고 말씀하셨다.

"영도零度를 걸어놓았는데 저것을 깰 수 있을까? 못 깨지. 그런데 이외수가 저것을 어떻게 알고 글을 썼는지 모르겠다."

"영도가 뭐예요?"

"기의 작용 상태가 제로(0)가 되는 것을 말하는데, 만약 총을 쏘는 사람에게 영도를 걸어놓으면 총알이 못 나간다."

또 한번은 제자 중 한 분이 도봉산에 있는 수련원에서 국선도 지도를 하셨는데, 이상하게도 여러 사람 중에 한 여인의 호흡만 점검하고 나면 힘이 빠지는 것이 느껴졌다. 이런 일이 심하다 싶을 정도로 여러 번 반복되었는데, 선사께서 이 이야기를 듣고는 "영도에 걸렸구먼!" 하시며 해결 방법을 말씀해주셨다.

| 현대 수련인의 심리

선사는 강의를 하실 때마다 수련생들의 질문을 많이 받았는데, 때로는 지극히 상식적인 내용까지도 꼬치꼬치 재차 묻는 경우가 적지 않았다. 그래서 선사는 이렇게 답하신 적도 있다.

"저는 사부님께 도법을 배울 때 사부님께서 '이렇게 해라' 그러면 그냥 했지 다시 물어보거나 하질 않았어요. 그런데 요즘 수련하시는 분들은 밥상을 갖다 주면 그냥 숟갈로 밥을 떠먹으면 되는데 '숟갈은 어떻게 잡습니까? 입에다 어떻게 갖다가 넣습니까? 몇 번을 씹어야 합니까? 언제 삼킵니까?'와 같은 이런 질문들을 하세요. 그러니까 아예 밥을 갖다가 입 안에 넣어주고 소화까지 시켜주길 바라는 것 같습니다."

| 호흡 보는 법

국선도 본원 수련장을 개원한 이후, 초창기에는 선사께서 직접 지도하셨지만 점차 제자들이 길러지면서 사범과 법사의 호칭을 받는 지도자들이 생겨나게 되었다.

그래도 필요하다고 생각될 때면 선사는 종로 3가에 있던 본원을 위주로 수련생들을 위해 강의와 단전호흡 지도를 하시곤 했다. 나 또한 기회가 주어지는 대로 안 놓치고 따라다니며 강의도 듣고 호흡 지도하시는 모습을 곁에서 많이 볼 수 있었다.

특히 선사는 호흡 점검을 하실 때 초보자인 흰띠나 노란띠 분들은 가슴과 윗배, 아랫배를 보시면서 손은 아랫배에다가 갖다 대셨는데 원기단법 이상인 홍띠, 청띠, 검정띠를 맨 수련생들을 점검하실 때는 꼭 등에다 손을 대셨다. 이처럼 등에 손을 대는 이유는 호흡이 깊어지고 길어지면 한 번 숨을 마시고 토할 때마다 가슴은 물론이고 특히 등이 많이 벌어지게 되어 있어 그것을 점검하셨던 것이다.

한번은 청띠를 매고 수련을 하는 대학생이 몸과 마음에 변화가 심하여 나를 통해 선사의 개인면담을 청해왔다. 선사께서는 그 대학생이 누웠을 때와 앉았을 때의 호흡 상태를 보시고 "수련이 깊이 들어갔으니 앞으로는 녹음기 소리도 무시하고 호흡을 길게 늘이면서 해보게!" 하고 말씀하셨다.

선사는 호흡 점검 후에 보완할 점을 말씀하실 때는 거의 한 가지 정도만 지적하여 고치도록 일러주셨고 아주 많아야 두 가지였다. 그리고 나중에 알게 된 사실이지만, 어느 경지에 들어가면 기氣가 보이게 되므로 멀리 떨어져서도 수련생의 몸에서 퍼지는 기氣를 보아 그가 잘하고 있는지 못하고 있는지를 바로 알 수 있다고 한다.

선사는 깊은 수련 상태를 강조할 때 다음과 같은 표현을 자주 사용하셨다.

"비사즉사非思則思라, 생각하는 것 같지 않지만 생각을 하는, 비식즉식非息則息이라, 숨을 쉬는 것 같지 않지만 숨을 쉬는 그런 경지에서 수련을 하여야 합니다. 코끝에 깃털을 갖다 대도 안 흔들리도록 숨을 쉬어야 합니다."

│ 두근거림

누구나 살면서 마음에 잘못된 일을 하게 될 때 가슴이 두근거리게 되는데, 선사는 사람의 심리상태에 대하여 이렇게 말씀하신 적이 있다.

"사람이 잘못된 짓을 할 때 가슴이 두근거리는 것은 보이지 않는 영기靈氣가 자신을 바라보기 때문이다."

│ 나도 그랬소

어느 날 모 대학교 교수로 있으면서 국선도 수련을 배우는 회원 한 분이 선사를 찾아와 담소를 나누게 되었다. 그때 그 교수는 수련이 잘 안되었는지 푸념을 늘어놓기 시작했는데 '뭐 호흡만 하면 자꾸 윗배가 움직이는 것 같고, 속도 불편한 것 같고, 잡념도 많고…' 등등의 이야기를 꺼냈다. 그러자 선사께서 한참을 다 들으신 후에 말씀하셨다.

"나도 그랬소! 그러나 계속 꾸준히 하다 보니 어느 날 명치에서 단전쪽으로 주먹만 한 묵직한 게 뚝 떨어지고부터 절로 호흡이 되어 '아, 이것이 단전호흡이구나!' 하고 알게 되었소."

▎마음가짐

나는 평상시에 생활할 때는 어떤 마음가짐을 가지는 것이 좋을지 생각해보다가 이렇게 여쭈었다.

"세상을 살아가는 데 어떤 마음가짐을 가지는 것이 좋아요?"

"어리숙해야 많이 배우지."

▎정신精神

선사는 수련에 대한 강의를 하다가 육체와 정신에 대한 설명을 하셨는데, 특히 정신에 대해 이런 말씀을 하셨다.

"사람이 살았다 죽었다의 기준을 무엇으로 잡느냐 하면 정신精神이 있으면 살았다 하고 정신이 없으면 죽었다고 합니다. 그럼 정신이란 무엇인가 하면, 음양이 서로 맞물려 돌아가는 것을 뜻합니다."

▎사상의학

선사는 동양의학에 대한 가르침을 주시다가 사상의학에 대한 이야기로 넘어갔는데, 그때 이런 말씀을 하셨다.

"이제마가 사상의학을 80퍼센트 완성을 하였는데 만약 남은 20퍼센트를 채우게 되면 완벽할 것이다."

▎체질의 변화

한의학에서는 사람이 가지고 태어난 체질은 변할 수 없다고 말한다. 그러나 수련을 오래하다 보면 근골이 바뀌면서 체질도 바뀌게 된다. 그래서 환골탈태換骨奪胎라는 단어가 있다. 실제로 나도 오래도록 수련을 하면서 몸 골격 자체가 커져 예전에 입었던 양복이 안 맞아 다시 맞추어 입는 사람들을 많이 보았다.

선사도 사상체질에 대해서 이렇게 말씀하신 적이 있다.

"나도 원래는 사상체질에서 소음인이었는데 수련을 하면서 태양인으로 바뀌었다."

그런데 수련을 하면 모두가 태양인이 되는 것인지는 미처 여쭈어보질 못했다.

선사는 일부 수련생이 나름대로 경락과 혈 그리고 타 단체의 수련법을 공부하여 그 이론을 도반들에게 설명하기도 하고 국선도 지도자가 가르쳐준 것과 다르게 수련하기도 한다는 이야기를 들으시고는 며칠 뒤 이론 강의를 하실 때 경락운기에 대하여 자세히 설명을 하시며 잘못된 수련법을 바로잡아주셨다.

"이론만을 가지고 수련하는 사람들이 경락을 운운하며 12경, 14경, 365혈을 유통시킬 때 양경, 음경이라 하여 몸 안쪽과 바깥쪽 기운을 돌려야 한다고 이야기합니다. 하지만 도道는 인위적으로 조작을 하면 안 됩니다. 그리고 단화기丹火氣란 경락을 따라 흐르는 것이 아니고, 근육이니 골격이니 신경이니 이런 것에 구애를 받지 않고 그대로 통과하는 것입니다.

수련을 하여 생겨진 기운(丹火氣)을 내 몸 안에서 유통을 시키는 방법 중에 임독유통과 12경, 14경, 365혈 유통법이 있습니다. 이것을 하나씩 풀어서 살펴보겠습니다.

먼저 임독유통법을 보면 임독맥이라는 이론이 먼저 생기고 나서 유통법이 생긴 것은 아닙니다. 본래 아래 단전에 기운이 넘치면 자연스럽게 등 쪽으로 기운이 올라 머리를 지나 앞면 정중앙으로 기운이 내려오는 법입니다. 이것이 나중에 한자가 생기고 한의학이 발전하면서 이해하기 쉽게 한의학적 용어를 쓰게 된 것뿐입니다.

그리고 더욱 중요한 것은 임독유통을 시킬 때 한의학의 임독맥 경락과 똑같은 노선으로 돌리지는 않는다는 사실입니다. 실례를 말씀드리면 오래 단전호흡을 하여 생긴 단화기의 기운을 몸의 정중앙인 회음으로 내립니다. 이어서 꼬리뼈로 보내어 독맥인 척추를 타고 머리 쪽으로 오르는 것까지는 경락과 같습니다. 그런데 머리를 지나 기운이 이마의 신정혈이나 상성혈 부근에 와서는 그대로 뒤통수 쪽으로 당기는데, 이때 양 귀의 정중앙을 약간 지난 곳까지 당겨야 합니다. 그리고 목젖 아래쪽인 천돌혈 부위로 자연스러운 포물선을 그리며 기운을 내리고 나서 가슴과 배를 잇는 임맥으로 내리는 것입니다.

다음으로 12경 유통법을 살펴보면 신장과 비장, 간장과 같은 경락을 따라 음경, 양경을 따지면서 단화기의 기운을 보내는 것이 아닙니다. 다리 속이 마치 고무풍선과 같이 비어 있다고 생각을 하고 양 다리 속 정중앙으로 해서 그대로 기운을 발끝까지 보냅니다. 그 노선 그대로 다시 올라와 꼬리뼈 쪽으로 모으고 이어서 척추를 타고 목 뒤 대추혈 부위로 보냅니다. 그리고 양 팔 정중앙으로 기운을 손끝까지 보냈다가 다시 올라와 대추혈에서 합칩니다. 그리고 목 뒤로 올리는데 그 이후는 임독유통 때와 같이 머리를 돌아 이마에서 당기어 임맥으로 내립니다.

14경 유통법은 앞에서 설명한 임독 유통법과 12경 유통법을 합한 것이라고 보시면 됩니다. 그만큼 호흡이 길어져야 합니다.

365혈 유통법은 기운을 먼저 왼발로 보냈다가 다시 올려 척추로 해서 오른팔로 보냅니다. 다시 거슬러서 기운을 대추혈 쪽으로 해서 척추를 타고 내려 꼬리뼈에서 오른쪽 다리로 보냅니다. 이어서 오른쪽 다리에서 거슬러 올라와 다시 척추를 타고 왼팔로 보냅니다. 그 기운은 목의 대추혈 부위로 와서 목 뒤로 해서 머리를 지나 임독유통할 때와 같이 유통을 시킵니다.

결론적으로 다시 말씀을 드리면 기氣를 유통시킬 때 한의학적인 용어를 쓰게 되는 것은 이해의 편의상 쓰는 것뿐이지, 실제 기를 유통시키는 법은 한의학의 경락 노선과 다르다는 것을 명심하셔야 합니다."

나 또한 이러한 선사의 설명에 궁금증이 생겨 더 여쭈어본 적이 있다.

"왜 임독을 돌릴 때 경락대로 안 돌리고 얼굴 앞면에서는 이마에서 그대로 속으로 집어넣어 귀 뒤로 돌려 내리나요?"

"주먹만한 불덩어리가 돌기 시작할 때 얼굴 앞면으로 내리면 안면은 신경이 여려서 단화기丹火氣를 감당하지 못한다. 그래서 귀 뒤로 감아 돌리는 것이고, 목으로 내려올 때는 목이 뜨거워서 쩔쩔매게 된다."

▎기유통氣流通 수련방법

원기단법 수련 중 임독유통이나 12경, 14경, 365혈 유통을 할 때는 숨을 마시고 멈추면서 마음으로 기를 돌리게 된다. 그러다 정신이 흐트러지거나 호흡이 짧아서 중간에 기를 놓치는 수도 있고, 숨을 토하는 수도 있어서 선사께 어떻게 해야 좋은지를 여쭈어보았다.

"임독맥, 12경, 14경, 365혈 유통을 하다가 중간에 호흡이 짧아 숨을 토해야 할 경우에는 어떻게 해야 하는지요?"

"임독유통 때에는 단전에서 독맥督脈을 따라 출발한 기운은 단전으로 되돌리면 안 되고 그대로 귀 뒤로 해서 빨리 임맥任脈으로 이어 내린 후에 토하도록 하여야 한다.

그리고 12경, 14경, 365혈 유통 때에도 가급적 한 번 마시고 멈출 때

다 돌리는 것을 원칙으로 하지만 그래도 안 될 때에는 돌리던 기를 그 자리에 멈추어놓고 숨을 토하였다가 다시 호흡을 마시고 멈추어서 돌리던 기를 마음으로 다시 잡아 정상대로 유통을 마치고 단전으로 와야 한다."

❙ 진종자와 호랑이

선사는 본원 도장에서 강의를 하실 때 국선도를 이렇게 평하셨다.
"국선도는 식물 씨앗의 종으로 치면 진종자眞種子에 속하고 동물로 치면 호랑이과에 속한다."

❙ 다 통한다

하루는 내가 이렇게 여쭈어보았다.
"국선도는 현대의 제도 중에 어디에 속하는 것이 맞는지요."
"국선도는 어디에 넣어도 다 통한다. 건강, 종교, 교육, 정치, 역사, 과학 등등, 국선도는 세상의 모든 것을 다 함축하고 있기 때문이다."

❙ 먼저 마음으로 이루다

한번은 제자 한 사람이 선사께 이런 질문을 드렸다.

"어떻게 바위를 부수고, 불속에서 타지 않고 앉아 있을 수 있습니까?"

"마음으로 먼저 바위를 깨고 손은 그저 가져다 대기만 하면 된다. 불속에 있으면서도 불속에 있다는 생각이 전혀 없으면 불이 범할 수 없다. 모든 것은 먼저 마음에서 이루어진 후에 현실에서 이루어진다."

┃ 하나(一)의 이치理致

수련법에 대한 선사의 강의 중에 어떤 이가 이런 질문을 했다.

"산중에서 수도하실 때 책으로 배우신 것도 아니면서 어떻게 433 가지 동작들을 다 외우셨습니까?"

"단법의 원리는 하나이다. 이 하나의 이치만 깨우치면 거기에서 연역되어 나온다. 굳이 외울 필요가 없다."

종교에 대하여

             선사는 종교에 대해서도 많은 가르침을 주셨다. 대표적인 종교들을 다 묶어서 비교분석을 해주신 적도 있고, 각각의 종교에 대하여 자세히 말씀해주신 적도 있다. 또한 미래의 종교에 대해서도 많은 말씀을 해주셨다.

그러나 이런 내용은 잘못하면 오해나 말썽의 소지가 생길 수가 있으므로, 여기에서는 국선도의 수련과 관계되어 참고가 될 만한 내용 위주로 간단히 소개를 하려고 한다.

┃ 성현의 임무

선사는 종교에 대해 이야기하시다가 이런 말씀을 하셨다.

"수련이 높아지면 시간과 공간을 거슬러 올라가 볼 수 있는데, 그렇게 거슬러 올라가서 보면 석가와 예수, 공자, 노자와 같은 성현들이 어떻게 수행을 하였는지 직접 보면서 다 알 수가 있다. 그리고 내가 깨닫고 나면 성현들의 임무는 끝난 것이다."

▍사리

어느 날 가족들이 모두 TV를 보는데 불교의 절들이 소개되면서 석가모니 부처님의 진신사리를 모셨다는 적멸보궁이 나왔고 이어서 화면에 사리의 모습도 등장했다. 이때 나는 국선도 수련을 해도 사리와 같은 현상이 생기는지 의문이 생겨 선사께 여쭈었다.

"불교의 스님들은 죽으면 화장을 해서 사리가 나와야 도가 높은 스님으로 인정을 하는 것 같은데 국선도 수련을 해도 사리가 나오는지요?"

"사리란 몸을 안 써줘서 생기는 것인데, 선도를 닦은 사람은 사리가 안 생긴다."

▍환생

언젠가는 TV드라마 「전설의 고향」을 선사와 같이 보게 되었는데, 그 내용은 주인공이 죽어서 소로도 태어나고 뱀으로도 태어나고 새로도 태어나는 불교의 윤회에 관한 것이었다. 선사는 한참을 보시다가 대뜸 "불교는 저게 잘못이야!" 하셨다.

"뭐가요?"

"사람이 죽어서 소나 뱀이나 새로 태어난다고 하질 않느냐!"

"그러면 그렇지 않은가요?"

"절대 그렇게 되지 않는다. 사람은 사람으로만 태어나게 되어 있다."

산중 생활에 대하여

❙ 옻나무와의 싸움

선사는 산에서 지낼 때 있었던 일을 가끔 들려주셨는데, 그중의 하나가 옻나무와의 싸움 이야기였다.

하루는 산에서 수련을 마치고 솔잎이나 칡, 산콩 같은 식량을 구하러 다니다가 옻나무를 만지게 되었다. 그런데 하루가 지나니 점점 목덜미와 겨드랑이, 사타구니가 가려워 오고 오돌토돌하게 피부가 변하는 것이었다. 이에 선사는 화가 나서 매일 가서 옻나무를 만졌다.

그렇게 3~4일이 지나니 전신에 옻이 올라 몸이 붓고 두 눈만 빠끔히 뜨고 있으니 청운도인께서 "나무와 싸우는구면" 하시며 무슨 환약 같은 걸 몇 알 주셨다.

"옻이 몸속으로 들어가면 죽으니 이걸 먹어라."

선사는 "예" 하고 받아먹고는 계속 가서 옻나무를 만졌는데, 어느 정도 시일이 지나니 점차 회복이 되면서 사그라지는 게 아닌가. 선사는 완전히 회복이 된 후에는 아예 옻나무 껍질을 벗기고 돌로 짓이겨 즙을 만들어 마셨다.

그 후부터는 산에 다니다 아무리 옻나무를 만져도 옻이 안 오르고 나중에는 독사에게 물려도 아무렇지 않았다고 한다.

뒤통수 치기

수련이 점차 깊어져 원기단법을 수련할 즈음, 청운도인이 가르침을 주실 때와 거처를 옮길 때를 제외하고는 자주 어딘가를 다녀오시는 바람에 선사는 산중에서 거의 혼자 생활을 하게 되었다.

하루는 합장을 한 가부좌 자세로 오래도록 수련을 하고 있는데, 아무 인기척도 없이 별안간에 눈물이 나오도록 누가 뒤통수를 치는 것이었다. 뒤를 돌아보니 스승이 물끄러미 바라보고 서 계셨다. 이를 한눈팔지 말고 수련하라는 뜻으로 여기고 계속 수련을 했는데, 몇 십 일 뒤에 또 인기척도 없이 별안간 뒤통수를 치는 것이었다. 선사는 당연히 스승께서 그러시는가 보다 하고 아픔을 참으며 정진을 했다.

이런 일을 여러 번 겪다가 하루는 무심결에 손이 저절로 머리 위로 올라가 스승의 손바닥을 막아버렸다. 그러자 스승은 "됐어"라고 하시고 또 어디론가 가셨는데, 그 이후로는 뒤통수를 치는 일이 없으셨다고 한다.

선도주仙道酒 이야기

이 이야기는 선사께서 언젠가 제자들과의 술좌석에서 하신 말씀이다.

산에서 수련하다가 한번은 청운도인의 얼굴이 보통 때보다 불그레하게 보였는데, 그 이후에도 근처 어딘가에만 다녀오시면 얼굴이 불그레하신 것이었다. 그래서 하루는 호기심에 몰래 따라가 보니 바가지를 땅속에 넣었다가 꺼내시고는 물 마시듯 쭉 들이키시고는, 뒤에 몰래 서있는 청산에게 "왜 너도 먹어 볼래?" 하시며 빙그레 웃으셨다.

"하도 궁금하고 호기심이 들어 따라왔습니다. 그것이 무엇입니까?"

"이것이 바로 선도주仙道酒다."

청운도인의 설명에 따르면, 선도주는 먼저 항아리를 구해다가 땅에 묻고 봄부터 가을까지 산에 피는 꽃들을 따다가 담는다. 그리고 뚜껑을 열어놓은 채로 3년 정도 그대로 놔둔다. 그러면 빗물도 들어가고 솔잎이나 낙엽들도 들어간다. 그렇게 천 일(약 3년) 동안 숙성을 시키면 선도주仙道酒가 만들어진다고 한다.

┃ 심축문心祝文

선사가 산에서 수련을 할 때 무서움이 들거나 잡념이 들면 청운도인은 아래의 심축문을 외우도록 시켰다고 한다.

"영법永法(영원불변의 법)을 교시教示하시옵고 진원眞源으로 가옵신 선령先靈님들이시여. 저를 대도大道로 인도引導하시어 체지체능體智體能케 하여 조화造化된 선경仙境에서 선령先靈님들과 일심동체一心同體로 동거동락同居同樂케 하여 주시옵기를 정심正心과 진심眞心으로 바라옵니다."

그리고 잡념雜念이 들 때마다 정심시각도행正心視覺道行이라는 여섯

자를 마음속으로 암송하라고 하셨는데 그 뜻은 정심, 정시, 정각, 정
도, 정행이라는 의미라고 한다.

▌모래 한자공부

선사는 어려서 조부님으로부터 한자를 배웠지만 나머지 어려운 한자
들은 입산하여 청운도인에게 배웠는데, 그때 모래를 갖다 놓고 그 위에
다가 글씨를 쓰며 한자들을 익혔다고 한다.

▌산짐승을 만날 때

한번은 가족들과 TV를 시청하다가 '동물의 왕국'을 보게 되었는데, 그
때 산에서 동물들을 만나면 어떻게 하실까 궁금하여 선사께 여쭈었다.
"산에 다니시다가 산짐승들을 만나면 어떻게 하세요?"
"응, 대개는 산짐승들이 먼저 피해 가는데, 만약 달려들면 옆으로 살
짝 피해서 옆구리를 발로 차면 된다."

▌3박 4일 수련

선사는 수련에 대한 가르침을 주시다가 이런 말씀을 하셨다.

"수련이 한참 깊게 들어갈 때는 한번 가부좌 자세로 앉으면 보통 3박 4일 정도를 앉아 있는다."

| 가랑잎

언젠가 겨울이 되어 날씨가 추워진 날에, 예전 산에 계실 때는 어떻게 견디셨는지 궁금하여 선사께 여쭈었다.

"산에서 지내실 때 겨울이 되면 굴에 있어도 춥지 않으셨나요?"

"겨울에는 굴에다 낙엽을 잔뜩 갖다가 놓는다. 그리고 그 속에 들어가 있으면 따뜻해서 나오기가 싫다."

| 이틀 밤 사흘 낮의 기절

선사는 산중에서 원기단법의 후반부를 수련하다가 심한 진동으로 높은 바위에서 떨어져 기절을 하셨는데, 그때에 평생의 특이한 세 가지 꿈 중에 두 번째 꿈을 꾸었다. 아래의 꿈 이야기는 『삶의 길』에 나온 내용을 옮겨와 소개하는 것이다.

청산의 나이 열일곱 되던 때이다.

그날 스승님은 안 계시었다. 폭포에 가서 목욕을 하고 칡뿌리를 캐어 먹고 폭포 위를 보니 그날따라 그 폭포 바로 위에서 숨쉬기를 하고 싶었다.

올라와서 항상 하듯이 절을 하고는 서서 숨쉬기를 하는데 갑자기 배꼽 밑이 떨리기 시작한다. 그전에도 여러 번 겪었으나 열두 가지 몸 움직임을 하면서는 제일 크게 떨린다. 그리고 배꼽 밑에 힘이 모이는 것이 느껴지고 또 보인다, 안개 같은 기운이. 그리고 그 힘은 밑으로 내려가다가 다시 등허리를 거쳐 갈비뼈 주변을 타고 머리 위를 오르고 머리에서 맴돌다가 다시 귀 뒤로 내려와 목 밑으로 하여서 배꼽 아래로 내려온다. 마음은 맑고, 힘은 용솟음친다. 금방 발을 구르면 날아갈 것 같다. 이러는 사이에 몸이 저절로 둥둥 떠오르는 것 같다.

그동안 많은 몸의 변화, 마음의 변화가 있어서 못 견디게 괴로울 때도, 또 어느 때는 기분이 좋을 때도, 어느 때는 세상이 훤히 내다보이기도 하고 어느 때는 청산의 몸속이 훤히 들여다보이기도 하고 무엇이나 생각하면 다 훤히 보이고 알게 된 적도 한두 번이 아니고 몸이 날아갈 듯한 적도 있다. 그러나 오늘처럼 명확하게 몸속이 자세히 보이고 몸이 저절로 둥둥 뜨기는 처음이다. 정신을 바짝 차리어 눈을 떠보면 아무렇지도 않고 눈을 지그시 반만 감고 아무 생각 없이 모든 생각을 하나로 모으면 또 그러하다.

그런데 이게 웬일인가? 몸이 오싹하며 어디로 한없이 내려가지 않는가? 그것도 순간적이고 찬 기운이 몸에 닿는 듯한데 여러 사람이 이리로 오라고 부른다. 일어나서 따라가니 여기 앉아서 숨쉬기를 하라고 한다. 그리고 "우리는 너와 맺어져 있는 사람들이니 우리 것을 전부 받아서 함께 살도록 하여 주기 바란다" 하면서 여러 가지 책을 보이는데 홀홀 넘기어도 모두 알아져서 힘써서 읽지 않아도 책장만 넘기면 훤히 알게 된다. 큰 책 작은 책 모두 수백 권을 보았다. 이미 알던 것도 있고 못 보던 책도 있고, 그러고서 "우리는 너와 둘이 아니고 하나다. 이제는 보여줄 책이 없다. 얘기로 하여주마" 하면서 몇 사람이 돌아가며 이야기를 하여주는데 수없는 이야기를 들었다.

모두 다 듣고 나니 "우리와 너는 둘이 아니고 하나란 것을 꼭 명심하거라" 하고서 가는 사람, 오는 사람들이 분주히 오고 가고 있다.

한참을 보다가 일어나려는데 머리가 몹시 아프다. 손으로 머리를 만지려는데 손이 움직이지 않는다.

"이제 정신이 좀 드느냐?" 하는 귀에 익은 목소리가 들려온다.

눈을 뜨고 보니 스승님께서 근심 띤 얼굴로 바라보고 계신다. 그제야 정신을 차리고 "어찌된 일이옵니까?" 하고 여쭈어보니 "하늘이 도와서 살았다. 이틀 밤 사흘 낮 만에 깨어났다" 하신다.

"그러면 제가 죽었던가요?"

"아니다. 죽었으면 어찌 살아 있겠느냐? 폭포 밑에 굴러 떨어져 있었다. 몸을 많이 다치었으니 얼마간은 몸조리를 하여야겠다."

주변을 보니 몸을 무엇으로 전부 싸서 매어 놓으시었다. 입에다 무엇을 먹으라면서 조금씩 물에 갠 것을 주신다. 그런데 아주 향긋한 것이 아주 맛이 있다. 여러 번 이렇게 먹여주시고서 "앞으로 얼마간은 몸을 함부로 움직이지 말아라" 하시었다.

이렇게 여러 날이 지나 회복이 다 되었다.

나중에 선사는 이 꿈 이야기를 내게 가끔 해주셨다.

"꿈에서 본 책들은 실제 읽은 것보다도 더 머릿속에 잘 남아 있어 내가 하산하여 책방에 가보니 웬만한 책들은 꿈에서 다 본 책들이어서 더 볼 만한 책이 없었다."

"여러 사람들이 둘러 앉아 이야기해준 내용이 무엇이었어요?"

"온 우주와 이 세상이 만들어진 이야기 그리고 진리들, 영계와 앞으로의 세상들에 대한 내용들이었다."

| 백사白蛇 이야기

TV에서 뱀에 대한 내용이 나왔는데, 그중에 백사라고 하여 흰 뱀이 화면에 잡혔다. 그때 선사는 이런 말씀을 하셨다.

"사람들은 흰색이라서 백사라고 하는데, 진짜 백사는 몸이 투명해서 속내장이 다 보인다. 내가 산에서 몇 번 보았다."

| 벌거숭이 도인

선사께서는 스승이신 청운도인과 함께 남한의 큰 산들은 거의 다 다니시면서 수련을 하셨다고 말씀하셨다. 그러나 계속 옮겨 다니셨기 때문에 『삶의 길』이란 책에도 구체적인 산 이름은 거의 안 실려 있는데, 대화 중에 내가 언뜻언뜻 들은 산들로는 태백산, 속리산, 박달산, 가야산, 치악산, 설악산 등이 있었다.

특히 『삶의 길』에는 "실오라기 하나도 안 걸친 도인을 만나 두 번의 큰 싸움을 하였다"고 적혀 있는데, 그에 관해 선사는 이렇게 말씀하시고 잠시 회상에 잠기신 적이 있다.

"벌거벗은 도인을 뵌 곳은 치악산에서였다. 처음에는 머리 위로 어떤 물체가 왔다 갔다 하기에 자세히 보니 몸에 아무것도 안 걸친 분이셨다. 몸놀림이 보통 빠른 분이 아니셨다."

▌땅의 공혈孔穴

지금이야 어떤 산이건 등산로가 지도에 잘 나와 있어 다니기 좋지만, 50년대만 해도 사람은 드물었고 더욱이 인적이 드문 곳만 찾아다니니 산중 생활에는 위험한 일도 많았다. 특히 청운도인께서는 청산에게 산길을 다닐 때에는 길고 적당히 굵은 막대기를 겨드랑이에 꼭 끼고 다니라고 하셨다. 내가 궁금하여 그 이유를 여쭈어보니 선사께서는 이렇게 말씀해주셨다.

"사람 몸에 혈이 있듯 땅에도 공혈孔穴이 있어 한 번 빠지면 어디로 나올지 모른다. 그래서 겨드랑이에 막대기를 끼고 다니다 만약 빠지면 그 나무로 걸쳐 빠져나오려는 것이다. 몇 년 전 서울 근교에 사는 사람이 개를 데리고 가까운 산을 산책하다 개를 잃어버렸는데 나중에 강원도 강릉 쪽에서 찾았다고 신문에 나온 적이 있다."

끝으로 책에는 안 실려 있지만 선사께서 메모해놓으신 좋은 글이 있어 소개하려고 한다.

❖ **조사자**早死者**의 행로**行路

① 단전행공을 하지 않고

② 권해도 듣지를 않고

③ 단전행공을 하다가 중지하고

④ 권해도 믿지를 않고

⑤ 남이 하는 것마저 싫어하고

⑥ 바른 진리의 길을 가지 않고

⑦ 욕심으로 큰 죄를 짓고

⑧ 윤리와 하늘을 거스르고

⑨ 항상 편안함만 찾고

⑩ 하루아침에 무엇이 되길 바라고

⑪ 성현에게 의존만 하고

⑫ 자기가 최고인 줄만 알고

⑬ 남의 하는 일을 시기 질투하고

⑭ 나쁜 것만 골라 하고

⑮ 윗사람을 모르고 사랑이 없다.

❖ **영생자**永生者**의 행로**行路

① 단전행공으로 진리를 닦고

② 권하면 알아듣고 행하고

③ 행공하여 자기를 바로 깨닫고

④ 믿음이 두텁고 타인에게 권하고

⑤ 남의 하는 일을 도와주고

⑥ 바른 진리의 길로 순행하고

⑦ 욕심을 버리고 죄를 짓지 않고

⑧ 진리를 지키고 하늘 뜻을 따르고

⑨ 부지런하여 뜻을 이루고

⑩ 기적을 바라지 않고 몸으로 닦고

⑪ 자립하여 성현을 받들어 모시고

⑫ 자기를 낮추며 남을 존경하고

⑬ 타인에게 선악을 가려 인도하고

⑭ 나쁜 것을 버리며 좋은 것을 따르고

⑮ 효도하며 서로 사랑한다.

5장

속세의 발자취

"마음은 누리에 차고, 누리 이 마음에 차네. 누리의 도道는
마음의 도, 마음의 도道는 누리의 도, 마음 누리 둘 아닐
세. … 정精 기氣 신神 단전행공으로 누리의 힘 사람에 통하
면, 몸과 마음 자유자재. 청산은 언제나 무애청정無碍淸淨,
부귀공명 꿈 밖일레라. … 각고刻苦 수업 20여 년, 염원은
오로지 구활창생. 스승에게 이어받은 이 도법을 누리에 두
루 펴기 전에, 사바인연娑婆因緣 내 어찌 마다하오리."

청산, 「청산계송」 중에서

척박한 땅에 뿌린 씨앗

_____선사는 1967년도에 완전히 속세에 나오셨지만, 청운도인으로부터 국선도의 총 아홉 단계 수련 중에 7~9단계를 배우는 동안에는 대부분 홀로 자유롭게 돌아다니셨다고 한다. 어느 정도 도道를 이루면 거리나 시간의 간격에 대한 제약 없이 바로 스승과 대화하여 가르침을 받거나 직접 뵐 수 있기 때문인데, 당시 이처럼 가끔 속세를 오가는 생활을 몇 년간 하시다가 67년도에 속세에서 제자를 처음으로 두게 되면서 산보다 속세에 있는 시간이 조금씩 많아지기 시작한 것이다.

선사가 속세를 향했던 1960년대는 어떤 시대였을까. 우리나라는 36년이라는 세월을 일제강점기의 아픔 속에서 살다가 1945년 해방되어 겨우 고통에서 벗어나려는 찰나에 다시 6·25라는 처참한 비극을 겪었다. 모든 시설이 파괴되었고, 전 국민의 가슴에 씻기 힘든 아픔과 한이 서렸고, 산천초목이 메마르고, 무엇 하나 제대로 갖추어진 것이 없던 시절이었다.

그러나 자연법칙에 따른 모든 것은 극에 도달한 후에는 바뀌게 되어 있다. 아무리 추운 겨울도 때가 되면 봄에 자리를 내어주듯이, 모든 현상은 변화하게 되어 있다. 특히 우리는 하늘과 태양의 밝음을 숭배하며 그 속성대로 살았고 또한 그러한 도법道法이 살아 있는 민족이기에,

후일을 기약하고 산중에서만 비전되어오던 도법이 자연스럽게 이 땅에 펼쳐져야 할 시기(自然乘時)가 도래했고 이에 선사께서 하산을 하시게 된 것이다.

그런데 국선도가 속세에 등장한 그 시기는 앞으로 이 지구상에 닥칠 큰 환란과도 관계가 있고, 최종적으로는 전 세계의 이상향인 지상선경 건립과도 크게 관계가 있어 보인다. 많은 사람들이 선사를 그저 국선도의 단전호흡만 가르쳐주러 오신 분으로 아는데, 사실 그것은 하산의 여러 목적 가운데 하나만을 이해한 것이다.

언젠가 한번은 어떤 회원이 "왜 하산하시었습니까?" 하고 묻자 선사는 이렇게 대답하신 적이 있다.

"악기惡氣가 옴을 전해주고 갈 뿐이네."

선사께서 지으신 『삶의 길』의 마지막 말씀도 이런 사실을 분명히 밝혀주고 있다.

내 한 생명 충실함은 가정의 충실이요, 나라에 충성이요, 하늘의 대효자가 되는 것이다. 이러한 실이 있을 때 하늘이 나를 돕고 가정이 화목하고 내 생명체가 조화하니, 이를 실행함에 너와 내가 없고 나라의 국경이 없이 하나가 됨인 것이니, 전 인류의 모든 생명체를 살리는 책임은 우리 민족이 걸머지고 있다는 것을 명심하고, 한 우리에 사는 우리부터 모두 붉을 받아 충일한 생명력을 지니고 나아가 전 인류의 지도자로서 모두에 충실한 생명력을 불어 넣어주는 참된 구세주 또는 구활주가 되어주기 간절히 바라면서 청산의 한 생명체 끊임없는 수도요, 끊임없는 지도요, 끊임없는 보급을 묵묵히 할 따름인 것이며, 이는 또한 우리 모두가 할 일이며 누구나 하면 되는 것이며, 누구나 가야 될 길이며, 억조창생을 구하는 참된 길인 것이다.

　어쨌든 이처럼 처음 스승의 곁을 떠나 자유로이 산을 다니면서 수도를 할 때, 선사는 세속에 적응하는 시간을 벌고 또한 다른 수도자들의 모습을 보기 위하여 전국을 유람하기로 마음먹고 발길 닿는 대로 돌아다녔다고 한다. 이미 아무리 험한 산도 평지같이 다닐 수 있는 몸이 되었으므로 거의 안 다닌 곳이 없을 정도로 전국의 산을 누비셨는데, 어느 사찰에 큰스님이 있다는 말을 들으면 직접 찾아가 만나보고, 어느 산 어디에 수도하는 사람이 있다는 말을 들어도 또 찾아다니는 식이었다. 하지만 당시 수도인들의 수련 형태와 용모를 보고 많은 실망을 하게 되었고 경우에 따라서는 한 수씩 가르쳐주시기도 하였는데, 이미 그때부터 선사의 제자가 되어 산중에서 남모르게 수련을 계속하고 있는 사람들도 제법 있었다.

　아들인 나로서도 우연히 알게 된 사실인데, 1983년도 종로 3가 단성사 극장 옆의 백궁건물 옥상에 살던 시절의 일이다. 어느 날 밖에 나갔다가 집으로 돌아와 보니 옥상 한쪽 구석에 흙이 그대로 붙어 있는 돼지감자가 소복이 쌓여 있었다. 나는 시골에서 살아보았기 때문에 금방 돼지감자를 알아보고 선사께 여쭈었다.

　"아니, 웬 돼지감자예요?"

　"응, 오래전부터 산에서 내가 쓴 책만 보고 수련을 하는 사람들이 72명이 있는데, 그중에 대표라 할 만한 조씨라는 사람이 조금 전에 다녀가면서 주고 간 것이다."

"그 사람들은 언제부터 수련을 해 왔나요?"

"내가 하산할 때부터 만난 사람들도 몇몇 있지!"

여기서 잠깐 가벼운 이야기를 하자면, 오랜 산중 생활을 끝내고 속세로 나가는 선사에게 청운도인은 두 가지 주의할 것을 당부하셨다고 한다. 나는 처음에 이 이야기를 듣고는 도인들도 참 현실적인 면이 있구나 하면서 놀랐던 기억이 있다.

하나는, "어떤 일이 있어도 보는 서지 말라"는 것이었다. 보라는 것은 보증을 뜻한다. 보증은 예나 지금이나 한 번의 실수로 패가망신하는 대표적인 예라 할 만하다. 보증이란 말이 도인의 입에서 나왔다니 재미있는 광경이 아닐 수 없다. 그 당부 때문인지 선사는 어떤 사람이 보를 서달라고 부탁하면 아예 "사부님이 서지 말라고 말씀하셔서 그럴 수 없습니다" 하고 딱 잘라 거절하셨다.

다른 하나는, "초상집에는 가지 말라"는 것이었다. 국선도에서는 영靈을 영대靈臺라고 표현을 하는데, 수련이 높아지면 이 영대가 고도로 발달하게 되어 다른 영과도 대화하고 또 다른 영을 부리기도 한다. 또한 영계에 들어가 작용을 받기도 하고 작용을 일으키기도 하는데, 초상집에는 숨진 사람의 영이 육신 주변에 머무르고 있다가 영대가 밝고 높은 사람이 오면 구원을 받으려 달려드니 자칫 방심하면 위험해질 수도 있다.

실제로 선사는 1982년도에 그런 일을 겪게 되었다.

경기도 광주의 야외수련장에 머물 때의 일이다. 하루는 직접 운전을 하여 광주 시내의 볼일을 보고 집으로 돌아오다가 동네 마을을 지나치게 되었는데, 아침에 지나갈 때와는 달리 어느 한 집에 사람들이 많이 모여 웅성대고 있었다. 마침 시간도 있고 궁금하기도 해서 차를 세우고 집 마당으로 들어가 보니 우는 사람에 떠드는 사람에 난리법석이었다. 도대체 왜들 그러나 하고 무심결에 방 안을 들여다보니 향이 피워져 있고 병풍도 쳐져 있었는데, 사람들 하는 말이 무슨 이유에서인지는 몰라도 그 집의 처녀가 갑자기 죽었다는 것이다.

선사가 아차 싶어 막 돌아서려니까 형체도 없는 누군가가 여자 목소리로 "살려주세요" 하고 말을 걸어왔다. 선사는 서둘러 그곳을 빠져나왔는데, 대문을 지날 때쯤 갑자기 오른쪽 어깨에서부터 왼쪽 배 있는 곳까지 날카로운 손톱으로 심하게 할큄을 당하는 느낌을 받았다.

그런데 할퀸 곳이 어찌나 통증이 심했던지 겨우 차를 몰고 수련장으로 돌아오시고는 "빨리 방에다 불을 뜨겁게 때라" 하고 방으로 들어가 꼼짝도 안 하고 가부좌 자세를 하고 앉으셨다. 나와 어머니는 걱정 어린 눈으로 바라만 볼 뿐 어찌해야 할지 모르고 있었는데, 방이 더워질 시간쯤 되니 크게 한숨을 내쉬고는 자초지종을 말씀해주셨다.

내가 옆에 있다가 "아직도 할퀸 곳에 통증이 있으세요?" 하고 여쭈니 "이제 한숨 돌렸다. 그래도 약간의 통증은 남아 있구나" 하고 답하셨다. 그래서 내가 손바닥에 열이 나도록 비벼서 가슴과 배에다 수차례 대어드렸더니 가만히 계시다가 웃으며 말씀하셨다.

"너도 그동안 공력이 많이 쌓였구나, 손바닥이 이렇게 뜨거운 것을 보니. 네가 손바닥을 대어주니까 훨씬 시원하구나. 이제 그만하면 되었다. 한숨 자고 나면 괜찮을 것이다."

그제야 나는 어머니와 같이 방을 나왔고, 두 시간 뒤쯤 선사도 나오셨는데 다시 평소와 같은 모습이었다.

다른 이야기로는, 선사께서 막 하산하셨을 때는 몇몇 사람들에게 귀싸대기를 맞은 일도 있었다고 한다. 그 사람의 앞일이 보여 안타까운 마음에 무엇 무엇을 조심하라고 이야기해주었더니 오히려 그 말은 들으려 하지 않고 화를 내며 때리기까지 했다는 것이다. 선사는 몇 번 이런 일을 당하고 나서는 그와 같은 일을 하지 않게 되었다.

그리고 하산하신 당시에는 통신수단이 발달되지 않아 누군가를 만나고 싶어도 약속을 정하기 어려웠다. 그래서 선사는 만나고 싶은 사람이 있으면 종이에 성명 삼자를 쓰고 도술로 법을 걸어놓으셨다. 그러고 나서 찾아가 보면 만날 사람이 자신도 모르게 문 앞에 나와 서성이고 있었다. 선사가 그 사람을 보며 "아니, 왜 문 앞에 나와 계십니까?" 하고 물으면 그들은 "글쎄요. 저도 아무 이유 없이 이러고 있습니다. 아마 청산을 뵈려고 나와 있었나 봅니다" 하며 반갑게 맞아주곤 했었다고 한다.

선사는 속세로 나온 후, 1967년에 인왕산의 삼왕사라는 조그마한 암자에 머물면서 두 명의 제자를 가르치기 시작하셨다. 그런데 하루는 암자의 주지로서 거처를 마련해주었던 최 거사라는 분이 당시에 유명한 코미디언인 서영춘 씨의 4촌 형님 서형 씨를 데리고 와서는 인사를 시켰고, 삼일절 50주년 기념으로 민족정기 선양대회가 서울운동장에서 열릴 예정이니 참가해주었으면 좋겠다는 부탁을 받게 된다. 서형 씨는 그 다음 날에도 독립운동가 33인 중의 한 분인 이갑성 선생과 함께 와서 한 번 더 부탁을 했다.

그래서 선사는 이 행사에 참가하기로 했는데, 먼저 1968년 2월에 서울 광화문 근방 교육회관에서 열리는 무술인 경연대회에서 우승을 해야 서울운동장에서 열리는 본 대회에서 시범을 보일 수 있었다. 이 행사를 시작으로 선사는 세상에서 명성을 얻게 되셨다.

그 행사는 당시 규모 면에서나 참가한 인물들을 보더라도 국내에서는 가장 큰 행사 중의 하나였다.

그 당시 이름 있는 모든 무술인과 차력사들이 총집합한 경연이었다. 사회는 코미디언으로 애칭이 '후라이보이'였던 곽규석 씨가 맡아 보았는데 이 달변가가 다른 사람이 시범 보이는 데에서는 말을 잘하는데 청산께서 시범을 보이시면 본인이 입이 절로 벌어지고 말문이 막혀 말을 잇지를 못하는 것이었다.

그 시범에서는 결국 모두를 제압한 청산께서 본선에 나가 시범을 보이게 되었다. 이 본선 시범은 정재계 사람들과 조계종 종정으로 있던 청담 스님을 비롯한 각계각층의 다양한 많은 사람들이 보는 앞에서의 시범이었다.

여기에서 민족 수련법에 대한 연설을 하였는데 그때 하신 말씀에 서산대사 휴정과 사명대사 유정도 우리 국선도를 수련하셨던 분이라고 하며 사명대사가 일본에 가서 보이신 철화방 속에서 견디신 도력을 보이겠다고 하였다.

그러고는 지름이 4미터 남짓한 원에 철근으로 기둥을 박고 다시 철사에 석유 묻은 천을 둘러 감은 줄을 20센티미터 간격으로 8칸을 올려 놓고 청산께서 안에 들어가 신호를 하면 불을 붙여 천이 다 탈 때까지 견디는 시범이었는데 그 화염이 얼마나 엄청났던지 그것을 바라보고 있는 사람들 모두 넋을 잃고 보게 되었다. 당시 같이 참석했던 제자들도 청산 사부의 경지가 도대체 어느 정도이었는지 측정하기 어려웠을 정도라고 한다.

이 시범을 무사히 마치고 나오니까 모든 사람의 기립박수가 있었고 이후에 청산의 이름이 전국에 알려지게 되었다.

이처럼 선사의 명성이 전국으로 알려지자 이곳저곳에서 시범 요청이 들어오게 되어 선사는 제자들과 같이 크고 작은 시범들을 많이 보이셨다.

내가 생각하기에, 선사께서 당시 도력 시범을 많이 보이셨던 데는 크게 네 가지의 메시지가 있었던 것 같다.

첫째로, 민족 고유의 도법이 살아 있다는 것을 보여주어 민족의식을 고취시키기 위해서이다. 선사는 시범을 하실 때면 우리 민족의 역사와 도법道法, 도맥道脈에 대하여 강의를 꼭 하셨다.

둘째로, 누구나 수련하면 이처럼 할 수 있다는 것을 전하기 위함이다. 우리의 국선도를 수련하면 당신과 같은 막강한 체력과 능력을 가질 수 있다는 것을 나타내신 것이다.

셋째로, 제일 빠르게 도를 이해하고 믿음을 심어주기 위해서이다. 사람들은 수도의 결과인 도력에 대하여 이해를 잘 못 하는데, 눈앞에서 바로 도력을 보여야 누구도 부정을 할 수 없기에 인간의 한계 그 이상을 보여줌으로써 무엇이든지 가능하다는 믿음을 주신 것이다.

넷째로, 호기심과 관심을 이끌어내어 많은 사람들이 수행의 길을 갈 수 있도록 하기 위함이다. 실제로 당시 시범을 보고 많은 사람들이 선사의 가르침을 받아보고 싶어서 도장을 찾아왔다.

이처럼 1967년을 시작으로 속세의 제자들이 한 사람 두 사람 늘면서 나중에는 여성 제자도 생기게 되었다. 그러나 당시에는 현재 국선도에서 사용하는 용어와 표현을 모두 밝히지 않으셨고 수련법은 더더욱 공개하지 않으셨다. 그 모든 것이 명확해진 것은 1974년도에 직접 책을 처음 펴내시면서부터다.

아마 당시에 오늘날의 국선도 도장과 같은 수련을 했다면 짧은 시간 내에 시범을 보일 수 있는 단계까지 제자를 키워내기가 쉽지 않았을 것이다. 지금은 건강과 수양 위주의 수련이 자리를 잡았지만, 그때는 많은 사람들 앞에서 뭔가를 보여야 했기에 수련도 자연히 시범으로 보이기 좋은 방법을 빨리 익히는 방식 위주로 가르치셨다.

호흡법에 있어서는 지금처럼 단법 별로 나가며 숨을 마시고 멈추는(止) 것을 하지 않고 대신 마시고 토하는 숨을 고르게 하도록 하였고, 외공도 기초부터 차근차근 단계를 밟으며 가르쳐주질 않으시고 막바로 기를 운용하고 발산하기 좋은 형들을 골라 독특한 방식으로 지도하셨다. 그리고 제자들의 나이가 대부분 세상에 두려울 것이 없는 팔팔한 20대여서 선사의 독특한 수련법들을 소화해내는 데 무리가 없었다.

그런 시간들이 지나 1970년 4월 20일(음력 3월 15일), 드디어 수련원을 열게 되었다. 그날은 경술庚戌년 경진庚辰월 경오庚午일이었는데, 이렇게 庚경이 들어가도록 연월일을 맞추는 것은 사람의 인력으로만 되는 일이 아니다. 내 기억으로 선사는 경축일이나 큰 행사 날짜를 잡으실 때 언제나 일진을 다 보고 가장 좋은 날을 잡곤 하셨다. 그렇게 본다면 아마 이날은 전 인류에게 새 세상을 열고 도를 전하게 된 길일 중의 길일이었을 것이다.

수련원 장소는 서울의 복판인 종로 3가 피카디리극장 옆의 건물 4층이었는데, 그리 크지는 않았지만 깨끗하고 아담한 곳이었다. 당시는 이미 선사가 유명해진 후였으므로 많은 사람들이 수련원을 찾아오기 시작했고, 그해 일본의 후지 TV에서 시범을 보이신 후로는 더욱 본격적으로 수련생들이 늘기 시작했다.

인연과 행적

▎봉침 두 방의 사연

아래 글의 주인공은 봉침으로 많은 사람들을 치료해주고 계신 김영규 선생인데, 선사와의 인연으로 몸이 회복된 이후 국선도 본원의 개원과 함께 수련을 시작하신 국선도 수련원의 산중인과도 같은 분이시다. 특히 사람의 몸에 대해 공부를 많이 하셨고 의문이 있을 때마다 선사께 물으면서 봉침을 꾸준히 연구해오셨다. 연세가 많으면서도 아직도 정정하시고, 과거의 자신처럼 병으로 고생하는 사람들을 위해 늘 봉사하고 도움을 주고 계신다.

아마 1967년 7월쯤일 텐데, 하루는 대한극장 맞은편을 지나다가 대학 후배인 안혁 군을 만났어요. 하도 반가워서 서로 안부를 물었는데 후배가 느닷없이 낡은 한복을 입고 있는 허름한 사람을 소개시키며 도인道人이래요. 그때는 도인이 뭔지도 모르고 관심도 없어서 한 귀로 넘기고 후배와 함께 다방에 갔지요. 다방에서도 우리끼리 이런저런 얘기를 하기 바빴는데, 그 도인이라는 사람은 말도 없이 앉아서 우리가 커피를 시켜 먹는데 날계란을 시켜 먹더라고요.

그런데 후배가 선배님 다리는 어떠냐고 물었지요. 그때 저는 류머티즘이 심해서 병원에서 모두 손을 들었고 11년째 목발을 짚고 다니던 형편이었는데, 차도가 없어서 그저 겨우 산다고 답했죠. 제 처도 허리가 아파서 무척 고생하고 있었고 아주 힘든 때였어요.

그런데 그때까지 아무 말도 없던 도인이라는 사람이 나를 보고는 사람의 몸이 소우주인데 핵이 잘못되어서 그렇다며 그런 병은 아주 간단히 나을 수 있다는 거예요. 그래서 내가 어떻게 하면 되냐고 물으니 일단 벌을 몇 마리 잡아 오래요. 저도 목발 짚고 사는 게 하도 징그러워서 큰 병원에 가도 못 고친다는 병을 고쳐주겠다는 사람만 있다면 무슨 짓이라도 할 심정이었는데 까짓것 벌 몇 마리 못 잡겠어요. 그날 비가 주룩주룩 왔는데 저와 제 처가 밖으로 나가서 라면 봉지에 열 마리도 넘게 벌을 잡아 왔어요. 그랬더니 그 도인이 세 군데 혈에 한 방씩만 맞으면 된다는 거예요. 그래서 내가 바짝 다가앉으며 그 혈이 어디냐고 가르쳐달라고 그랬죠. 그랬더니 그 도인이 그림을 그려주더라고요.

그날 저녁으로 집에 와서 죽기 살기의 심정으로 저와 제 처가 그 도인이 알려준 곳에 벌침을 놓았는데 죽겠더라고요. 한 대여섯 시간을 방바닥에 누워 뒹굴었는데 얼마나 아픈지 생각해보세요. 십몇 년 동안 병으로 고생한 몸이 벌침을 맞고 얼마나 아팠겠어요. 데굴데굴 뒹굴다가 정신이 나면 '내가 오늘 그 거지새끼 때문에 죽는구나. 도인이고 지랄이고 오늘이 내 제삿날이구나!' 그런 생각이 들 정도였으니까요. 그런데 새벽이 되니까 오줌이 마려워 급히 화장실에 가서 오줌을 누는데 걷잡을 수가 없을 정도로 나오는 거예요. 아무튼 무지무지하게 많이 누었어요. 제 처도 그렇고….

그런데 한참 오줌을 누면서 보니까 어라, 제가 목발 없이 그냥 서 있는 거예요. 다리도 안 아프고 눌러 봐도 괜찮고 그제야 정신이 나서 맘속으로 '아이쿠, 거지새끼라고 한 말 죄송합니다' 그랬죠. 그때부터 찾아뵙고 무릎 딱 꿇고서 사부님으로 모신 겁니다.

▎진기 주입

두 분에게는 또 하나 재미있는 에피소드가 있는데, 김영규 선생은 누구를 만나건 꼭 아래의 이야기를 들려주며 지난날을 회상하시곤 한다.

1976년도 여름에 서울의 아세아 극장에 근무하는 사람이 몸이 너무 허약하여 사경을 헤맬 때 선사께서 기를 몸에 직접 주입하여 살린 적이 있었다. 그러자 김영규 선생도 사부처럼 타인에게 기를 넣어주겠다고 하여 도장에서 당시 소공동의 세무서장이었던 배기수 씨라는 분에게 기를 주입하게 되었다. 도장에서 배기수 씨를 앉혀 놓고 등 쪽에다 잠시 동안 손바닥으로 기운을 보내고 있는데, 온 몸이 굳어지고 몸이 식어지고 꼭 죽을 것만 같은 느낌이 들었다.

마침 선사께서 밖에 나갔다가 들어오면서 이 광경을 보고는 김영규 선생에게 손을 대고 기를 넣어주면서 "빨리 손을 떼요" 하셨다. 선사는 그렇게 얼마간 기를 넣어주고는 손을 떼면서 "내가 없었으면 김영규 씨는 죽었어"라며 앞으로는 절대로 그렇게 하지 말라고 엄명을 내렸다. 그래서 그 이후부터는 도장에서 기를 넣어주는 일이 금지된 것이다.

선사께서 도력 시범으로 널리 알려지시게 되자 여기저기서 어려운 문제를 가져와 도움을 요청하는 일들이 많았는데, 그중에는 이런 일도 있었다.

당시에 수원 출신 국회의원 중에 유명한 사람으로 이병희라는 분이 있었다. 이분이 군생활을 하던 젊은 나이에 거리를 활보하고 다니다가 어느 한 나이트클럽에서 수원 최고의 건달이라고 하는 전병관의 수하들과 시비가 붙었는데 완전히 일방적으로 초죽음이 되도록 얻어맞게 되었다.

깡패두목 전병관이란 사람은 수원에서는 모르는 사람이 없을 정도로 유명했는데, 힘이 얼마나 장사인지 지프차 타이어에 펑크가 나자 혼자 등으로 차를 받쳐 들어서 앞 타이어를 갈아 끼웠다는 일화가 있는 인물이었다.

이병희 선생은 극도로 화가 났지만 그렇다고 어떻게 함부로 할 수도 없어 전전긍긍하며 분을 풀기 위하여 백방으로 고심하다 지인의 소개로 청산거사라는 대단한 분이 있다는 사실을 알게 되었다. 그래서 선사께 와서는 억울함을 말하고 도움을 요청했는데, 그 당시 어떤 말이 오고 갔는지는 자세히 알 수 없다.

결과적으로 선사는 수락을 하였고, 제자 한 사람과 같이 수원 깡패들의 아지트를 수소문하여 찾아갔다. 당시 수원의 유신 고속터미널 2층이 당구장이었는데 그곳이 바로 아지트였고 1층에는 약국이 있었다.

먼저 1층 약국에 들러 음료를 사서 마시고 있는데, 열댓 명 남짓한 젊은이들이 2층에서 우르르 내려오자마자 약국으로 들어와 음료를 달라고 하더니 그냥 마시고는 돈도 안 내고 또 우르르 몰려 나가는 것이었다. 선사는 어이가 없어 약사에게 저 사람들은 왜 돈을 안 내느냐고 물으니 겁에 질려서 저 깡패들 건드렸다가는 큰일 난다고 말하는 게 아닌가.

선사는 그대로 밖으로 나가 걸어가고 있는 깡패들에게 소리쳤다.

"야! 너희들 이리 와봐."

이 깡패들이 다가와서 두 사람을 둘러싸자 선사는 "너희들 남의 음료수 마시고 왜 돈도 안 내냐!" 하고 호통을 치셨다. 그리고 차도와 인도의 경계부에 박혀 있는 다리통만한 화강암의 돌을 한 손으로 잡아 뽑아들고는 그대로 본인 이마를 향해 때려버리니 그 육중한 돌이 즉시 두 동강 났다.

이 광경을 지켜본 깡패들은 하나같이 바로 그 자리에서 무릎을 꿇었다. 이때 한 놈이 계단 위로 뛰어 올라 2층으로 달아났는데, 잠시 뒤에 몸집이 좋은 두목 전병관이 내려와서는 선사 앞에서 그대로 무릎을 꿇었다. 선사는 전병관에게 이병희 씨를 아느냐고 물었고, 지난번 일을 사과할 것과 앞으로 그를 도와줄 것을 약속받고 돌아오셨다.

이후 이병희 선생은 수원의 유지가 되어 국회의원에 출마하였는데 전병관의 무리가 도와 모든 일이 일사천리로 풀렸고 수원에서는 감히 누구도 대적할 만한 사람이 없었다. 또 이병희 선생은 그 나름대로 건달들이 바르게 살 수 있도록 선처해주고 생활의 안정도 도와주었다. 그후 그는 더욱 거물이 되어 나중에는 무임소 장관까지 역임하게 되었다.

이병희 선생은 자신이 이렇게까지 성공한 것을 선사의 덕으로 생각하여 당시 성우구락부 인사들을 비롯하여 많은 정계인들에게 국선도를 소개하고 선사의 시범을 볼 기회를 주선해주었다. 이분은 지금은 작고하셨지만 지금도 수원을 대표하는 인물 중의 한 분이다.

이 이야기는 당시에 선사와 동행했던 제자 한 분이 직접 목격하고 들려준 일화이다.

▎일본 책에 소개된 국선도

책의 앞부분에 소개한 것과 같이, 선사는 1970년 일본 오사카에서 열린 만국박람회에 초대받아 후지TV에서 시범을 보이셨다. 그때 선사와 국선도에 관심이 많은 한 일본 작가가 선사와 직접 인터뷰를 하고 또 여러 정보를 알아내어 『파워 국선도』라는 책을 낸 적이 있다. 일본 말이라 글 내용 중에 홍보용으로 쓸 만한 부분만 따로 번역하여 보관해오다 보니 작가의 이름은 잊은 지 오래되었지만, 짧은 단편이 남아 있어 여기에 소개하려 한다.

"기, 무한한 힘의 비밀을 캔다.

과학적 탐구, 이 한국 '국선도'의 파워를 과학적으로 분석한 사람이 있다. 저자의 친구로, 그리고 이 모임의 한 명으로 한국올림픽 위원회의 위원을 하고 있는 한 모 씨이다. 그에 의하면 이 힘(파워)은 보통의 의미로 말하는 힘(力)과는 완전히 다른 구조에서 나온다고 한다. 그는 이 분석을 위해서 몇 가지 실험을 했다. 그중 하나는 수중水中에서 큰 돌을 깨트리는 것이었다. 이것은 물속에서는 압력저항이 있기 때문에 힘이 나오지 않겠지 하는 점에 착안한 실험이다. 제자들로는 역부족이었기에 청산거사가 직접 피험자가 되었고, 보기 좋게 큰 돌은 수영장의 바닥에서 두 동강이 났다.

또 하나의 실험은 돌과 바위가 깨지는 장면을 고속의 카메라로 찍는 것으로, 이것에 의해 실로 의외의 사실을 알게 됐다. 그것은 어떤 경우라도 피험자의 손이 돌 또는 바위에 닿기 전에 깨졌기 때문이다. 마치 보이지 않는 무엇인가가 바위를 깨고 그 뒤에 손이 따라오는 것이 필름에 찍혔다고 한다. 이 실험은 1970년의 대판大阪 만국박람회의 한국관에도 전시된 적이 있다. 어쨌든 불가사의하기 때문에 물리학과 생리학의 전문가들에게 분석을 부탁했지만 자타가 공인하는 전문가들도 이현상에 대해서는 손을 들었다고 한다. 일단 기氣의 움직임이라는 것으로 결론을 내렸지만 과학의 입장에서는 파고들지 못한 또 하나의 무엇인가가 남아 있는 셈이다."

▎정도령의 벽보

선사가 종로에 첫 도장을 내고 얼마 안 되어 아주 재미있는 일이 벌어졌다. 일명 정도령 벽보 사건이었는데 그 사연은 이렇다.

하루는 아침에 제자 한 사람이 수련장으로 벽보를 들고 와서는 "이 벽보가 골목골목마다 다 붙어 있습니다" 하며 보여주었다. 일반 포스터만한 크기에 중앙에 한복을 입으신 선사께서 머리를 휘날리며 마치

구름을 타고 하늘에서 내려오시는 듯한 사진이 찍혀 있고, 사진의 상하 좌우에는 정도령께서 하강하시어 세상을 구원하신다는 내용의 글귀들이 빼곡히 쓰여 있었다.

그런데 신기한 것은 선사는 이런 포즈를 취하며 사진을 찍은 기억이 없었다는 것이다. 선사도 궁금하여 제자들에게 이 벽보를 붙인 사람이 누군지 알아오도록 시켰다. 제자들이 골목을 뒤지며 물어물어 벽보를 붙이도록 시킨 사람을 알아냈는데, 그는 미아리의 대지극장 뒤에 살던 한 무당이었다.

선사가 직접 찾아가서 보니, 40대쯤으로 보이는 무당이 방 안으로 모시자마자 큰절을 하면서 "하늘에서 시키어 이렇게 하게 되었습니다" 하고 말했다. 그리고 "앞으로 계실 집을 보여 드리겠습니다" 하며 장롱에서 무엇인가를 꺼내어 보여주는데 그것은 집 지을 때 쓰는 조감도였다. 조감도의 그림은 3층 높이의 아주 근사하고 훌륭한 모습이었는데 무당은 "장차 삼각산 위에다 지어야 합니다"라고 했다.

그리고 나서는 또 무엇인가를 장롱에서 조심스럽게 꺼내어 선사 앞에 살며시 놓았다. 아름답게 수를 놓은 보자기로 싸여 있던 그것을 무당이 정성껏 풀어서 보여주니 엷은 하늘색의 고운 한복이었다.

무당은 "한번 입어보시지요" 하고는 밖으로 나갔고, 선사는 입고 있던 한복을 벗고 새 한복으로 갈아입었다. 그런데 어떻게 치수를 알고 맞추었는지 너무나 옷이 잘 맞는 것이다.

선사가 "어떻게 이렇게 치수를 잘 맞추었는가?" 하고 묻자 무당은 하늘에서 알려주었다고 하면서 뒤이어 "앞으로 정명을 이루시어 인류를 구하시고 선경세상을 만드시옵소서" 하며 작별의 절을 했다. 선사는 그저 그 모습을 묵묵히 보고 있다가 몇 마디 대화를 마치고 돌아왔다.

이 이야기는 경기도 무갑리 야외수련장에서 선사가 잘 아시는 어떤 분과의 대화 중에 들려주신 것으로, 당시에는 포스터까지 꺼내 보여주셔서 나도 직접 보았는데 산으로 입산하신 이후 아무리 찾아보아도 그 포스터를 찾지 못했다. 나중에 그 무당을 찾아가 만나볼 요량으로 대지극장 뒤를 돌아보았는데 너무 오래된 일이라 다른 곳으로 이사를 갔는지 끝내 찾지 못하고 돌아와야 했다.

▎김건 선생과의 만남

선사는 세속에 계시면서 수없이 다양한 사람들을 만났지만, 김건 선생과는 전생부터 연이 있지 않았나 생각될 정도로 깊게 교류하셨다. 선사와 그분의 인연은 아래와 같다.

1972년도 가을 무렵, 선사는 건국대학교의 요청으로 대학 내에서 강의와 실기 시범을 하게 되었다. 그렇게 무사히 강의와 시범을 마치고 도장으로 돌아왔는데 하루인가 이틀 뒤에 김건이란 분이 선사를 찾아왔다.

김건 선생은 문교부 사상국장을 지내셨고 동양사상과 철학 면에 있어서는 학계에서 인정하는 독보적인 분이셨다. 당시 건국대학교 2부대학장으로 계시면서 우연히 선사의 강의와 시범을 보게 되셨던 것이다.

김건 선생은 선사와의 첫 만남을 20년이 지난 뒤의 강의 석상에서 이렇게 회고하셨다.

"내가 나이 60에 건국대 2부대학장을 역임하고 있을 때 우연히 청산 거사의 강의와 시범을 보고는 예사 차력사나 무술인들과는 달라서 좀 더 알고 싶어 처음 도장이라는 곳을 찾아갔지요. 그때 인상적이었던 것은 도장의 사방 벽에 '홍익인간'이라는 글이 붙어 있었어요. 그리고 한쪽 벽에는 주역의 원리, 음양오행의 원리가 맞추어져 쓰여 있기에 "주역이나 음양오행의 원리를 공부하셨습니까?" 하고 물었더니 "그런 거 모릅니다" 그래요. 그래서 "그럼 이 글들은 무엇입니까?" 하고 재차 물으니 "예, 이건 우리 고유의 도법에 있는 내용입니다" 그러는 거예요.

그리고 몇 가지를 묻고 대답하는데 그동안 이론으로만 내가 공부했던 내용들과는 너무 달랐어요. 그렇지만 무언가 굳건한 알맹이가 있는 것 같아. 그리고 청산거사의 그 눈빛, 굉장했지. 정말 굉장했어요. 어떤 사람이 산에서 청산을 만났다고 하면 내가 물어보는 게 하나 있어요. 그 눈빛을 봤느냐고.

청산과 같이 몇 시간의 대화를 하고 내가 결론을 내렸어요. 내가 알기로는 우리나라에 우리 민족혼의 주체가 되는 도법道法이 있어왔는데 이 법이 흥왕興旺하면 국가가 번성했고, 이 법이 외래사상에 밀려 쇠퇴하면 나라가 쇠약했다. 그래서 내가 이 법을 찾아내려고 평생을 수고했는데 도사의 설명을 들어보니 그동안 내가 찾았던 우리 민족의 도법이 이것이라는 것을 확신하게 됐다. 앞으로 내가 도울 일이 있으면 힘껏 돕겠다."

이러한 개인적인 첫 만남 이후부터 김건 선생은 선사를 돕기 시작했다.

이분은 국선도가 세상에 바르게 보급되려면 민족정기를 고취시키는 사회교육 기관이 되어야 한다면서 문교부 사회교육국에 정신도법교육회精神道法敎育會라는 이름으로 등록하는 일을 도와주었고, 그 자리에서 자신은 회장으로 선사는 부회장으로 등록을 했다.

그 이후부터는 연령 차이는 많지만 더욱 가까이 지내게 되었는데, 하루는 이분이 선사에게 체력시합 도전을 해왔다. 이분은 비록 60세의 연세이지만 180센티미터 가까운 키에 장골인 데다가 20~30대 젊은이 못지않은 체력을 갖추고 있었다.

김건 선생은 80년대 말 본원 개원기념식에서 이때의 일을 이렇게 회상하셨다.

"내가 일제시대에 공부를 잘하여 일본에 있는 동경대학에 원서를 넣었더니 동경대에서 회답이 오기를 아무리 공부를 잘해도 한국인은 운동선수 말고는 안 받는다는 것이어요. 그래서 생각하다가 '나는 운동선수다'라고 하니 '무슨 운동선수냐?'고 물어서 원서 용지 란에 '만능선수'라고 적어서 내었지요. 그러자 대학에서 호기심이 있었는지 하루 날을 잡아서 달리기, 턱걸이, 멀리뛰기, 멀리던지기 등등 다양하게 체력테스트를 하는 거예요. 그런데 모두 통과를 해서 동경대학에 들어가 공부를 하게 되었지요."

젊었을 때의 체력을 과히 짐작케 하는 대목이다.

그에 비해 선사는 키도 165센티미터 정도이고 수련 말고는 일반 운동을 한 적이 없는데, 연세가 선사보다 많다는 것 말고는 신체적으로 두 분은 어른과 아이 같은 차이가 났었다. 선사의 도력 시범을 보기는 했어도 신장 면에서 본인보다는 한참 열세인 선사가 과연 나를 이길까 하는 마음에 시합을 신청했던 것이었다.

"청산과 공원 모래사장에서 시합을 했는데, 내가 최선을 다해 멀리

뛰기를 해도 그 작은 사람이 나보다 한 발짝 더 멀리 뛰더라고요, 이어서 막대기를 걸어놓고 높이 뛰어넘기를 했는데 꼭 나보다 많이도 아니고 약간 더 높이 뛰어넘어요, 그리고 이것저것 내가 자신 있다 싶은 것들을 몇 가지 했는데 다른 시합들도 뭐든지 많이도 아니고 나보다 약간씩 앞서는 거예요. 그때 다시 한번 청산의 실력을 알게 되었죠."

90년대 초에 또 다른 국선도 개원 기념식에서는 이런 말씀도 하셨다.

"나는 원래 철학을 공부하였지만 선도仙道와 같은 도학에 관심이 많아 청산을 만나기 20년 전부터 공부를 했었습니다. 이후 청산을 만나 20년간 국선도를 지켜보았습니다. 대부분의 사이비성 있는 사람들이나 수련법들은 잠시 동안은 반짝하여 빛을 보지만 바른 진리를 가지고 있는 도법이나 그런 수도인이라면 아마 다르겠죠. 내 나름대로 20년간 지켜본 청산의 국선도에 대하여 내린 결론은 내가 20년간을 공부하며 찾던 우리 민족 고유의 참된 정통선도 수련법이고, 도법의 정신과 그 안에 담긴 모든 내용들이 전혀 변형과 훼손 없이 온전히 유지되고 있는 완벽한 수련법임을 인정하지 않을 수 없다는 것입니다. 이런 수련을 하고 계신 여러분들은 참으로 복이 많으신 것입니다."

김건 선생은 국선도에 물심양면으로 많은 도움을 주시다가 100세 가까운 나이에 타계하셨는데, 운명하시기 전날까지도 백과사전을 펴놓고 돋보기로 보며 공부를 하셨다고 한다. 내가 이분을 마지막으로 뵈었을 때 하신 말씀은 아직도 뇌리에 생생하다.

"내가 평생 동안 공부한 것을 집약해서 글을 썼는데 노트 세 장 분량이라서 이것을 책으로 내야 하나 말아야 하나."

　한때 「장군의 아들」이란 영화로 오늘날 더욱 알려지게 된 김두한이 주먹계의 황제였다는 것은 누구나 인정하는 사실이다. 그러한 거물인 김두한 씨가 스스로 선사를 찾아온 적이 있었다.

　하루는 수련원으로 한 통의 전화가 걸려왔다.

　"거기가 청산도사 계신 곳입니까?"

　"예."

　"청산도사 좀 바꿔주시오!"

　"잠시만 기다리세요."

　"전화 바꿨습니다."

　"청산도사입니까?"

　"네, 그렇습니다만."

　"아, 나 김두한이요. 나 도사님 좀 뵙고 싶어서 그런데 시간 좀 내주시지요."

　이렇게 해서 시간을 정하여 약속 장소인 다방으로 나가 보니 마침 다방 입구에서 서로 마주치게 되었다. 그러고는 수인사를 나누고 다방 안으로 들어갔는데, 김두한 씨는 들어가자마자 다방 아가씨들을 향해 "야, 이년들아. 도사님 오셨다. 자리 좀 만들어라!" 하고 한바탕 소리치고는 자리에 앉아 이야기를 꺼냈다.

　선사가 "어떻게 저를 아시고 전화를 주셨습니까?" 하고 묻자 "어젯밤 꿈에 내 아버님 김좌진 장군이 나타나셔서 '네가 살고 싶으면 종로에 있는 청산도인을 만나거라' 하고 말씀하시기에 청산이 누구냐고 애들에게 물어보니 대단한 분이라고 소개를 받았습니다. 그래서 궁금하기도 해서 만나자고 한 것입니다' 하고 답했다고 한다.

그 자리에서 어떤 내용의 대화들이 오고 갔는지는 알 수가 없으나, 선사는 그분의 목소리가 참 괄괄한 것이 기억에 남았고 얼굴은 곰보이고 몸의 여러 곳에 총탄을 맞은 흔적들이 있었다고만 말씀하셨다.

이후에도 두 분은 두 차례 더 만나셨는데, 그때의 대화 내용이라든가 사람 됨됨이 같은 것을 이상하리만큼 한번도 사람들에게 들려주신 적이 없었다.

▎꿀에 탄 독약

1970년대 초에 수련원으로 찾아온 사람들 중에는 순수 수련을 위해서 온 분들도 많았지만 다른 목적을 가진 경우도 많았다. 특히 P 장군이라는 사람은 군 장성 출신으로 정계 쪽으로 자신의 입지를 넓혀볼 욕심으로 자주 찾아와 선사를 뵙고 후원자처럼 행세하여 자신의 뜻을 펴보려고 했던 듯싶다. 그러나 선사는 그 사람의 마음을 읽어 뜻에 동참하지 않으셨고, 그는 지나친 감정을 행동으로 표현하게 되었다.

어느 날 P씨가 작은 항아리를 들고 와서는 선물로 주고 갔는데 열어보니 안에는 꿀이 들어 있었다. 이에 선사께서는 오며 가며 생각나실 때마다 꺼내 드셨고, 반 통 정도가 비워졌을 무렵 새벽반 수련에 나오는 당시 안기부 요원 한 분과 담소를 나누다가 P씨가 주고 간 꿀을 조금 대접하게 되었다. 그리고 그분은 잠시 뒤에 인사하고 직장으로 출근했는데, 그날 오후가 되어서 다시 와서는 선사께 그 꿀단지를 잠깐만 달라고 했다.

선사가 내어주며 이유를 묻자 자기가 아침에 꿀 한 숟가락을 먹으니 바로 혀가 말리면서 이상하더라는 것이다. 그리고 종일토록 속이 불편하여 혼이 났다면서 꼭 검사를 해보고 싶어했다.

그분은 선사께 받은 꿀단지를 가지고 가서 바로 검사를 의뢰했다. 다음 날 검사결과를 가르쳐 주었는데 꿀에 강한 맹독이 섞여 있었다. 벌써 반 이상을 드셨는데도 선사는 아무 이상을 못 느꼈다고 말하니 그는 이렇게 되물었다.

"사부님이야 백독불훼지체百毒不毁之體의 몸이니까 견디시지만 저만 해도 겨우 한 숟가락만 먹었는데도 혀가 말리던데요. 그런데 왜 P씨가 이런 꿀을 보냈을까요?"

"나에게 와서는 자꾸 정치적으로 뭔가를 해보자고 하기에 사양을 했더니 아마 기분이 나빴나 봅니다."

이에 그분이 형사처분을 운운했지만 선사는 한마디로 거절하고 이 일을 없던 일로 하자고 설득하여 그렇게 마무리가 되었다.

▌극장의 허가

많은 사람들이 어려운 문제를 선사께 부탁하여 해결된 경우가 많았는데, 그중에는 이런 일도 있었다.

서울 을지로에 오래전부터 있던 극장이 있다. 이 극장은 아직도 건재하여 잘 운영되고 있는데, 극장을 처음 지을 당시에는 절대 순조롭지가 않았다. 극장을 지으려는 모 사장과 서울시와의 힘겨운 줄다리기가 있었기 때문이다. 극장주인 모 사장은 본인이 알아본 바로 법에 저촉되는 부분이 없어서 건물을 지으려고 했고, 시청 측은 별거 아닌 꼬투리를 잡아 일을 자꾸 지연시키고 아주 애를 먹였다.

이 극장 주인은 너무 억울하고 답답해서 전전긍긍하다가 오래전부터 안면이 있던 선사에게 찾아와 자초지종을 이야기하며 하소연을 했다. 선사는 다 듣고 나서 이렇게 말했다.

"그러면 내가 하라는 대로 하겠소?"

"일만 성사된다면 무엇을 못하겠습니까?"

"그러면 먼저 시장과 면담을 요청하고 시장과 면담하는 자리에서 법 이야기가 나오면 컵에 있는 물을 테이블에 엎으면서 '내가 스승님한테 배운 법이라는 것은 이것이오'라고 말을 하세요. 그리고 절대 혼자 가면 안 되고 김두한 씨하고 같이 가면 일이 성사될 것입니다. 김두한 씨는 내가 부탁하면 같이 가주실 겁니다."

결국 선사가 시킨 그대로 시장 앞에서 했더니 시장이 기에 눌렸는지 아니면 뭔가 깨달은 바가 있어서인지 극장을 짓도록 허가를 해주었다. 그리고 그 극장은 지금까지도 많은 사람들의 사랑을 받으며 서울 장안의 손꼽히는 극장으로 자리하고 있다.

이 이야기를 듣고 내가 선사께 "물을 부은 의미는 무엇입니까?" 하고 여쭈었더니 이렇게 풀어주셨다.

"법法을 파자하면 물 수 변(氵)에 갈 거去 자이므로, 법이란 물이 흘러가는 것을 말하는데 물은 평平을 찾아 흐르는 것이고 평平에 이르면 화和가 되는 것이다."

▎인도 요기와의 만남

선사께서 수련원을 처음 개원한 이후로 많은 다양한 사람들이 다녀갔었다. 그중에는 인도에서 유명하다고 하는 요가의 대가라는 사람이 방문을 하여 다녀간 적도 있었다. 1972년 9월의 일이었는데, 당시 약 40세 정도였던 그 요기의 이름은 아차리아. R. 아바두타였고 구레나룻 수염이 인상적인 사람이었다. 선사께서는 통역관의 도움으로 그에게 국선도를 소개하고 또 요가의 수행법과 국선도 수행을 비교해보는 시간도 가졌었다.

그런데 이 요기는 식사를 할 때, 완전한 채식을 고집하며 이것저것 골라 가려 먹었다. 그러다 한번은 대화 중에 선사가 요기의 맥을 보자고 하여 잠시 살피시더니, 속병이 있는데 위암이라고 말씀하셨다. 그 말에 요기는 펄쩍 뛰며 "믿을 수 없다"라고 하고는 자기 나라 인도로 돌아갔다.

그로부터 몇십 일이 지나 통역관에게 전화가 왔는데, '마스터 청산'이 말한 대로 속이 안 좋아 병원에 가서 검진을 받아보니 위암 판정을 받았다는 것이다.

▎태권도 사범들과의 결투

1974년도에 선사는 제자들을 데리고 미국을 방문하게 되셨다. 그곳에서도 여러 가지 사건과 일화가 있었다고 한다.

미국에 도착하여 공개 장소에서 여러 시범을 보이자 선사의 명성이 점점 알려지게 되었다. 그러나 일찌감치 미국에서 자리를 잡은 그 지역 태권도 사범 열한 명이 텃세를 부리며 실력이 어느 정도인지 대결을 하자고 도전을 해왔다. 그러고는 약속 장소와 시간까지 일방적으로 통보해왔다.

그런데 약속된 날짜 며칠 전에 박 사범이라고 하는 한 사람이 선사를 찾아와서는 "태권도 사범들이 한 사람 한 사람 다들 알아주는 실력자들이고 실전에도 뛰어난 사람들이므로 청산께서 아무리 뛰어나도 혼자서 대결을 하기에는 위험합니다. 기권을 하시면 어떻겠습니까?" 하고 권유를 했다. 이에 선사는 "걱정해줘서 고맙습니다" 하고 정중히 그를 돌려보냈다.

드디어 결전의 날이 되었는데 시간에 맞추어 약속 장소에 가보니 중간에 찾아왔던 박 사범이 밖에 나와서 안내를 하며 "만약 위험하면 저도 거사님을 돕겠습니다"라고 말했다.

안내받은 곳으로 들어가 보니 넓은 홀에 외부인은 하나도 없고 태권도 관장들만 있는데, 한 사람은 의자에 앉아 있고 나머지 사람들은 그 사람을 중심에 두고 빙 둘러 서 있었다. 선사가 무심히 그들 곁으로 가까이 걸어가니 이러저러한 말도 없이 갑자기 한 명씩 주먹질과 발길질을 하며 달려들었는데, 선사는 몸을 가볍게 살짝 살짝 피하면서 한 사람당 한 방씩 몸의 혈도를 쳐버렸다. 한 방씩 얻어맞은 태권도 사범들은 모두들 나뒹굴며 신음을 했고, 잠시 뒤에 다들 일어나 선사께 와서는 사과를 했다.

그 자리에서 선사는 태권도 사범들 중 맏형뻘 되는 사람에게 도전의 대가로 다음 날 캐딜락 승용차 한 대를 가지고 오라고 명했다. 이렇게 해서 태권도 사범 열 명과의 대결은 선사의 완승으로 끝났고, 다음 날 차 한 대가 생겨서 미국에 있는 동안은 그 차를 타고 생활하셨다고 한다.

이 이야기는 나중에 박 사범이란 분이 한국을 방문하셨을 때에 선사와 미국에서 있었던 일들을 직접 우리 가족에게 들려주셔서 알게 된 것이다.

선사께서는 미국을 다녀오신 후에, "미국에 있을 때 창밖을 내다보고 가만히 있으면 저력을 느낄 수 있었다"고 말씀하신 적이 있다.

| 미국인 거한의 도전

어느 나라든 외국인이 그 나라에 자리를 잡기는 쉬운 일이 아니다. 특히 신장이나 체격 면에서 동양인들보다 우세한 미국인들의 사회에서 덩치 작은 동양인이 초능력을 발휘한다는 소문이 나자 힘깨나 쓰는 미국인들 중에는 시샘이라도 하는 양 직접 도전을 해온 사람도 있었다.

그러나 당시의 상황은 도전을 회피할 수도 없고, 또 도전에서 지게 되면 그곳에서 발붙이고 살기도 힘들게 되어버리는 처지였다. 그 대결이란 것도 카메라를 가져다 놓고 관중들이 다 보는 곳에서 벌여야 했다.

선사가 약속 장소에 시간 맞추어 먼저 도착하여 있으니 잠시 뒤에 앞에 바라보이는 문으로 상대자라는 사람이 들어오는데, 커다란 문에 꽉 찰 정도의 거한으로 키가 거의 2미터에 가깝고 근육과 덩치가 선사의 두 배는 되었다. 전직 미식축구 선수라는 상대와 마주 보고 서 있으니 사회자가 두 사람을 소개했고, 이윽고 시작이라는 말과 함께 잠시 정적이 돌았다.

선사는 제자들도 있고 하여, 상대자의 기량을 보고 대적하려고 먼저 손을 써보라고 양보의 몸짓을 했다. 그러자 그 거한은 바로 주먹을 들어 청산의 콧등을 내리쳤다. 하지만 선사는 준비를 하고 있던 터라 큰 동요 없이 몸의 중심을 잡고 가만히 서 있었다.

다음은 선사의 차례였다. 그대로 몸을 띄우며 이마로 상대자의 심장 부위를 받았다. 그리고 가만히 보고 있으니 미국인이 그냥 서 있는 것이다. 선사는 속으로 '이놈 봐라' 하고 생각했는데, 곧 이 육중한 미국인이 그대로 뒤로 나자빠졌다.

미국 사회의 생리상 승자에 대하여는 예우가 달라지면서 가치를 인정해주므로, 그 대결 이후부터는 미국인의 정식 도전은 다시 없었다고 한다.

▎미국비자 받기

요즘이야 여권을 만들거나 미국비자를 받기가 쉽지만, 얼마 전까지만 해도 우리나라는 특히 미국비자 받기가 상당히 까다롭고 어려웠다. 아마 60대 이상 되신 분들은 모두 아실 것이다. 그러니 70년대 말에 미국비자를 받기는 오죽 어려웠을까. 웬만한 배경이 있어도 면접관의 기분에 따라 비자의 발급 여부가 좌우되던 때였다.

선사 역시 미국을 가기 위해 모든 서류를 다 갖추어 미국대사관에 제출을 했다. 그런데 전에 미국에 다녀온 적이 있는데도 비자를 못 주겠다는 통보를 받았다. 그래서 다시 서류신청을 하여 면접일을 받았다. 그리고 통역관을 대동해서 면접을 봤는데, 선사는 통역관더러 알아서 말하라고 하고는 면접관의 눈만 뚫어지게 바라보셨다. 그리고 몇 번 면접관과 눈을 마주쳤는데 그때마다 면접관은 깜짝깜짝 놀라는 것이었다.

결국 면접관은 선사의 기에 눌려 비자를 주었다. 선사가 비자를 받고 통역관과 나오는데 한 대사관 직원이 따라 나오면서 통역관에게 "저분이 누구세요?" 하고 물었다. 그러고는 "오늘 한 사람도 비자 받은 사람이 없었는데 저분만 받으셨어요"라고 했다.

┃ 오공법 춤

국선도 외공 중에는 오공법이라는 무술의 형이 있는데, 그것은 호흡에 맞추어 천천히 부드럽게 하는 형이라 언뜻 보면 꼭 춤추는 것 같은 모양새다.

선사는 미국에 계실 때 그곳에 사는 교포분들과 나이트클럽을 가게 되셨는데, 다들 춤을 추며 열심히 흔들어대는데 선사는 춤이 어색하여 잠시 생각하시다가 오공법을 펼쳐 보이셨다. 그러자 주변 사람들이 춤추는 것을 멈추고 신기한 듯 바라보기만 했다고 한다.

오공법이 끝나니 사람들은 엄지손가락을 세우며 훌륭한 춤이라며 박수를 보냈다.

후버댐의 잠수 시범

1975년 미국의 오하이오 주 콜럼버스 시 근처에 있는 후버댐에서 선사는 물속에 잠수하여 견디는 시범을 보이셨다. 그때도 많은 사람들이 그 광경을 보러 왔다.

선사는 물 위로 뜨지 않도록 바벨을 밧줄로 감아 허리에 묶으셨고, 다른 한쪽 줄은 물 밖으로 길게 하여 위급한 상황이 되면 잡아당길 수 있도록 준비하셨다. 그리고 "내가 신호를 하든지 스스로 나오기 전에는 절대 줄을 당기지 말라"는 당부를 하고 물속으로 들어가셨다.

그렇게 물속에서 한참을 있는데, 갑자기 물 밖에서 줄을 잡아당기기에 몇 모금 물을 마시면서 밖으로 나오게 되셨다. 밖으로 나온 선사가 "내가 신호도 안 했는데 왜 줄을 당겼느냐!" 하고 제자들에게 물으니 시간이 18분이나 지나자 사람들이 죽었을지 모르니까 빨리 줄을 당기라고 하도 성화들을 해서 당기게 되었다는 것이다.

어찌 되었건 그 자리에서 처음부터 끝까지 지켜본 사람들은 모두들 놀라워하며 열광하였고, 모덜이라는 미국의 하원의원은 선사의 제자가 되기를 자청했다. 그런 사연이 여러 번 매스컴에 나오면서 선사는 미국과 한국 양국에서 더욱 이름을 알리게 되었다.

그 후 20년이 지난 어느 날, 미국에서 국선도 수련을 하며 대학에서 강의를 하는 최 교수라는 분에게 어떤 미국인이 이런 메일을 보내왔다.

"나는 20년 전 당신의 스승인 청산이란 분이 후버댐에서 보인 잠수 시범을 곁에서 지켜봤던 사람 중의 한 명입니다. 나는 그 이후 도에 대한 열정이 생겨 20년간을 수도하며 전 세계의 많은 도인을 찾아다니며 만나보았는데, 아쉽게도 당신 스승 같은 도인은 못 만났습니다. 나에게 행운이 다시 주어진다면 청산이라는 분을 뵙고 싶고 수련도 해보고 싶습니다."

▎과학자에게 기를 증명하다

내가 부산에서 수련원을 운영하고 있을 때의 일이다. 현재 모 대학교에 재직하시는 김영생 교수님이 친구 한 분과 같이 찾아오셨다. 나는 처음 뵙는 분이라 간단히 인사를 드렸더니, 선사를 잘 안다고 하셨다.

김 교수님은 우리나라의 목욕탕에서 사용하는 온도조절 센서를 개발하신 과학자이다. 이분은 70년대 초에 수련원에 다니며 수련을 하였는데, 과학자로서 인체의 기氣라는 것도 직접 보거나 느낄 수 없다면 그 실재를 믿기 어렵다고 생각했다.

하루는 이분이 여러 사람들이 있는 자리에서 선사께 기를 느끼게 해달라는 부탁을 하였다. 선사는 쾌히 승낙을 하고는 이분에게 일어나 그대로 서 있으라 하고는 옆으로 가서 오른손은 등 쪽에, 왼손은 가슴 앞쪽에 약 30센티미터 가량 띄워 두고는 양손을 위아래로 움직이는데 손이 움직이는 곳마다 강한 기감이 느껴졌다.

"이것을 기氣라 합니다."

이에 김 교수님은 "기가 뭔지 이제 알겠습니다" 말하고 열심히 수련을 하게 되었고, 후에 만나는 사람들에게 자주 이 체험담을 들려주곤 한다는 것이다.

이런 이야기를 마치고 일어나 가시면서 김 교수님은 한 가지 소원을 말씀하셨다.

"청산거사님을 한 번만 더 뵈었으면 원이 없겠습니다."

▎불타버린 외공 그림

을지로 3가에는 인쇄하는 업체들이 많이 있는데, 그곳에 그림 도안을 잘 하는 장씨 성을 가진 도안사가 있었다. 70년대에 책을 처음 출간할 당시부터 쓰이고 있는 국선도의 몸동작 그림들은 이분이 그린 것이다.

그런데 처음 국선도의 몸동작 그림을 그릴 무렵에는 무술에 해당하는 국선도의 외공도 그렸었다. 그 분량도 대학노트 30권에 달할 만큼 많았다. 허나 조금만 더 완성이 되면 책을 내려고 한창 마무리를 하고 있을 무렵, 그림 그린 것을 인쇄소에 넘겼는데 안타깝게도 그림을 보관하던 사무실에 불이 나는 바람에 전부 소실되고 말았다.

그래서 지금 선사께서 직접 지으신 외공의 원고는 글만 남아 있다.

▎붓글씨

대전에 일당一鐺이라는 호를 가진 분이 있었다. 일당 선생은 나름대로 오래도록 수련하신 분으로 선사와도 오래전부터 교류가 있으셨다. 또한 당시 국회의원이자 붓글씨로 유명한 윤길중 선생이란 분도 계신데, 이분 또한 직접 선사로부터 지도를 받으며 오랫동안 수련을 했던 분이다.

하루는 일당 선생이 선사와 윤길중 선생을 집으로 초대하셨고, 세 분은 앉아 밤새도록 술을 드시고 담소를 나누었다. 다음 날 아침이 되어 일당 선생의 따님이 불은 켜져 있는데 방 안이 조용하여 다들 주무신다고 생각하고 방 정리를 해드리려 문을 열고 들어갔다. 그런데 방 안에 들어가 보니 선사가 팔뚝만한 큰 붓을 악필握筆(다섯 손가락과 손바닥 전체로 붓을 잡는 법)로 잡아 종이에 글을 쓰고 계시는 중이었다. 어찌나 힘이 주어졌는지 붓글씨에는 일가견이 있던 일당 선생과 윤길중 선생도 글씨에 압도되어 숨을 죽이고 그 모습을 보고 있었다.

선사가 글씨 쓰기를 마치자 옆에서 지켜보던 일당 선생과 윤길중 선생은 놀라움에 감탄을 연발하며 칭찬을 아끼지 않았다고 한다.

격파 시범

언젠가 선사가 인천에서 차력사들과 시범경기를 하게 되었다. 당시에 이름 있는 차력사들이 다 모였는데, 말이 차력사지 나름대로 수련을 통하여 자신의 한계를 극복하는 훈련을 한 사람들이라고 할 수 있었다.

그중에 강 모, 최 모, 박 모 등의 사람들이 있었는데, 강 모라는 차력사가 커다란 구들장을 손으로 격파해 보이겠다고 하여 관중들 앞에서 수도로 여러 번 가격을 하였으나 손만 심하게 상처를 입고 말았다.

이때 관중들이 야유를 보내자 아무도 대신 격파하려는 사람이 없었다.

결국 선사께서 앞으로 나가시어 수도로 한 방에 격파를 하니, 관중은 물론 차력사들도 선사의 실력을 가일층 인정하게 되었다.

| 30분간의 잠수

미국 오하이오 주에는 최동의라는 태권도 관장이 있는데, 이분이 미국에 있는 김창옥 사범에게 이런 말을 전했다고 한다.

"오래전에 청산거사가 미국에 오셨을 때 한여름에 제가 모시고 저의 동생과 함께 가까운 호수로 낚시를 간 적이 있었어요. 사람도 없고 조용한 장소를 정하여 낚싯대를 드리우고 한참 동안 낚시질을 하는데 거사께서 날씨가 덥다고 하시며 옷을 벗고는 물속으로 들어가시려는 거예요. 미국사람들에게는 흔하게 있는 일이고 또 날씨도 더워서 저와 제 동생은 목욕을 하시려나 보다 하고 별 생각 없이 있었지요. 그리고 잠깐 있다가 나오시겠지 하고 생각을 했는데 잠수를 하고는 안 나오시는 거예요. 한참 뒤에 모습을 보이셨는데 30분간을 잠수하셨습니다. 저와 제 동생이 분명히 봤습니다."

　대전에서도 버스로 한 시간 걸리는 시골에 살 때의 일이다. 집 근처에 젊은 사람들은 댕기머리를 하고 나이 많은 분들은 상투를 틀고 흰 한복을 주로 입으며 집을 아주 깨끗하게 해놓고 단군을 모시는 종교인들이 살고 있었다.

　하루는 선사께서 그곳에 가보자고 하여 함께 가게 되었다. 그곳의 제일 연장자로 보이는 70대 중반 정도로 보이는 수염이 희고 긴 분이 마치 오래전부터 잘 알고 계셨던 것처럼 우리를 아주 반갑게 맞아주셨다. 그리고 방으로 들어가 자리에 앉자 선사께 큰절을 올리셨다.

　선사는 정중히 절을 받으시고는 이런저런 이야기를 주고받으셨다. 그런데 내 눈에는 선사보다 훨씬 연장자로 보이는 그분이 대화 내내 깍듯하게 모시듯 두 무릎을 꿇고 앉아 계셨다. 당시 나는 어린 나이인지라 두 분의 대화에 별 관심이 없어 그저 잘 차려진 다과상의 과일과 떡을 먹었고 대화가 다 끝났는지 가자고 하시어 돌아온 기억밖에 없다.

　그런데 세월이 흘러 선사께서 내게 종교에 대한 가르침을 주실 때 당시의 일이 생각나서 여쭈어보았다.

　"예전 대전 시골집 옆에 살던 단군을 모신다는 곳은 어떤 곳인가요?"

　"아! 빗자루 부대."

　"빗자루 부대가 뭐예요?"

　"너도 기억하지? 집을 아주 깨끗하게 해놓은 것을."

　"예."

　"앞으로 미래에 만약 큰 어르신들이 백두산을 가려고 하면 그 사람들이 먼저 가서 깨끗하게 청소를 해놓는다. 그리고 그때 나에게 큰절을 한 노인은 몸에서 기운이 환하게 품어져 나와 내가 화엄장이라고 호를 지어주었더니 아주 좋아하더구나."

그리고 잠깐 뒤에 이어서 이런 말씀을 해주셨다.

"모든 종교마다 각자 마크가 있는데, 그 마크만 보면 앞으로 어떤 일을 할 것인지 알 수가 있다."

▌잠수

현재는 모 대학의 교수인 강신구라는 분이 계신데, 이분은 문화일보 편집국장을 지내셨고 70년대에는 경향신문 기자로 활동을 했었다. 나는 우연한 기회가 되어 이분을 알게 되었는데 이분은 선사를 안다고 하며 이런 이야기를 들려주셨다.

"70년대에 내가 경향신문 기자로 있을 때 한번은 청산거사라는 분이 물속에서 잠수 시범을 한다는 제보를 받게 되었어요.

당시만 해도 수영장은 서울에도 몇 개 없었던 때였는데, 수유리에 있는 그랜드파크 호텔의 수영장에서 시범을 한다고 해서 취재를 갔었습니다. 그곳에는 벌써 열 명이 넘는 기자들이 와 있었고 구경을 온 사람들까지 해서 수영장이 가득했어요.

그리고 잠시 뒤 청산거사라는 분이 나타나서 국선도 수련에 대한 설명을 하고는 잠수 준비를 했는데, 역기를 들 때에 쓰는 바벨을 끈으로 몸에다 묶었습니다. 그런 다음 수영장 물속으로 들어가서는 15분이 넘어서 나왔는데 그것을 지켜본 사람들이 모두들 놀랐죠.

다음 날 거의 모든 신문과 잡지에 이 기사가 실렸는데 신문사에 가면 당시 기사를 찾을 수 있을 겁니다."

▮『외지』

선사는 기회가 있을 때마다 여러 나라를 다니셨는데, 그중에 대만을 다녀오시고는 이런 말씀을 하셨다.

"대만에 가보면『외지』라는 책이 있는데, 그 책을 보니 한자를 만든 창힐 씨가 황해도 해주 사람으로 적혀 있었다."

▮ 차력사 3인

선사께서는 가끔 지난 이야기를 들려주셨는데, 한번은 한때 경합을 벌였던 차력사들에 대한 말씀을 하시다가 강 모라는 사람을 이렇게 평하셨다.

"강 모라는 이름을 가진 사람이 셋 있는데 한 명은 속임수를 잘 쓰고, 또 한 명은 좀 하는데 미국에 있고, 나머지 한 명은 사술을 부릴 줄 아는데 제주도에 있다. 그러나 사도邪道건 정도正道건 도道를 닦은 사람들은 다 호랑이야!"

┃ 오만한 레슬링 선수

종로에 도장을 열고 나서 주먹깨나 쓰는 사람들로부터 자칭 무술의 달인이라는 사람들까지 시도 때도 없이 찾아와 선사께 도전을 해왔다. 선사는 그때마다 모두 제압을 하였고, 이런 소문이 전국으로 퍼지자 일명 싸움 고수라고 하는 사람들이 그냥 인사만 하러 서울까지 올라오는 경우도 있었다.

그런데 하루는 레슬링 선수 한 사람이 선사께 찾아와서는 바짝 다가앉으며 거드름을 피웠다.

"사람들이 제 몸은 탄력이 좋아 한 대 치면 다 튕겨진다고들 합니다."

선사는 듣고 있다가 "그래?" 하고 되묻고는 오른손으로 주먹을 쥐고 치는 듯하다가 왼쪽 주먹으로 턱을 한 방 쳐버렸다. 그러자 그 선수는 데굴데굴 구르다가 바로 무릎 꿇고는 "사부님 주먹은 해머로 치는 것 같네요"라고 하며 인사하고 돌아갔다.

┃ 도인의 향수

미국의 국선도 사범 중에 김창열이라는 분이 있다. 이분은 한때 뉴저지에서 국선도를 지도한 적이 있는데 어느 날인가 한국교포 한 분이 찾아왔었는데 잊지 못할 일이 있었다고 한다.

김 사범이 수련장에서 지도를 하고 있는데 중년의 남자 한 분이 찾아왔다. 수련 문의를 하러 온 줄 알고 안내를 하니, 그는 자신의 이름을 다니엘이라고 밝히며 "이 수련법이 청산이라는 분이 하시던 수련법이 맞나요?"하고 물었다.

"예, 맞습니다. 그런데 왜 그러시는데요?"

"나의 스승님이 멀지 않은 곳에 사시는데 꼭 좀 사범님을 만났으면 합니다. 왜 그러시는지는 만나보시면 알게 되실 겁니다."

그래서 김 사범은 무슨 영문인지는 모르겠지만 시간을 내어 그 스승이라는 분을 만나러 갔다. 그런데 문 앞에서 잠시 기다리고 있자니 웬 연세 많은 노인이 신발도 안 신고 뛰어 나오다시피 하며 김 사범의 손을 잡았다.

"자네가 청산의 제자인가?"

"예."

"반갑네! 안으로 들어가세."

그 노인은 집안으로 들어가 말을 이었다.

"나는 평생을 도 공부만 한 사람이네! 내가 70년대에 한국에 있을 때 언제부턴가 TV며 신문, 잡지에 청산이라는 이름이 많이 나오기에 도대체 어떤 사람인가 궁금해서 직접 시범을 보이는 곳을 찾아갔었네. 그때 여러 시범들을 보이는데 역시 대단하더군. 그러나 내가 생각하는 도인하고는 모습이 달라서 충고를 해주려고 만나자고 했지. 그리고 시범을 마친 청산에게 이런 이야기를 해주었네.

'내가 보기에 청산은 남다른 높은 도를 닦은 것 같은데 진정한 도인이란 이렇게 시범을 보이는 것이 아니고 산에서 은거를 하며 세상에 맑은 기운을 보내는 것이오.'

그러자 청산이 이렇게 답변을 하더군.

'어르신, 제가 왜 그것을 모르겠습니까? 하지만 저에게는 사명이 있어

서 어쩔 수 없이 이렇게 할 수밖에 없습니다.'

'그렇게 말하니 내가 더 이상은 이야기 안 하겠지만 내 말을 잘 새겨 보기 바라며 이것은 천부경이 적힌 책이니 한 번 읽어보시오.'

나는 이렇게 책 한 권을 주고 청산과 헤어졌네.

그런데 이후로 근 30년 가까이 도인이라는 많은 사람들을 만나보았 지만 청산 같은 사람은 없었어! 그리고 국선도라 하여 발전한 모습을 보니 청산이 진짜 도인 중에 도인이라는 것을 나중에 알게 되었네. 그 래서 미국에 있으면서 내 제자 다니엘에게 혹시 청산의 국선도를 보게 되면 반드시 도와주라고 당부를 하였네. 그런데 며칠 전에 다니엘이 청 산의 제자가 하는 국선도 수련장이 뉴저지에 생겼다고 하기에 너무 반 가워서 그 사람을 좀 꼭 집에 데리고 오라고 했지."

그 이후로 다니엘은 자신의 사비를 들여 뉴저지의 좋은 장소에 도장 을 하나 개설해주었다.

▌여자 법사의 시범

서울의 종로 3가 국선도 본원에 모 법사라는 여성 지도자가 있었다. 이분은 미혼인 시절에 본원의 수련생들을 지도하면서 한국도로공사 직 원들도 가르치러 다녔다.

당시 도로공사는 유명한 장성 출신인 윤필용 씨가 사장직을 맡고 있 었다. 이분은 서울 강남에 있는 국선도 수련원에서 오랜 기간 수련을 해오며 선사와도 직접 친분을 쌓았던 분이다.

하루는 이분이 선사를 만난 자리에서 수련에 대한 직원들의 사기를 올리기 위해서 강의와 약간의 시범을 보여주면 좋겠다는 제안을 하였다. 선사는 쾌히 승낙을 하고 날을 정하여 모 법사와 같이 가기로 했는데, 모 법사는 그 말을 듣자 걱정이 태산이었다. 자신은 수련만 했을 뿐이지 시범은 보기만 하고 한번도 연습해본 적이 없었기 때문이다. 더군다나 자신이 지도하는 직원들 앞에서 시범을 보여야 한다니 엄두가 나질 않았다.

그러나 선사는 태연히 걱정하지 말라고만 하셨고, 모 법사는 답답했지만 사부님만 믿고 그날 시범을 보이기로 했다.

먼저 가부좌 자세로 앉아서 머리에 근 30킬로그램의 바위를 두 개나 얹고 위에서 해머로 내려치는 시범을 보였다. 선사는 인정사정없이 해머로 머리 위의 바위를 여러 번 쳤고 파편이 튀면서 위에 얹힌 바위는 둘로 갈라졌는데, 이 광경을 보고 있던 여직원들 중에는 무서워서 숨는 사람까지 있었다. 그리고 누워서 배 위에 아까와 같이 바위를 얹고 또 해머로 내려치는 시범도 보였다.

시범과 강의를 무사히 마치고 돌아온 모 법사에게 내가 물었다.

"아니, 연습도 한 번 안 했는데 어떻게 그런 시범을 했어요?"

"나도 겁이 나서 사부님께 못 하겠다고 말씀드렸지만 사부님이 '내가 옆에 있으니까 걱정하지 마라'고 말씀하셔서 그대로 했는데 돌을 머리에 얹는 순간 정말 이상하게도 전혀 무게를 못 느꼈어요. 그리고 머리 위에서 해머로 내려치는데도 전혀 충격을 안 받았어요. 누워서 시범 보일 때도 마찬가지였어요."

| 만신 아주머니

 선사께서 재입산하시기 석 달쯤 전의 일이다. 내가 우연히 만신 한 분을 알게 되었는데, 선사께서 보통 때와는 다르게 언행을 하셔서 이 일은 아직도 내 기억에 생생하게 남아 있다.

 경기도 광주에서도 차로 30분 거리에 야외수련장이 있다 보니 필요한 물건을 사거나 서울로 오갈 때마다 광주 시내를 많이 다니게 되었다. 그러던 어느 날 버스터미널에서 차를 기다리다가 50대쯤 보이는 어떤 여자분과 자연스럽게 말이 오가게 되었다. 그 여자 분은 자신을 만신(무당)이라고 소개하였는데, 나이에 비해 대화에 막힘이 없이 두루두루 많이 알고 있었다.

 그래서 이런저런 이야기를 나누다가 도道에 대한 이야기도 나오고 도인 이야기도 나왔다. 나는 모르는 척하고 청산거사라는 분에 대하여 들어본 적이 있으시냐고 물어보았다. 그랬더니 그 무당은 한참 눈을 지그시 감고 생각에 잠기는 듯하더니 갑자기 그분을 아느냐고 물어보는 것이다. 그래서 안다고 대답하니 자기가 그분을 꼭 만나야 된다고 하면서 가급적 빠른 시일 내에 만나뵙게 해달라고 졸랐다. 나는 나중에 연락을 드리겠다고 하고는 연락처를 받아적고 집으로 돌아왔다.

 집에 와서 터미널에서 있었던 일을 말씀드리고 그 만신이 꼭 만나뵙기를 청했다고 전했다. 그리고 선사께서 별다른 말씀 없이 데려와 보라고 하시기에 전화로 연락을 해서 다음 날 오시도록 했다.

 그런데 첫 대면에 이 만신은 선사께 정중히 인사를 하고는 자신이 가지고 온 꿀을 선사께 드리며 한 숟갈 드시도록 권했는데, 이상한 것은 선사의 태도였다. 아마 다른 사람이 권했으면 뭐라고 한 말씀을 하셨을 터인데 처음 보는 낯선 아주머니가 한 숟갈 꿀을 떠서 드리니 그냥 아무 말씀 없이 받아드시는 것이었다.

더 모를 일은 다음 대화였다.

먼저 만신 아주머니가 말씀하셨다.

"저에게 하실 말씀이 있으시죠?"

"남북통일을 시켜야 하는데."

만신은 "네, 그러시죠" 하고 답하고는 종이와 볼펜을 꺼내서 두 장의 종이에다 '남북통일'이라고 적었다. 그리고 그것을 선사의 양 손바닥에 반창고로 붙여드렸다. 선사는 그냥 가만히 계시면서 별다른 말씀 없이 만신이 하는 대로 가만 놔두셨다. 나는 그 모습이 신기하기도 하고 재미있기도 하여 옆에서 계속 지켜보고만 있었다.

잠시 뒤 만신 아주머니가 나에게 큰 그릇에 물을 떠오라 하기에 양푼에 물을 떠다 드리니, 그분은 가방에서 북어 한 마리를 꺼내어 물에 띄우고 선사께 그곳에 침을 뱉으시라고 하는 것이다. 선사는 태연하게 침을 뱉고 "시원~ 하다"하고 말씀하셨다.

아주머니는 나에게 그 그릇을 대문 밖에 버리라고 했다. 내가 시킨 대로 버리고 오니 그분은 선사께 이렇게 말했다.

"이제 제가 할 일을 다 하였습니다. 언제 산으로 가실지 몰라 이렇게 급히 뵙고자 했습니다."

선사는 "수고했네"라고 답하시고는 아주 태연하게 계시었다.

나는 만신 아주머니를 배웅해주면서 하도 궁금하여 조금 전 일들을 물어보니 그분은 이렇게 이야기해주셨다.

자기는 어려서부터 신기神氣가 있어 무당이 되었는데, 왜 자신이 지금까지 무당으로 살았어야 하는지를 오늘에야 알게 되었다고 한다. 그리고 이 모든 일은 하늘에서 하는 것이고 자신은 하늘에서 시키는 일만 했다는 것이다.

그러고는 아버님을 잘 모시라고 당부하면서, 아버님이 어떤 분인가는 아무도 모르고 제자들도 모르고 심지어 식구들도 잘 모른다고 했다. 그리고 다섯 손가락을 펴 보이면서, 아버님께서 다섯 가지 일을 하시려고 이 세상에 나오셨다면 그중 알려진 것은 새끼손가락 정도밖에 안 된다는 것이다.

내가 왜 꿀을 드렸는지를 여쭈니 그것은 수많은 군졸들이 보필하는 것과 같은 힘을 드린 것이고, 종이를 양손에 붙인 것은 남북통일의 사명을 이루시도록 손바닥에 적어드린 것이고, 침을 뱉은 것은 탁한 세속의 때를 벗는 의미라고 설명하셨다. 또한 이 모두가 하늘이 시키어 하는 것이라고 하셨다. 그리고 선사께서는 머지않아 입산을 하실 것인데 그때는 높은 분이 모시러 오실 것이라고도 하셨다.

┃ 정기신精氣神 논쟁

입산하시기 1년 전쯤, 내가 어디를 갔다가 집에 들어와 보니 방문 앞쪽에서 선사와 김건 선생 두 분이 뭔가에 대하여 한참을 대화하고 계셨다. 나는 목례를 드리고 옆으로 지나가면서 선사의 말씀을 듣게 되었다. 그 대화는 인체의 정기신에 관한 내용이었다.

내용인즉, 얼마 전 김건 선생이 소책자를 내셨는데 그 안에 아랫배를 정精, 심장 쪽 가슴을 기氣, 머리의 뇌를 신神으로 적어놓고 이것을 뒤집으면 성性, 명命, 정精이라는 이론을 폈다는 이야기였다.

이 이론은 아랫배의 정精은 같으나 머리를 기氣, 가슴을 신神으로 보는 선사의 이론과 차이가 있었다. 사실 김건 선생의 설명은 시중에 나와 있는 단전호흡과 관련된 많은 서적들에서 이미 언급되고 있는 관점이었다. 수행보다 이론을 중시하는 사람들이 쓴 책들은 대부분 김건 선생과 같은 이론으로 설명하고 있었다.

하지만 선사는 "직접 닦아보지 않고 정기신을 어떻게 아십니까?" 하고 강한 어투로 말씀하셨다. 이때 김건 선생은 아무 말씀 없이 듣고 계셨던 것으로 기억한다.

이후에 내가 직접 공부를 해보니, 의서醫書 중 최고로 치는 『황제내경』과 『동의보감』은 선사의 이론과 동일한 설명을 하고 있었다.

▎대기차단법大氣遮斷法

선사께서 경기도 광주 야외수련장에 계실 때의 일이다.

젊은 나이에 지도자의 길을 가고자 하는 사람의 아버지가 찾아왔다. 아들이 스승님으로 모실 분이 도대체 어떤 분인가 궁금했던 모양이다.

한나절 동안 두 분은 이것저것 이야기를 나누시다가 같이 산책을 하셨는데, 한참을 걷다가 선사는 두께가 약 5센티미터 정도의 넓적한 돌을 들고 말씀하셨다.

"대기차단법을 쓰면 이렇게도 할 수 있습니다."

그리고 엄지손가락을 위에, 나머지 네 손가락은 아래를 잡으시고는 마치 비스킷을 쪼개듯 두 쪽으로 돌을 쪼개버리셨다.

그분은 이 모습을 보고 선사를 완전히 믿게 되었고, 이후로는 아들 뿐 아니라 본인도 사부님이라는 호칭을 쓰며 국선도를 적극적으로 후원해주셨다.

❙ 외공 수련

내가 어렸을 때부터, 선사는 새로운 중국무술 영화가 개봉하면 그 주의 주말엔 어김없이 가족 모두를 인솔하여 극장을 찾으셨다. 그리고 집에 돌아와서는 영화 장면에 나왔던 무술 동작들 중 몇 가지를 지적하며 "그런 동작들은 너도 연습하면 된다"고 말씀하시곤 했다.

그런 환경 속에서 나는 커가면서 알게 모르게 무술의 고수가 되어보고 싶은 꿈을 키웠는데, 선사는 기초가 중요하다며 가장 기본적인 것만 가르쳐주시고 더는 알려주지 않으셨다.

그런데 내가 고등학교 2학년 봄의 어느 날 『삼국지』를 사다 놓고 읽고 있는데 선사께서 말씀하셨다.

"너 쿵푸 배워볼 생각 있니?"

나는 속으로 무슨 뜻이 있으셔서 그러시나 보다 생각했고, 또 선사는 내게 국선도 외공의 아주 기초만 가르쳐주셨지 수준 있는 외공은 알려주지 않으셔서 갈증을 느끼던 차였으므로 곧장 답을 했다.

"예, 배워 보겠습니다. 그런데 누구한테 배울까요?"

"내가 외공하는 사람을 많이 만나봤지만 황 관장이 묘한 동작을 많이 하는 것 같더라. 그 사람은 체육관 같은 곳에서 안 가르치고 종묘(종로 3가) 안의 공터에서 개인적으로 지도하고 있다는 말을 들었다. 네가 원한다면 내가 얘기해보마."

선사는 사흘 뒤에 종묘 앞 다방에 나를 데리고 가서 황 관장이라는 분께 인사를 시켜주셨다. 선사와 연배가 비슷하고 첫인상이 후덕하게 생긴 분이셨다.

두 분은 수인사를 나누시고 그동안 지내온 안부를 물으면서 여러 대화를 나누셨다. 그러다가 선사께서 저를 가리키며 말씀하셨다.

"얘가 『삼국지』를 사다놓고 읽는 것을 보니 의기義氣를 키우려는 것 같아서 외공을 가르쳐 보려고 그래! 남은 가르쳐도 자식은 못 가르치겠어!"

대뜸 황 관장이란 분도 맞장구를 치셨다.

"원래 자기 자식은 못 가르치는 법이야."

나는 오랜 세월이 지나 자식을 낳아본 후에야 그 심정을 이해하게 되었다. 어쨌든 두 분은 서로 자식을 바꾸어 가르치자고 말씀을 하셨는데, 황 관장님의 아들은 아직 어려서 좀더 성장하면 보내기로 하고 우선 나부터 매일 아침마다 종묘에서 쿵푸를 배우기로 하고 헤어졌다.

다음 날 아침 약속시간에 맞추어 가보니 황 관장님이 도복 바지에 가벼운 티셔츠를 입고 먼저 기다리고 계셔서 인사를 드리고 바로 쿵푸 기본기 자세부터 배우기 시작했다.

보통 선사께 배울 때는 "이 동작은 힘드네요. 이 동작은 허리가 아프네요. 이 동작은 몇 번 할까요?" 등등의 말을 하곤 했는데, 황 관장님에게 배우면서는 아무리 힘들고 몸이 이상해도 한마디도 할 수 없었고 더욱이 못난 아들 소리를 듣게 되면 아버님을 욕보일 것 같아 시키면 시키는 대로 무조건 참고 배울 수밖에 없었다.

한 달 뒤쯤 황 관장님은 내 몸이 쿵푸를 하기에는 가장 이상적이라고 하며 나의 자세가 그동안 가르쳐본 제자들 중에서도 뛰어나다고 칭찬하셨다. 나는 그 말을 자랑하듯 선사께 말씀드렸고 그동안 배운 것을 보자고 하시기에 그대로 보여드렸다. 그런데 선사는 아무 말씀도 안 하시고 고개만 끄덕이셨다.

이후 한 달에 걸쳐 쿵푸의 형形을 배우기 전에 익혀야 할 '탄퇴 12장'이라는 기본기를 수련했는데, 끝나갈 무렵 선사께서 한 번 더 그동안 배운 것을 해보라고 하시어 보여드렸다.

그런데 그 즈음 문제가 생겼다. 황 관장님이 치안을 담당하는 관공서에 제자가 있어 그곳에 놀러갔다가 "청산의 아들이 나에게 쿵푸를 배우고 있다"는 말을 하였는데, 마침 그 관공서는 국선도를 막 시작했던 터라 수련생들에게 안 좋은 소문이 퍼지기 시작했던 것이다.

선사는 그 이야기를 듣고 조금 언짢아하셨다.

"너 계속 배우고 싶니?"

"쿵푸 기본기는 완전히 마쳤으니까. 형形부터는 국선도 외공형을 배우면 좋을 것 같은데요!"

그래서 나는 황 관장님께 배우는 것을 중단하고 이후부터는 정식으로 국선도 외공을 배우게 되었다.

황 관장님으로부터 확실히 배워서인지, 나는 선사의 말씀만 떨어지면 아무 대꾸 없이 그대로 따라 해 보였다. 그리고 선사는 진도를 나가는 것보다 하나라도 완벽하게 익히도록 가르치셨다.

한번은 외공의 기초인 팔 뻗어 주먹지르기를 가르쳐주셨는데, 내가 수백 번을 반복한 후에 다음 것을 배우겠다고 하니 이렇게 말씀하셨다.

"팔 뻗기를 계속 하다 보면 팔뚝 관절이 시큰거렸다가 풀어지고, 다시 시큰거렸다가 풀어지고를 몇 번 하다가 어느 정도 지나면 시큰거리는 게 없어지는데, 예전에 한 번 도장에 젊은 애가 있어서 가르쳐줬더니 그 애는 그 경험을 했더라. 젊은 녀석이 어떻게 그리했는지 몰라!"

이 말씀에 나도 오기가 생겨 결국 만 번 넘게 연습을 해보니 과연 그와 같은 체험을 하게 되었다.

이런 식으로 발차기며 보법, 경신법, 공방법, 오공법, 팔상법 등등을 배웠고 검술과 창봉법도 익힐 수 있었다.

특히 선사는 "검에 능하면 백지 한 장으로도 진검과 같이 쓸 수 있다"고 하며 목검을 잡고 기본자세를 취하셨는데, 검을 모르는 내 눈에도 자세가 너무 완벽해서 전혀 빈틈이 없다는 생각을 했고 거울을 보며 선사와 같이 되어보려고 해도 그 느낌이 들지 않았던 기억이 있다. 검을 가르쳐주실 당시에는 곧 책을 만들 것이라고 하며 사진도 찍으셨는데 결국 책은 내지 않으셨다.

그렇게 어느 정도 기간이 지나 권법과 검술, 창봉에 익숙해지니 선사는 직접 글로 쓰신 노트를 주시며 이렇게 말씀하셨다.

"우리 외공을 기초부터 제대로 잘 닦았으니, 이제는 노트만 봐도 진도를 나갈 수 있을 것이야. 형形 하나씩 익히는 대로 나에게 확인을 받도록 하고, 내외공이 신화神化할 때까지 수련해야 한다!"

진화 작업

서울 종로 본원의 백궁 건물에 한번은 큰 불이 난 적이 있다. 총 5층 건물이었는데, 수련장으로는 4층과 5층을 사용했고 불은 2층에서 시작되었다. 소방차가 여러 대 와서 한참을 소방대원들이 진화 작업을 하는데, 불길이 너무 세어 아무도 접근을 못했고 건물 안에 있던 사람들과 수련생들은 옥상으로 올라가 구원 요청을 하고 있었다.

마침 다른 곳에 볼일을 보고 돌아오시던 선사는 이 광경을 보고 소방대원의 만류를 뿌리치고 건물 안으로 뛰어드셨다. 그러자 주변에서 모두들 저 사람 누구냐고 하며 궁금해했는데, 선사는 건물 안에서 3층과 4층 사이에 있는 철문을 닫으셨다. 그래서 불길이 계단을 타고 막 올라오려다 멈추고 창 쪽으로 번져 올라갔다. 모든 유리창이 다 깨지는 등 위험천만한 상황이었는데 다행히 불길이 잡혀 더 이상의 피해는 없었다.

진화를 다 마친 후에 소방서 사람들과 건물주가 찾아와 선사 덕분에 더 큰 피해가 없었다며 고마움을 표하고 돌아갔다.

제자의 경지

선사로부터 직접 지도를 받으면서 제자가 된 분들이 많이 있지만, 선사께서는 외국에 살고 있는 ○○법사의 이야기를 자주 해주시곤 하셨다. 선사는 가끔 다른 제자들과 대화하면서 그 법사의 수련 경지를 예로 드시곤 했다.

"○○은 내가 쓴 책만 보며 부인과는 각방을 쓰고 수련하여 오른팔 왼팔의 체온을 마음대로 바꾸고 멀리서 부인과 영으로 대화를 하는 정도까지 갔다."

○○법사는 한국에서 기초호흡을 배우고 바로 외국으로 이민을 가게 되었는데, 그곳에 가서는 두문불출하고 식량도 한 달치씩 사놓고 먹으며 오직 수련만 하여 오래전에 완벽한 임독유통을 했고 지금은 상당히 깊은 수련을 하고 계시다.

당시 1년에 몇 차례씩 선사께 편지를 보내왔는데, 선사는 먼저 읽어보시고는 언제나 내게도 읽어보라고 건네주셨다.

편지 중에는 현지의 한겨울 날씨에도 몸이 너무 뜨거워 밖으로 나가 눈 위에서 한 시간씩 몸을 식혀야 할 때도 있었다는 내용, 또는 수련 중에 침실에서 거실로 순간이동이 되었다는 내용도 있었다. 한번은 왜 대력大力이 안 나는지 모르겠다는 질문을 한 적도 있는데, 그때 선사는 나를 보면서 "대력이 안 난단다" 하고 웃으셨다.

언젠가는 "국선도 아홉 단계 중에 조리단법을 수련하고 있습니다"라고 편지에 적혀 있었는데 그걸 보고 선사는 내게 이렇게 말씀하셨다.

"내가 보기에는 아직도 진기단법 수련 중이다."

그리고 두 분은 주고받는 편지에 언제나 천원기라고 하는 국선도 연대를 사용하셨다.

○○법사는 선사가 입산을 하신 후로도 거의 3년간을 예전과 다름없이 편지를 보내셨다. 그래서 내가 한번은 전화로 입산하셨다고 말씀을 드리니 이렇게 충고를 해주셨다.

"벌써 알고 있습니다. 그러나 사부님은 다 보고 계시다는 것을 명심하세요!"

나는 ○○법사를 두 번 뵐 기회가 있었다.

"조금만 더 수련하면 사부님을 따라잡을 수 있겠지 하고 이루고 나면 사부님은 더 높이 계시고, 또 죽기 살기로 해서 이루고 나면 이번엔 더 높이 더 멀리 계십니다. 오히려 가까워지는 것이 아니라 닦으면 닦을수록 더욱 높이 멀리 계십니다. 닦아 올라간 사람들이나 알지 적당히 하다 만 사람들은 사부님의 경지를 모릅니다."

법사는 자신이 이렇게까지 닦아오는 데에 네 번의 죽을 고비를 넘겼다고 하셨다. 그리고 내가 만나 뵐 당시에는 삼청단법을 닦고 있다고 하며 이제는 영으로 사부님을 찾아갈 수 있는데, 한번 찾아가 뵈니 삼청단법을 닦고 있는 자기로서도 상상을 초월하는 수련을 하시고 계시다고 말씀해주셨다.

그리고 선사께서 입산 전에 마지막으로 보낸 편지를 보여주셨는데, 거기에는 ○○법사가 수련해야 할 일곱 가지가 적혀 있었다. 그중에 두 가지만 소개하면 하나는 "쇠를 마음대로 휠 수 있도록 수련하라"였고 다른 하나는 "TV를 앞에 두고 멀리서 마음으로 조절하여 켰다 껐다 하는 것을 수련하라"였다. 그리고 끝에는 "후배의 가르침도 배움이니 잊어서는 안 됩니다"라는 글이 적혀 있었는데, ○○법사의 말씀이 그 후배란 곧 나를 가리키는 말이라고 했다. 그래서 나는 법사께 그동안 체험한 것과 수련 방법에 대하여 질문하고 아낌없이 설명을 들을 수 있었다.

그때 들은 가르침 중에서 수련 중의 변화에 대한 몇 내용만 소개해

보겠다.

◇ 임독자개 시에는 감당하기 힘들 정도의 큰 진동이 세 번 온다.

◇ 임독유통 후에는 먹으면 먹는 대로 모두 살로 가니 주의하여 먹게 된다.

◇ 세 번의 큰 진동이 오고 나서는 수련 중에 막히는 부분이 생기면 사부님이 나
타나 지도를 해주시기 시작한다(부인은 다른 분이 나타나 지도해주셨다고 한다).

◇ 깊은 수련 단계에서 잠을 잘 때 생물체가 접근하면 순간적인 반사신경으로
팔 다리가 저절로 공격을 하는 수가 있다.

◇ 감기는 바이러스이기 때문에 도인도 감기에 걸릴 수 있다. 그러나 체온을 높였
다가 갑자기 떨어뜨리면 바이러스를 내보낼 수 있다.

◇ 기를 통한 자연적인 치유 능력이 생긴다.

◇ 사람들마다 몸에서 나오는 기氣를 그대로 다 본다.

◇ 높은 곳에 올라가 아래를 내려다보면 명당 혈들은 지기地氣가 하늘로 솟아올
라 기둥을 이루고 있다.

◇ 어느 단계에서는 심장에 강한 통증의 증상이 있다.

◇ 음식을 먹으면 그것이 소화가 되어 장부 중 어디로 들어가는지 투시가 되어
다 보인다.

◇ 영통개안靈通開眼이 되면 영으로 보고 싶은 것을 다 볼 수 있다.

◇ 수련 중 책이 저절로 나타나 책장이 절로 넘어가며 공부가 된다.

◇ 수련 중 머리 뒤에 후광이 나타난다.

◇ 제삼자가 봐도 보이는 분신分身을 띄울 적에는 많은 노력과 축기가 필요하므로 분신 하나를 띄우기도 어려운데 청산 사부님은 마음만 먹으면 분신에서 또 분신, 그 분신에서 또 분신, 이런 식으로 한 번에 마음먹은 대로 분신을 띄울 수 있는 분이시다.

◇ 피부호흡이 완숙해지면 수련 중 몸이 한 번 휘청대다가 몸 전체가 뜬다.

◇ 피부호흡 수련 중 피부가 한 꺼풀 다 벗겨진다.

◇ 수련의 변화 중 체온이 영하 3도까지 떨어지는 변화가 있다.

한번은 경기도 광주 야외수련장에서 선사는 손님 몇 분에게 ○○법사에 대해 이렇게 말씀하셨다.

"○○이 나를 따라오려면 10년이 걸릴지 20년이 걸릴지, 따라올지 못 따라올지 모르겠어!"

하지만 입산하기 바로 전에 도인道人 호칭을 내리신 것으로 봐서는, ○○법사의 수련 경지에 대해 선사도 어느 정도 인정을 하신 것으로 볼 수 있다.

나는 ○○법사의 이 말씀이 가장 인상에 남았다.

"앞으로 이 지구가 50년 안에 지상선경으로 바뀔 것입니다."

┃ 석명천묵 스님

나는 계룡산의 절에서 얼마간 수련을 한 적이 있다. 어느 날 그곳의 스님 한 분이 밀양에 가면 선사를 잘 아는 스님이 계신데 한번 만나러 가지 않겠느냐고 이야기를 꺼냈다.

내가 대체 어떤 분이냐고 물어보니, 호인지 필명인지를 '석명천묵'이라고 쓰는데 아주 특이한 스님이라고 했다.

석 스님은 어려서부터 절 생활을 하며 엄한 교육을 받으면서 자랐다. 머리가 비상하고 재주가 뛰어나 학문과 무술에 능통했는데, 소문에 의하면 중국 소림사에 공부하러 갔다가 오히려 중국 스님들이 이분한테 많은 것을 물었다고 한다.

검술 실력도 가늠해줄 사람이 없기는 하지만 자칭 9단이라고 자처할 정도였다. 또한 사람을 치료할 때 손바닥으로 등 몇 군데를 치면 잠시 후 죽은피가 솟아 나오게 하는 독특한 비법을 가지고 있다고 했다.

한번은 절에서 파가 갈려 싸움이 벌어졌는데, 상대편의 걸출한 스님이 걸어나와 마당에 무릎을 꿇고 앉자 성철 스님이 석 스님에게 "네가 나가보거라!" 하시어 둘이 똑같이 무릎을 꿇고 버티는 시합 아닌 시합을 하게 되었다. 이렇게 두 스님은 무릎을 꿇은 채로 밤낮없이 꿈쩍 않고 마주보기를 사흘이나 했다고 한다. 사흘 뒤 먼저 무릎을 꿇고 앉았던 스님이 그대로 옆으로 쓰러졌다. 그리고 석 스님은 스님들 사이에 담력과 인내로 더욱 유명해졌다.

석 스님은 보통 사람이 하루 걸려 다녀올 산길을 반나절 만에 오가기도 했다는데, 나중에 확인해보니 목적지의 벽에다가 붓글씨까지 써놓고 왔다고 한다.

몇 년 전에는 절에서 공부하는 학생이 석 스님께 농담 삼아 물었다.

"스님이 대단하시다는데 땅바닥을 주먹으로 쳐서 집어넣을 수 있습니까?"

그러자 석 스님이 그대로 맨땅을 주먹으로 쳤는데 팔뚝까지 땅에 박혀버렸다.

그 학생은 처음 보는 광경이라 놀랐지만 자기가 밟고 서 있는 땅을 발로 눌러 다지고는 다시 말했다.

"그곳은 땅이 물러서 그럴지 모르니 제가 밟고 있는 이곳에 해보세요."

석 스님은 그곳으로 와서는 아까와 같이 주먹으로 땅을 쳐서 팔뚝이 거의 다 박힐 만큼 집어넣었다가 팔을 꺼내며 "옛다" 하고 뭔가를 주고는 법당으로 들어갔다.

그것은 한쪽이 깨진 돌멩이였는데, 그 학생이 호기심에 삽으로 땅을 파보니 약 50센티미터 아래에 돌멩이가 있었는데 스님이 준 것과 깨진 부분이 꼭 맞았다고 한다.

나는 아는 스님으로부터 차 안에서 이런 이야기들을 들으며 석 스님을 뵈러 갔다. 석 스님은 체격이 선사와 비슷했다. 그리고 대화 중에 무술에 대한 설명을 하시다가 한쪽 팔을 옆으로 쭉 뻗었는데 마치 물결이 흘러가는 것 같은 착각이 들 정도로 기운이 전달되는 것을 보면서 내공이 상당히 쌓인 분임을 알 수 있었다.

보기에는 건강한 모습이었는데, 잠시 뒤에 전화벨이 울려 통화를 하시는 내용을 들으니 정보기관에 끌려가 고문을 받고 병원에 있다가 사흘 전에 퇴원을 하셨다고 한다. 시를 지어 책을 냈는데 당시 대통령의 부인을 비꼬는 내용이라 하여 끌려가 고문을 받았던 것이다.

대화를 마칠 때쯤 내가 석 스님께 질문을 드렸다.

"스님께서는 청산거사님을 잘 알고 계시다는 말을 들었는데, 거사님은 어떤 분이십니까?"

"무엇 하나 한다고 마음먹으면 그 사람을 당할 자가 없지."

그리고 3년쯤 뒤에 나 혼자 석 스님이 계신 절로 찾아뵈었는데 이미 1년 전에 돌아가셨다고 했다. 그 많던 식솔들이 다 사라지고 어느 한 분만 남아 그 절을 지키고 있었다.

｜백간 스님

제주도 서귀포에는 제주도에서 단일 바위로는 제일 큰 돌이 모로 서 있어 '선돌'이라는 이름이 붙은 마을이 있다.

나는 산에서 수련하던 중에 왠지 제주도에서 수련을 하고 싶어져서 장소를 물색하다가 우연히 그곳을 찾게 되었는데, 선돌은 산신을 모시는 절 비슷한 곳에 있었다. 그곳의 주인은 백간 스님이라는 분이었는데, 일흔이 넘으신 연세로 평생 남북통일을 위한 기도만 하셨다고 한다. 그런데 대화를 해보니 선사를 아주 잘 알고 계셨다.

백간 스님은 선사에 대해서 이렇게 말씀하셨다.

"우리나라 도인은 청산거사 하나야! ○○○ 씨가 있었지만 그래도 청산이 한 수 위지."

광주 민주항쟁

1980년도에 일어난 광주 민주항쟁은 선사가 세속에서 겪은 일들 중에서 아마도 가장 기억에 남을 만한 사건일 것이다.

1979년 10월 26일 박정희 대통령 서거로 사회가 혼란한 속에서 선사는 서거 한 달 전에 박 대통령의 죽음을 예언한데 뒤이어 "앞으로 가장 핵은 전두환이다" 하고 예언하셨다. 아니나 다를까 계엄령이 발표되면서부터 전두환은 두각을 나타냈는데, 1979년도 말 12월경에 선사는 제자들에게 이렇게 말씀하시며 안타까워하셨다.

"내년 봄에 광주에서 많은 사람들이 죽게 된다. 사상자 수가 수천 명이며 피를 많이 흘리게 된다. 정치는 잘할 수도 있고 잘못할 수도 있지만, 인명은 한 번 가면 돌아올 수 없다."

오래전부터 선사에게 가르침을 받던 제자들은 그동안 사부님의 예언이 틀린 적이 없었으므로 자주 찾아와 그 예언에 대한 이야기들을 했다.

제자들이 선사께 "그러면 해결방법이 없습니까?" 하고 여쭈었더니 선사는 "방법이 딱 하나 있기는 하다. 그러나 그 일은 참으로 어렵다" 하고 말씀하셨다.

"그것이 무엇입니까?"

"대한민국에 알려진 모든 분야(문인, 교수, 재야인사, 종교, 정치, 등등)의 명사들이 한자리에 모이기만 하면 국난은 타개된다. 그런데 그 모이는 일이 쉽지 않다."

그리고 이어서 말씀하셨다.

"만약 80년 5월 17일까지 일이 성사된다면 막을 수 있지만, 그렇지 않으면 방도가 없다."

나중에 선사는 내게 이런 말씀도 하셨다.

"광주사태가 일어나기 전에 밤이 되면 많은 광주의 조상 영혼들이 나에게 찾아와 자손들을 살려 달라고들 말했다."

그러나 일은 성사되지 않았다. 당시 제자 중에 한 사람이 군부대 쪽을 지도하면서 아무도 모르게 보안사 요원이 되어 선사의 일거수일투족을 몰래 보안사에 보고를 했던 것이다.

급기야 광주사태가 일어나기 한 달 전에 무장을 한 군인들이 종로 3가의 국선도 본원 건물을 중심으로 종로 일대를 겹겹이 싸고 새벽에 집으로 들이닥쳐 선사를 연행해갔다. 죄명은 국가전복 음모죄였다. 그리고 당시 본원에 자주 출입을 하던 사람들까지도 색출하여 심문조사를 받았는데, 선사께서 "모든 일은 내가 한 것이니 다른 사람들은 풀어달라"고 하여 큰일은 없었지만 정작 선사는 가장 오래 고초를 겪게 되셨다.

선사는 보안사 철창에 계실 때도 보통 사람들과 다르다는 소문이 나서 더욱 삼엄한 경계를 받았다고 한다. 그리고 한번은 심문조사 중에 정말로 남다른 인물인지 확인하기 위해서 여러 조사관들 앞에서 손목에 채워진 수갑을 풀어보라는 요구를 받았다. 그래서 그 자리에서 바로 수갑을 푸셨는데 그때 조사관 중의 한 명은 이렇게 말했다고 한다.

"일제 해방 무렵 동대문에 사는, 천하장사라고 별명이 붙은 사람이 손목 수갑을 푼 적이 있다는 이야기는 들어보았지만 직접 눈앞에서 수갑을 푸는 사람은 처음 보았다."

그들은 선사가 사이비인지 아닌지를 확인하려고 어느 산 어디에서 수련을 했느냐고 캐묻고 일일이 사진을 찍어 와서 여기가 어느 산인지 확인했는데, 결국 선사가 다 알아맞히니 입산수도했다는 사실을 모두 인정했다.

선사는 그 안에서 "통행금지를 없애라", "머리를 자유화하라"는 내용을 포함하여 네 가지 개선점을 주장하셨는데, 그것이 대통령에게 보고되었고 그중 세 가지는 이후에 이행이 되었다. 당시 법무관 중에는 나중에 검사 출신으로 국회의원이 된 사람도 있었다. 그는 선사를 조사하며 조서를 쓰다가 고개를 들어보니 선사의 몸을 꽁꽁 묶어놓았던 오랏줄이 매듭이 있는 채로 몸에서 흘러내리듯 풀어져 있었다고 회상한 적이 있다. 그러고는 선사를 다시 보고 더욱 존중하게 되었다는 것이다.

그 일 이후로 법무관은 다른 사람으로 바뀌었는데, 이분은 독실한 불교신자로서 유명한 예언가인 탄허 스님을 스승으로 모시고 있었다. 하루는 이분이 탄허 스님을 만나서 청산이란 사람을 조사하게 되었다고 말하니 탄허 스님이 바로 "네가 옷을 벗는 한이 있더라도 그분을 살려내라!"고 말씀하셨다 한다.

이 법무관은 심문조사를 하는 과정에서 선사의 행동이 진정어린 우국충정의 마음에서 비롯된 일임을 이해했고 그 높은 도력과 뜻을 알게 되어 존경하게 되었다. 그리고 다른 조사관들의 의견을 취합하여 죄로 인정되지 않는다는 결론을 내리면서 선사는 악명 높은 보안사 철장에서 나오게 되셨다. 양력이 음력으로만 바뀌고 같은 날짜인 4월 17일이었다. 연행되신 지 꼬박 1년째 되는 날이었다.

선사는 그곳에서 당한 고문으로 건강이 안 좋았지만 직접 약을 지어 드시고 침도 놓으셨다. 특히 경기도 광주에 야외수련장을 지으면서 수련에 몰두하여 빠르게 몸을 회복시키셨다. 오래지 않아 전국수련장들을 순회하는 강의를 다 소화하셨고, 야외수련장이 다 지어진 후에는 법사들을 교육시키고 법사 지망생들을 새로 모집하기도 했다.

그때 법사를 지망하던 교육생 두 명이 개울에서 한 뼘 두께의 돌을 들고 왔다.

"이런 돌도 격파가 가능할까요?"

은연중에 선사의 도력을 확인하고 싶다는 뜻이었다.

선사는 의중을 아시고는 "물론 되지!" 하시며 그 자리에서 보기 좋게 수도로 쳐서 두 동강이를 내셨다.

지금 생각해보면, 70년대 초에 하산하여 보이신 공개 시범을 제외한다면 일상생활에서 도력을 보여주신 일은 보안사에서 나와 재입산하시기 전까지 약 3년 동안이 가장 많았다.

선사는 재입산하기 얼마 전에 이런 말씀을 하셨다.

"나는 제일 높은 곳도 가보고 제일 낮은 곳도 가 보았다. 이제는 보고를 드리러 가야 한다."

┃ 스승을 밀고한 제자

이처럼 선사는 보안사 소속의 신분을 감추고 곁에서 지켜보며 밀고를 한 제자 때문에 옥고를 치르셨다.

하루는 내게 "남준아, 나를 배반한 제자 ○○을 어떻게 할까?" 하고 물으시기에 나는 "하늘이 벌을 줄 것이니 그냥 놔두세요" 하고 답했다.

나중에 보니 따로 두 제자를 보내서 밀고한 사람이 운영하던 국선도 도장의 간판을 가져오는 것으로 끝을 내셨다.

┃ 탄허 스님과의 만남

선사가 사면복권으로 보안사에서 풀려나 건강을 회복하고 있을 때 탄허 스님으로부터 전갈이 왔다. 지병으로 건강이 위독하여 선사를 한 번 만났으면 한다는 내용이었다.

선사는 급히 탄허 스님을 찾아뵈었다. 그러나 스님은 이미 병이 깊어 손쓰기에 늦은 상태인지라 선사는 가벼운 담소만 나누고 집으로 돌아오셨다.

┃차 사범

선사의 제자 중에는 연합통신 기자 출신으로 국선도 지도자가 된 차씨 성의 사범이 하나 있었다. 차 사범은 하루에 네다섯 시간만 일하고 나머지 시간은 도장에 와서 살다시피 하며 열심히 수련을 하였다. 차 사범은 오래전부터 두꺼운 돋보기로 된 안경을 쓸 정도로 심한 난시였는데, 몇 년을 수련하면서 눈이 회복되고 좋아져 안경을 벗어버렸다고 한다. 그리고 팔뚝에 기를 보내면 제3자가 봐도 뭔가 움직이면서 기가 전달되는 모습이 보일 정도였다. 그러다 보니 국선도에 대한 믿음이 남달랐고, 사부인 청산선사를 진정으로 우러러 존경했다.

그런데 차 사범은 어디에서 보았는지 비결서(예언서)에서 "전 사공이 노를 젓고 … 수원 나그네가 지나간다"라는 글을 보았다고 했다. 여기서 '전 사공'은 전두환이고 '노를 젓고'란 노태우를 가리키는 것인데, 그다음은 뭐라뭐라 설명을 하고는 '수원 나그네'란 고향이 수원인 청산 사부라는 것이다. 그는 수원 나그네는 후천 세상을 여는 정도령이나 마찬가지이므로 사부님께서는 앞으로 큰일을 하셔야 하는데, 그때가 되면 자신에게 장관급에 해당하는 자리를 달라고 했다.

처음에 선사는 그런 데에 신경 쓰지 말고 수련이나 열심히 하라며 타이르셨다. 그러나 차 사범은 선사께서 겸손하게 신분을 감추는 것으로 받아들이면서 전혀 숙일 줄을 몰랐다.

선사는 몇 번의 충고에도 듣지를 않자 크게 야단을 치셨다.

"자네나 후천 세상에 장관이 되게, 나는 문지기나 되겠네!"

그 이후로 차 사범의 모습이 보이지 않았다. 그리고 나중에 소식을 들

있는데, 어느 수련단체의 모 선사라는 사람과 동업을 하여 선도에 관한 내용의 책을 써주었다고 했다. 그 책은 그 선사의 이름으로 나와 있었다.

그런데 점차 그 수련단체가 규모가 커지면서 차 사범과 모 선사라는 사람의 동업 관계는 깨져버렸다. 그리고 차 사범은 국회의원으로 출마하였으나 낙선하고 몇 년 뒤 교통사고로 생을 마쳤다.

❙ 안 장관님의 회고

우리나라 내무부 장관을 지낸 사람 중에 안씨 성을 가진 분이 있다.

순경으로 공직에 몸을 담아서 장관까지 오른 입지전적인 분인데, 이분이 국선도 수련을 시작한 것은 1977년도 치안본부에 근무를 할 때였다. 선사와 연이 깊은지 여러 번 개인지도를 받았고, 본인도 수련을 꾸준히 하며 건강을 유지하셨다.

재미있는 일은, 지금은 연세가 칠순이 넘으셨는데도 목소리가 낭랑하여 집에 걸려온 전화를 받으면 사람들이 자식인 줄 알고 "엄마 바꿔라" 하고 말들을 한다. 그러면 또 이분은 "예" 하고는 아내를 바꾸어준다는 것이다.

이렇듯 국선도로 건강을 지키다 보니 국선도에 대한 남다른 애착과 열정이 있고 오늘날까지도 꾸준하게 수련을 하고 계신데, 언젠가 국선도의 많은 식구들 앞에서 선사를 회상하면서 이런 말씀을 하신 적이 있다.

"내가 77년도부터 국선도 수련을 하며 청산 사부의 가르침을 여러 번 받았는데 청산께서 한번은 새끼손가락 하나를 세우고는 나보고 꺾어보라는 거예요. 팔씨름 하듯이 잡고 넘겨보려고 했는데 안 넘어갔습니다. 또 한 번은 직접 뒤에서 끌어안듯이 당신의 아랫배를 만져보라고 해서 만져봤는데 아랫배의 움직임이 대단했어요.

그리고 내가 장관직에 오르기 오래전부터 나를 내무부 장관으로 지목을 하셨습니다.

또한 청산 사부께서 입산하시던 해에는 저를 찾아와 '앞으로 때가 되면 국선도의 울타리가 되어주셔야 합니다' 하고 말씀하셨는데, 지금 가만히 생각해보면 오늘날과 같은 일이 벌어질 것을 아시고 저에게 예시를 주신 것 같습니다."

오늘날과 같은 일이라는 것은, 어떤 단체이건 규모가 커지면 자연스러울 정도로 분파가 생기기 쉬운데 국선도도 예외는 아니었기 때문이다.

선사가 세속에 머물러 계실 때에도 도법을 전수받은 제자 중에 따로 독립하여 단체를 만들고는 수련법의 여러 부분을 자기 임의대로 바꾸어 지도를 하는 사람이 있었다. 선사는 다시 이런 일이 생길 것을 아시고 재입산하시기 석 달 전, 그러니까 1984년 봄에 당시 충남 도지사로 재직하고 있던 이분을 찾아가 당부를 하셨던 것 같다.

실제로 선사의 입산 이후 초창기의 제자들이 나타나 저마다 도법을 본인이 계승했다 하며 스스로 바꾼 새로운 수련법을 제시했고, 결국 기존에 해오던 방식을 유지하려는 사람들과 새로운 것을 배우겠다는 사람들이 나뉘며 국선도가 갈라지게 되었다. 그래서 법적 싸움으로까지 가게 되었는데, 안 장관님께서 사단법인 국선도의 이사장직을 맡아 선사가 계실 때부터 해오던 수련방식을 그대로 유지한 정통도법을 지켜내는 울타리 역할이 되어주셨다.

가까이에서 본 청산

▌순간이동

통행금지가 있던 1970년대 초, 나의 조부모께서는 서울의 답십리에서 사셨고 선사는 종로 3가에서 도장을 운영하면서 며칠에 한 번씩은 꼭 집에서 주무셨다.

그런데 집에 오는 날에는 보통 통행금지 전에 들어오던 선사가 하루는 집에 와서 잔다고 해놓고 통행금지 시간이 거의 다 되어가는 데도 연락이 없었다. 이에 궁금해진 조부(선사의 부친)가 직접 5분 정도를 걸어 공중전화 거는 곳으로 가서서 도장에 전화를 걸었다. 그러자 선사가 전화를 받았다.

"오늘 집에 와서 잔다더니 왜 여태 안 들어오느냐?"

"일이 있어 마치고 가려다 보니 시간 가는 줄 몰랐네요, 빨리 갈게요."

"통행금지 시간도 다 되었으니까 늦을 것 같으면 거기에서 자고 내일 오거라!"

"예, 제가 알아서 갈게요. 들어가 쉬세요!"

"알았다, 끊는다."

통화를 마치고 부친이 천천히 집으로 돌아와 보니 신발이 하나 더 있는 게 아닌가.

"누가 왔나?" 하고 방문을 열어보니 방 안에 조금 전에 통화를 한 선사가 와서 앉아 있었다. 조부가 놀랍기도 하고 신기하기도 해서 "너 어떻게 벌써 왔니?" 하고 물으니 선사는 "통행금지 안 걸리려고 빨리 왔죠!" 하고 답했다.

그날 이후부터 조부는 선사에 대한 이야기를 나누게 되면 꼭 이때의 일을 들려주는 버릇이 생기셨다.

▌화상을 입다

선사는 하산하고 초창기에 많은 시범을 보이셨지만, 그중에 가장 잊을 수 없는 시범은 서울 운동장에서의 시범일 것이다. 아마도 그 시범은 당시뿐만 아니라 선사의 생애에서도 잊지 못할 사건일 것이다.

선사는 벌써 여러 번 큰 행사를 제자들과 같이 치른 경험이 있어 알아서들 준비했겠지 하고 믿고는 서둘러 시범을 보일 장소인 서울 운동장으로 출발했다. 그곳에 가보니 벌써 많은 사람들이 운집하여 시범 보일 시간만 기다리고 있었다.

국선도에 대한 간단한 설명과 함께 시범으로 들어갔는데, 먼저 제자들이 가벼운 것부터 시범을 보이기 시작하여 점차로 입이 딱 벌어질 만한 고급 시범으로 이어졌고 중간 이후부터의 시범은 거의 선사가 직접 맡았다.

시범을 보이는 동안 제자들은 다음 시범을 준비하며 점검을 했는데, 제일 마지막 클라이맥스인 불속에 들어가 견디는 시범을 점검해보니 공교롭게도 석유를 빠뜨리고 안 가져온 것이었다. 계속 시범이 진행 중이었지만, 시간적 여유가 약간은 있는 것 같아 제자들은 오토바이를 타고 혼자 뒤따라 온 젊은 청년 회원에게 빨리 가서 석유를 사오라고 심부름을 보냈다. 이 젊은이는 급하다는 말에 알겠다고 대답을 하고 나갔지만 시범장 가까이에는 주유소가 없었다. 그래서 어디서 석유를 구할까 생각하다가 급한 대로 자기가 타고 다니는 오토바이의 연료를 떠올리게 되었다. 그는 석유를 사오라는 목적이 불을 붙이는 것이므로 크게 상관이 없을 것 같아 요령껏 자기 오토바이에 담긴 휘발유를 석유통으로 옮겨 담아 꽉 채워서 갖다주었다.

다른 불속 시범 때와 같이 지름이 약 4미터 정도로 둥근 모양이 되도록 쇠말뚝을 박고, 20센티미터 간격으로 철사로 촘촘히 감아 돌려 2미터 높이의 원통같이 만들고 철사에 솜을 감싸는 식이었다. 그런 다음 솜에다 석유를 붓고 불을 붙여 그 안에서 솜이 다 탈 때까지 견디는 시범이었다.

제자들은 다른 시범을 다 마치고 마지막 불속 시범만 준비하면서 초조하게 석유가 오기만을 기다리고 있다가 젊은이가 석유통을 들고 오자 수고했다는 말을 할 여유도 없이 바로 가져다가 솜에 고루고루 적시며 부었다.

먼저 선사께서 둥근 원 안으로 들어가서 신호를 보내면 밖에서는 횃불을 몇 사람이 들고 있다가 솜에다가 불을 붙이기로 약속되어 있었다.

선사는 머리와 아랫도리만 천으로 가리고 원 안으로 들어가 자리 잡

고 앉으려 했고, 바깥에서는 불을 붙일 사람들이 원 곁으로 오면서 횃
불에 미리 불을 붙이려고 했다. 그때 갑자기 "펑!" 하는 소리가 나면서
순식간에 원통 전체가 불길에 휩싸였다. 모두 놀란 눈으로 바라보고
있었는데 잠시 몇 분 뒤에 화염 위로 무엇이 튀어 오르기에 다시 보니
선사였다.

선사는 준비가 안 된 상태에서 폭음과 함께 갑자기 화염에 둘러싸이
자 당황했지만 밖에서 보고 있는 관람객들을 생각하니 바로 나갈 수가
없었다. 또한 출입문 쪽도 화염이 대단하여 하는 수 없이 잠시 견디다
가 바닥을 차고 몸을 날려 그 화염의 장막을 뛰어넘어 바닥에 착지한
것이다.

그러고는 제자들에게 "어떻게 불이 빨리 붙었나?" 하고 물어보니 평
상시대로 했는데 순식간에 불이 붙어버렸고, 결국 석유 심부름을 했던
젊은이의 생각 착오에서 온 결과임을 알게 되었다.

우선은 몸 상태를 확인해야 했으므로 선사는 뒷정리를 제자들에게
맡기고 곧장 서울 백병원으로 가서 의사에게 몸을 보여주었다. 의사는
왼쪽 옆구리 쪽으로 화상을 크게 입어 환부를 도려내고 허벅지살을 떼
어다가 붙이는 대수술을 해야 한다고 말했다. 위험할 수도 있는 수술
이었는데, 선사는 어찌 되었건 겉의 수술만 해주면 안은 알아서 치유
를 할 것이니 걱정하지 말고 수술을 해달라고 했다.

수술 후에 선사는 몸이 갑갑하다고 하며 통증을 호소했는데, 며칠
뒤 비몽사몽간에 스승이신 청운도인이 오셔서 손으로 아픈 부위를 어
루만지듯 스치는 모습을 보게 되었다. 신기하게도 그날 이후부터 빠르
게 몸이 회복되었는데, 의사조차도 이렇게 빨리 회복되는 경우는 의사

생활 하면서 처음 본다고 말할 정도였다.

그리고 얼마의 기간이 지난 뒤에는 예전 같은 몸을 되찾았고, 선사의 도력 시범은 계속 이어졌다. 수술의 흉터는 세월이 갈수록 아주 작아졌지만, 나는 아들로서 그 흉터를 볼 때마다 가슴이 아팠다.

▌술버릇 고치는 법

나의 외조부님은 한때 일을 마치고 나서 늘 술에 취해 집에 들어오는 버릇이 있으셨다. 그것을 보고 선사는 지금 사는 집의 대문을 막고 그 옆의 담 쪽으로 방향을 바꾸어 대문을 고쳐 다시라고 조언을 드렸다. 그 말에 따라 대문을 옮겨 달았는데, 신기하게도 그날 이후부터는 술에 취해 들어오는 버릇이 없어지셨다.

▌장사하는 법

내게는 강원도 강릉에서 농사를 짓고 사시는 이모부 내외분이 있다. 이모부님의 농장은 여러 가지 농사 중에서도 특히 사과 농사를 많이 한다. 출하기 때에는 직접 시장에 가지고 나가 소비자에게 판매도 하는데, 하루는 선사께서 손아래 동서인 이모부께 이런 조언을 해주셨다고 한다.

"조금씩 팔아서는 별로 이득이 안 남고 큰 덩어리를 한 번에 넘길 때

잘하면 그때 많이 남는 거야!"

그 조언을 듣고 이모부께서 전보다 많은 재미를 본다는 말씀을 하신 적이 있다.

집의 좌향坐向

대전에서도 변두리 작은 마을에 살 때의 일이다.

내가 중학교를 갓 들어갔을 때, 살던 집을 허물고 새로 집을 지은 적이 있다. 조부님은 옛날 방식으로 ㄷ자 모양의 집을 지으려고 하시면서, 멀리 앞에 보이는 산봉우리 중에 하나의 봉우리에 좌향을 맞추어 지을 계획을 하고 계셨다.

그러던 어느 날 서울에서 선사께서 오셨는데, 조부님으로부터 집 지을 계획을 다 듣고는 다른 것은 아무 말씀을 안 하셨는데 좌향만큼은 조금 다른 방향을 제시하셨다. 그러나 조부님은 전혀 귀담아 듣지 않고 결국 처음 마음먹은 방향대로 집을 지으셨다.

그 이후로 조부님은 하시는 일마다 모두가 안 되며 집안이 기울어져서 결국 그 집을 남에게 팔 수밖에 없었다.

사명당의 지팡이

선사는 일본에서 시범을 마치고 난 이후에 일본의 여러 곳을 관광하셨는데, 그중에 사명대사의 유품을 전시해놓은 곳도 가보게 되었다.

그곳에는 사명대사가 가지고 다녔다는 쇠 지팡이가 전시되어 있었다. 선사는 그냥 무심히 그 쇠 지팡이를 한 손으로 들어서 흔들고는 내려놓으셨는데, 옆에서 지켜보고 있던 그곳의 관계자가 사명대사의 지팡이는 너무 무거워 두 손으로도 아무나 못 든다면서 이 쇠 지팡이의 임자는 당신이니 원한다면 가져가라고 농담 반 진담 반으로 말을 했다한다.

❘ 두더지 잡기

선사는 평균 한 달에 한 번 정도 조부모님과 내가 지내던 대전 집에 들르셨는데, 낮에 볼일을 다 끝내고 밤에 오시는 때가 대부분이었다. 그래서 나는 밤에 이불을 펴고 누워 있다가 차 지나가는 소리가 나면 신경을 바짝 세워 차가 집 앞에서 멈추는지 안 멈추는지를 살피곤 했다.

선사께서 오시면 다음 날 아침 일찍부터 가축들과 텃밭 일구어놓은 것을 살피는 것으로 하루 일과를 시작하셨다. 그리고 가끔 텃밭에 두더지가 땅굴을 파놓는 경우가 있었는데, 조부모님이 걱정을 하시면 거의 대부분 다음 날 아침식사 전으로 두더지들은 선사의 손에 잡히고 말았다.

한번은 하루에 두더지를 세 마리나 잡으셨기에 방법을 여쭈었더니 이렇게 말씀해주셨다.

"새벽에 밭을 조용히 걸어다니다 보면 땅이 꿈틀꿈틀 움직이며 두더지가 땅을 파고 있는 것이 보인다. 그때 삽으로 두더지의 바로 앞을 찍어서 흙을 뒤집으면 두더지도 같이 뒤집히는데, 깜깜했다가 갑자기 밝아지면 두더지가 잠깐은 못 움직이고 가만히 있으니 그때 잡는 거야."

▎ 상우도인 이야기

선사께서 원고를 쓰셨지만 책으로 공개가 안 된 글이 두 편 있다. 하루는 원고 하나를 내게 주면서 "이것 한번 읽어볼래?" 하셔서 받자마자 그 자리에서 다 읽어보고 돌려드렸는데, 긴 글이었지만 간략하게 소개하자면 다음과 같은 내용이었다.

아주 오랜 옛날, 우리 동이족이 사는 어느 마을에 오랑캐가 쳐들어와 모든 마을사람을 다 죽이고 곡식을 약탈해갔다. 그러던 중 오랑캐의 적장 중에 한 명이 마지막까지 마을에 남아 여기저기 다 살피고 늦게 출발하게 되었다. 그 장수가 말을 타고 한참을 가고 있는데 어디선가 갓난아기 울음소리가 들렸다.

울음소리에 신경이 쓰여 소리 나는 곳으로 가보니 계곡의 낭떠러지 바로 밑 바위에 이불에 싸인 갓난아기가 울고 있었다. 이 장수는 그래도 측은한 마음이 들었는지 말에서 내려 조심조심 바위로 내려갔는데, 아기를 안자마자 미끄러져 그만 낭떠러지 아래로 떨어지고 말았다. 상당한 높이였기에 장수는 자신이 죽은 줄만 알았다가 눈을 떠보니 자신과 아기가 마른 풀이 무성하게 쌓여 있는 커다란 짐수레 위에 있었고 앞에는 머리가 허연 노인이 말을 몰면서 어딘가로 가고 있었다. 장수는 뭔가 이상했지만 살아 있는 것만으로도 만족하여 그대로 있다가 어딘 가에 도착을 하면 물어볼 요량으로 말없이 흔들거리는 짐수레에 몸을 맡겼다.

한참을 가다가 어느 집 문 앞에 와서는 수레가 멈추었다. 그리고 노인이 먼저 내려서 "다 왔습니다. 이제 내리시오!" 하고는 아기를 안고 안으로 들어가는 것이다. 장수도 따라서 들어가니 아리따운 여인이 차를 내오며 장수에게 권했다.

차를 마시며 장수는 노인에게 "제가 그 높은 곳에서 떨어졌는데 어떻게 살게 되었고, 이곳이 어디입니까?" 하고 물어보았다.

노인은 "마침 내가 그때에 두 사람이 떨어지는 지점에 건초를 싣고 있게 되어서 그대로 받아 이곳으로 오게 된 것이고 이곳은 주위에 사람들이 없고 나와 내 손녀딸만 사는 깊은 산중입니다"라고 대답하였다.

장수는 자신이 살아 있게 된 것이 노인 때문인 것을 알고 바로 무릎을 꿇고 절을 올렸다. 노인은 황급히 말리며 물었다.

"모든 일은 다 하늘의 뜻이 있어 하는 것이니 이러지 않아도 됩니다. 그런데 이 아이는 어떻게 키우실 것입니까?"

이에 장수는 그동안 있었던 일들을 모두 이야기했다. 그리고 그동안 저지른 잘못을 뉘우치는 의미로 아기가 자라 성년이 될 때까지 자신이 옆에서 돕겠다고 하면서 아기는 노인의 가족이 알아서 잘 키워달라고 부탁을 했다. 노인은 그렇게 하기로 하고 아기의 이름을 상우라고 지어주었다.

어느덧 세월이 흘러 상우의 나이 14세가 되던 해, 노인은 상우와 장수를 불러놓고 이런 말을 했다.

"그리 멀지 않은 곳에 나의 친구가 살고 있는데 이 사람은 도가 높아 충분히 상우에게 가르침을 줄 수 있는데 상우 네 생각은 어떠하냐?"

상우는 대답했다.

"예, 가르침을 주신다면 열심히 배우겠습니다."

사실 상우를 키워준 노인도 상당히 높은 경지의 도인이었는데, 게으름 피울 수 없는 엄격한 교육을 시키기 위해 훌륭한 도인 밑에서 함께 동문수학한 사형에게 상우를 맡기기로 한 것이다.

그런데 옆에 있던 장수도 "우둔한 저에게도 가르침을 받을 수 있는 기회를 주신다면 더없는 영광이겠습니다" 하며 배우기를 청했다. 노인은 장수의 청을 받아주었다.

노인은 두 사람을 사형에게 보내어 수련을 받게 하였는데, 식사 때가 되면 어김없이 노인과 손녀딸이 음식을 가져다주었다. 그래서 두 사람은 아무 근심걱정 없이 오로지 수련에만 전념할 수 있었다.

가르침을 주는 사형이라는 분은 말씀이 별로 없고, 처음 두 사람을 보자마자 멀리 보이는 산봉우리를 손가락으로 가리키며 "저곳을 달려서 갔다 오너라!" 하고 지시했다. 이렇게 매일 산을 달려갔다 왔는데, 어느 정도 기한이 지나니 체력이 붙어 처음의 반밖에 안 되는 시간 안에 다녀올 수 있게 되었다.

그러자 이번에는 "오늘부터는 하루에 두 번 저곳을 달려갔다 오너라!" 하며 아랫배로 숨쉬는 법을 가르쳐주었다.

"이렇게 숨을 쉬면서 달려갔다 오너라."

이렇게 몇 달간을 호흡법에 맞추어 달리는데 익숙해지자 그다음부터는 작은 돌을 들고 달려갔다 오라고 했다. 그리고 매일 조금씩 더 큰 돌을 들고 달려갔다 오라고 지시하였다. 이렇게 몇 달이 지나고 해가 바뀌면서 상우의 몸은 여물어갔고 내공의 공력은 일취월장하였다. 그 이후로 상우는 바위를 집어 던지기, 물속에서 바위 던지기, 기운 돌리기, 손바람 내기, 몸 나누기, 몸 감추기, 순간 이동하기, 몸과 마음을 허공에 나누기 등등의 높은 수련들을 다 마치고 도를 이루었다. 같이 수도를 한 장수도 도가 높아졌지만, 어려서부터 총명한 상우에게는 미치지를 못하였다.

이윽고 아홉 단계의 수련을 다 마칠 무렵 상우는 홀로 높은 산에 오르게 되었다. 그러고는 그곳에서 수련을 하고 있는데 갑자기 할머니 한 분과 할아버지 한 분이 나타나서는 상우에게 말을 거는 것이었다. 그들은 자기들이 태양도 만들고, 달도 만들고, 무지개도 만들고, 이 세상의 모든 것을 만들었다고 하였다. 그러면서 처음 어떻게 만들게 되었고, 왜 만들게 되었고, 어떻게 변화하게 되는지, 즉 천지창조에서부터 이 세상이 생기게 된 모든 것을 이야기해주고 앞으로의 세상까지도 모두 이야기를 해주었다. 모든 이야기를 다 마친 두 노인은 홀연히 사라져 버렸다. 상우도인은 그 자리에서 두 노인에게 고마움의 절을 올렸다.

상우도인은 하산을 하여 사부님을 뵙고 산에서 만난 두 노인에 대해를 말씀드렸다. 그러자 이야기를 다 들은 사부님은 무릎을 치시며 "옳거니, 네가 홀을(음양)을 만났구나!" 하고 좋아하셨다.

나중에 내가 선사께 "왜 상우도인 이야기는 책에 안 실으셨어요?" 하고 여쭈니 선사는 "아직은 때가 아닌 것 같구나" 하고 말씀하셨다.

┃ 구두 이야기

한때 본원에는 나를 포함하여 외삼촌들과 여러 명의 젊은이들이 숙식을 하며 함께 생활한 적이 있었다. 그런데 하루는 선사께서 밖에 나갔다 오시면서 앞이 뾰족한 자주색 가죽구두를 들고 오셨다. 그 구두는 늘 다니는 목욕탕 앞의 수공예 구두가게에서 만든 것으로 나 또한 자주 보면서 신고 싶다는 생각을 해보았던 것인데, 마침 그 구두를 선사께서 사 오셨던 것이다. 하지만 외삼촌들과 다른 젊은이들은 선사께서 신으려고 사 가지고 오셨다고 하니까 아무도 신경을 쓰지 않았다.

다음 날 선사는 어디를 나가시려는지 옷을 차려 입고 새로 산 구두를 신으셨다. 그런데 바로 벗으시면서 "이 집에서 발 사이즈를 잘못 맞추었나, 나한테 크네, 남준아! 네가 신어봐라" 하고 나에게 주셨다.

그 구두는 내게 너무나 잘 맞아 바로 내 것이 되어버렸다. 그런데 아무리 봐도 색상이나 디자인이 20대 젊은이의 것이지 선사의 연세에는 어울리지 않는 구두였다. 아마도 내게 사주고 싶으셨는데 다른 사람들 눈이 있어 이런 방법을 취하신 것 같아 나는 한동안 그 구두를 신을 때마다 마음이 짠했다.

┃ 얼굴의 변화

1983년도에 있었던 일이다.

한번은 가족끼리 모여 대화를 하는 중에 어머니가 선사(남편)의 의중을 약간 거스르는 말씀을 하신 적이 있다. 이때 선사께서 "내가 또 화 내볼까?" 하시자 어머니는 손사래를 치며 "안 돼요!" 하고 깜짝 놀라셨다.

잠시 뒤에 선사께서 밖으로 나가시기에 나는 어머니께 여쭈어보았다.

"아니, 조금 전에 왜 그렇게 놀라셨어요?"

"며칠 전 네 아버지가 화를 내시는데 눈, 코, 입들이 움직이면서 위치가 바뀌는데 무서워서 혼났었다."

▎기운의 파장

내가 생각하기에, 선사는 일부러 입산하시기 전에 도력을 더 많이 보여주셨던 것 같다.

그중에 한번은 이런 도력을 보여주신 적이 있다. 가족들과 같이 둘러앉아 TV를 보고 있었는데, 선사께서 TV 받침대 서랍에서 무엇을 꺼내시느라 TV 곁에 앉게 되었다. 그런데 잠깐 TV를 보시다가 팔을 뻗어서 TV 화면과 약 30센티미터쯤 되는 간격을 두고 손바닥을 이리저리 움직이시는데 움직일 때마다 손바닥의 앞에 있는 화면은 안 나오고 주변의 화면만 멀쩡하게 나와 가족 모두가 깜짝 놀랐다.

▎입 안개

선사께서 재입산하시기 얼마 전의 일이다. 식구들과 이야기를 하다가 목이 마르다고 하시기에 정수기에 있는 냉수를 한 컵 갖다드렸다. 선사는 냉수 한 모금을 드시고는 갑자기 입을 하늘로 향해 벌리고 김을 내뿜으셨다. 그러자 마치 담배연기보다 더 진한 것 같은 하얀 연기가 입에서 솟아 나왔다.

깜짝 놀라서 내가 "아버님, 왜 그러세요?" 하고 여쭈니 그저 "목에 열이 나는 것 같다"면서 웃으셨다.

▎평소 자주 하시는 동작

선사는 방 안에 앉아 TV를 보다가 한 발은 펴고 다른 발은 구부려 펴 있는 발의 무릎 위에 얹고 상체를 앞으로 숙이는 동작을 많이 하셨다.

서서 자주 하시는 동작으로는 양발을 넓게 벌리고 양손은 뒤로 깍지 끼어 상체를 숙이고 좌로 틀고 더 틀고 다시 오른쪽으로 틀어 몸을 틀고 더 틀고, 그대로 상체를 뒤로 젖혀 몸을 왼쪽으로 틀고 더 틀고 다시 오른쪽으로 틀고 더 틀고 하는 동작을 하루에도 여러 번 하셨다.

그리고 장시간 동안 바둑을 두거나 장기를 두고 나서는 반듯이 누워 상체는 힘을 완전히 빼고 하체의 두 다리는 모아서 붙이고 발가락에 힘을 주어 무릎뼈와 일직선이 되도록 아래로 뻗고 가만히 계시는 동작을 가끔 하셨다.

나도 선사께서 하시는 동작들을 자주 해보고는 상당히 좋은 동작들임을 알게 되었다.

▎신경통 환자 치료법

선사는 치료에 대해 이야기해주시다가 신경통 치료에 관하여 이렇게 설명하셨다.

"신경통 환자들을 숫자에 상관없이 큰 체육관에 모아놓고 앞에 서서 마이크로 환자들에게 오른손은 어디 부위에 대고 왼손은 어디 부위에 대라고 하여 놓고 어떠한 작용을 시키면 즉시 낫게 되어 있는데, 그 원리는 신경통 환자 스스로의 자기 기운으로 낫게 하는 것이다."

▎침법

우리 집의 문갑 서랍에는 언제나 큰 침통이 두 개 있었다. 선사는 내게 침 놓는 법에 대해서도 여러 가지를 알려주셨는데, 하루는 장침을 꺼내 보여주셨다.

"침 놓는 법도 배워야 하는데 이 장침으로 중완(명치 아래 부위)에 침을 놓기가 어려운 법이다. 그래서 연습이 필요한데 네가 직접 침을 놔볼래?"

선사는 누워서 웃옷을 걷어올리셨고, 중완을 짚으면서 한 뼘이 넘는 길이의 침을 호흡에 맞춰 꽂도록 가르쳐주셔서 나는 그대로 선사의 배에 침을 놓았다.

선사는 그때 이런 주의도 주셨다.

"중완에 침을 놓다가 환자가 '히' 하고 웃으면 간장을 건드린 것인데, 잘못되면 죽는 수도 있다."

❙ 제자

어느 날 선사는 제자들에 대해서 이렇게 말씀하신 적이 있다.

"차를 몰고 가다가 갑자기 커브를 틀면 꽉 잡지 않은 사람들은 떨어지게 되어 있다. 그와 같이 내가 도법道法 보급의 형태를 점차 승화시켜 변화를 주면 나에 대한 믿음이 부족한 제자들은 다 떨어져 나가게 되어 있다."

❙ 거울 효과

수련장을 운영하다 보면 별의별 사람들이 다 오고 많은 일들이 생기게 되는데 그런 중에 한 번은 주머니에 있는 지갑이 분실되는 일이 생겼다.

그런 사실을 선사께 말씀드리니 이렇게 지시하셨다.

"물건을 자꾸 도둑맞으면 그곳에 거울을 갖다 놓아라. 그러면 도둑이 남의 물건에 손을 대려다가 자신의 모습을 보고 그만두는 수가 있다."

그리고 말씀대로 거울을 가져다 놓았더니 그래서인지 이후부터는 분실되는 일이 없어졌다.

❙ 약藥 이야기

언젠가 선사와 보약에 대해 이야기를 나누게 되었다.

"사람들이 몸에 좋다 하여 산삼, 녹용, 웅담, 뱀과 같은 것을 먹는데 아버님은 어떻게 생각하세요?"

"뱀뿐만이 아니라 산삼, 녹용, 웅담과 같은 것들은 약성이 강한 것인데 이런 것을 먹으면 그 당시에는 좋을지 몰라도 만약 병이 들어 약을 쓰려고 하면 몸의 면역 때문에 더 강한 약을 써야 하므로 쓸 약이 없어진다. 그래서 무엇이든지 몸에 좋다 하여 함부로 먹으면 안 되고 특히 약성이 강한 것들은 어쩔 수 없는 상황에서만 쓰는 것이 현명하다."

▎ 갑작스런 질문

한번은 선사께서 느닷없이 물으셨다.

"너는 국선도 말고 다른 직업을 가지라고 하면 무엇을 할래?"

그때 나는 사업이 무엇인지도 모르면서 "사업요" 하고 답했다.

"그러냐! 나는 동물들이나 키우며 살고 싶다."

그러고는 다시 물으셨다.

"내가 왜 갑자기 물어보는 줄 아느냐?"

"글쎄요. 잘 모르겠는데요!"

"네가 가지고 있는 평상시 생각을 듣고 싶어서이다."

▎취미

선사는 동물을 좋아하셨다.

내가 대전 시내에서도 버스로 한 시간이나 떨어진 시골에서 조부모님과 오랫동안 같이 살 때 우리 집은 칠면조, 오리, 닭, 수리, 돼지, 토끼 등등의 동물들을 키우는 농장이었다.

선사는 서울에 주로 계셔서 자주는 못 내려오셨지만, 내려오셨다 하면 키우고 싶은 동물이란 동물은 모두 사가지고 오시곤 했다. 그리고 손수 가축우리를 짓고 계속 동물들을 사다 놓아 제일 많을 적에는 가축의 종류가 서른두 가지나 된 적이 있었다.

또 재입산하시기 전에는 경기도 광주에 조그만 땅을 마련하시어 또 손수 주거하실 집과 가축우리를 지으시고 시간만 나시면 내려가서 돼지, 염소, 토끼, 닭 등을 키우시기도 했다.

▎법에 걸려온 물건

하루는 선사께서 캐비닛을 정리하시는데 곁에서 보니 뭔가 보자기에 싸여 있는 것이 있었다. 내가 "저것이 뭐예요?" 하고 여쭈니 보자기를 풀어 보여주시는데 지름이 약 20센티미터, 두께가 3센티미터 정도로 보이는 이상한 둥근 쇳덩이였다.

내가 그것을 받아 자세히 살펴보니 둥근 쇳덩이 안에는 양각으로 가운데에 북두칠성과 초승달, 북극성이 새겨져 있고 가장자리 둘레에는 빼곡히 별들이 새겨져 있었다.

"이것이 무엇이에요?"

"응, 이 물건들은 법에 걸려서 온 물건들이다."

선사는 조선시대 때 양반들이 머리에 쓰는 정자관도 보여주셨다.

"법에 걸려서 온다는 말이 무슨 뜻인가요?"

"모든 물건은 임자가 있는 법인데 이 물건들은 법에 걸려 임자를 찾아 나에게로 온 물건들이다."

▎옥추경

한번은 선사와의 대화 중에 무속인들이 귀신을 부르거나 쫓을 때 쓰는 주문에 대한 이야기가 나왔다. 선사께서는 그 주문의 대부분이 '옥추경玉樞經'이라고 하셨다.

그래서 주문에 대하여 더 여쭈어보니 선사는 "옥추경이란 귀신을 부르거나 쫓을 때 쓰는 주문인데 불교에도 있고, 유교에도 있고, 선도에도 있다"고 하시며 직접 '옥추경'을 쭉 외우시다가 설명을 이으셨다.

"이렇게 외우면 귀신을 쫓는 것인데, 이것을 거꾸로 외우면 귀신을 부르는 것이다. 그런데 이것을 거꾸로 외우는 것은 참으로 어려운 일이다."

내가 노트를 들고 와서 불교, 유교, 선도의 '옥추경'을 가르쳐달라고 말씀을 드리니 선사는 여러 번 반복해서 불러주셨다. 나는 그것을 받아적었는데, 유교에서는 하늘의 별자리 28수를 경으로 사용하고 끝에 한 마디가 더 들어가는데 그 내용은 이렇다.

"각角 항亢 저低 방房 심心 미尾 기箕 두斗 우牛 여女 허虛 위危 실室 벽壁 규奎 루婁 위胃 묘昴 필畢 자觜 삼參 정井 귀鬼 류柳 성星 장張 익翼 진軫 28수宿 시야是也라."

불교, 유교, 선도의 '옥추경' 중에는 유교의 것이 가장 쉬워서, 그 이후로 나는 가끔 산길을 가거나 시골 밤길을 걸을 때 두려운 마음이 들면 유교의 28수를 외우곤 했다.

❙ 원망

선사는 1984년 재입산하시기 전에 어머니와 내가 있는 자리에서 혼잣말 비슷하게 이런 말씀을 하신 적이 있다.

"조물주가 계시다면 참 너무 하셔, 평생 편안히 뜨신 밥 제대로 못 먹고, 뜨신 방에서 제대로 못 자고 살게 하시니…"

❙ '포' 자 지명

지리에 대한 이야기를 나누던 중에 선사는 경기도 포천 쪽에 좋은 명당 터가 있다고 하며 이런 말씀을 하셨다.

"우리나라의 내륙(선착장이 있어서 생긴 포자 지명 이외)에 있는 지명 중에 '포' 자가 들어간 지역은 모두 속이 비어 있다."

▌대성통곡

선사께서 입산하시기 약 5개월 전쯤의 일이다.

밖에 나갔다가 집에 들어오니 어머니 얼굴이 시무룩해 보이기에 "무슨 일 있어요?" 하고 여쭈었더니 이렇게 말씀하셨다.

"네 아버지가 낮에 경기도 광주 야외수련장에 가신다고 하여 나도 따라갔더니 팔당댐 근처의 강가로 가서는 차를 세우고 나더러 '내가 오라고 할 때까지 절대 오지 마!' 하시고 대성통곡을 하면서 우시는데 세 시간 동안을 우셨어! 그러고는 집으로 바로 오신 거야."

"무슨 이유가 있으셨어요?"

"글쎄, 나도 그 이유를 잘 모르겠다."

나는 그때 '혹시 내가 불효를 하여 우셨나?' 하고 죄송스러웠는데, 선사께서 예전과 다른 모습을 전혀 안 보이셔서 차마 이유를 여쭈어보지 못했다.

▌증산교

어느 날 선사는 신문을 보시다가 광고란에 『증산교의 진리』라는 책이 소개되어 나온 것을 보시고 내게 말씀하셨다.

"너 서점 가서 이 책 하나 사 와 볼래?"

내가 바로 나가 책을 사다드리니 보통 때와 같이 표지의 앞뒤와 목차를 살피시고는 여러 장씩을 한 번에 넘기시며 단 몇 분 만에 다 보셨다.

그리고 며칠 뒤 대화 중에 다시 증산교 이야기가 나왔는데, 그때 이런 말씀을 하셨다.

"율려세계律呂世界에 들어가보면 강증산이 왜 태어났는지를 알 수 있다. 너도 나중에 율려에 들어가봐야 한다."

단양을 보시고

한번은 어떤 사람이 충북 단양에 좋은 땅이 나와 있으니 구경삼아 다녀오시면 어떠시겠냐고 선사께 권유를 했다. 그래서 다음 날 소개한 사람과 같이 단양을 다녀오셨는데, 그날 저녁에 내가 "단양은 어떻습니까?" 여쭈니 이렇게 답해주셨다.

"단양의 산들이 다 들떠 있더구나."

두 종류의 환약

한번은 선사께서 한약으로 환을 만드는 공장에 처방을 주시고 두 종류의 환약을 만드신 적이 있다.

하나는 알이 큰 대추만 했고 다른 하나는 작은 콩알만 했는데, 외상 이외의 몸 안에 생긴 5장 6부의 어떠한 병도 두 환 중에 하나를 골라주면 거의 다 낫거나 큰 효과를 보았다.

두통은 물론이고 위장, 심장, 신장, 간장 등에 모두 효과가 좋았는데,

나는 20년 넘게 변비로 고생하신 분이 환약 두 번 먹고 이런 약 처음 본다면서 또 약을 가져가는 모습을 본 기억이 있다.

약 두 번에 늑막 치유

외가 쪽으로 나의 사촌 여동생이 중학교 3학년 때 늑막염을 앓게 되었다. 이에 상의를 해와서 선사는 약 처방을 적어주셨다. 그리고 그 처방대로 약을 지어 저녁에 한 번, 아침에 한 번 먹고 나니까 그대로 나아버려 남은 약들은 더 이상 쓸모가 없어졌다.

장기를 두다 웃으신 일

경기도 광주의 야외수련장에서 있었던 일이다.

선사는 그곳에 머물던 분들과 가끔 장기를 두셨는데, 저녁식사 후에 내가 수련생 두 분과 산책을 하고 돌아와 보니 그날도 어떤 분과 툇마루에 앉아서 장기를 두고 계셨다.

우리는 구경이나 할 겸 그곳으로 가서 쪼그려 앉았는데, 선사께서 판세가 몰리자 갑자기 우리를 보고 씩 웃으셨다. 그리고 장기알 중에 마馬를 들고 차車가 다니는 것과 같이 직선으로 여섯 칸이나 떨어져 있는 포包를 잡아먹으시는 게 아닌가.

그런데 어찌된 일인지 앞에 앉아 장기를 두는 분은 한숨을 쉬며 "포

圓가 먹혔으니 이걸 어떻게 한다?" 하고 고민을 하는 것이다.

처음엔 우리도 '아, 이분도 장난으로 받으시나 보다' 하고 생각했는데 그것이 아니었다. 그분은 갑자기 판세가 역전된 것에 대해 정말로 진지하게 수를 계산하고 계셨다. 내가 속으로 '아, 이분은 지금 방금 전에 아버님께서 취하신 행동을 못 알아차리는구나!' 생각하고 옆에 있던 수련생 두 분을 바라보니 그들도 나와 같은 생각을 하고 있다는 눈치를 보내왔다.

우리 세 명은 잠시 뒤에 방으로 들어와 조금 전의 일을 이야기했고 이 일은 오래도록 기억에 남게 되었다.

용 그림

경기도 광주 야외수련장에서 하루는 심심풀이로 먹을 갈아 한문 붓글씨 연습을 했다. 그러자 선사께서 옆에서 보시고는 한자의 길 영永 자와 갈 지之 자를 써주셨다. 이 글자들을 많이 연습하면 한자를 잘 쓸 수 있다고 하시고는 이어서 화선지에 난, 대나무, 새우 등의 그림을 그리셨다.

그런데 어찌나 잘 그리시는지 전문가 수준 이상으로 보였고, 끝으로 용을 그리시고는 어쩐 일인지 그 종이를 주며 불태우라고 하셨다. 나는 밖으로 나가 용 그림을 불태웠는데 그때의 기분이 참 묘했다.

기침소리

가끔 선사는 큰 기침을 하셨는데, 그것은 옆에서 들어보면 목에서 단전까지 아무것도 없이 텅 비어 있는 원통에서 확 터져서 나오는 울림으로밖에 설명할 수 없는 소리였다.

5, 10토 중앙

선사는 입산 전에 『국선도』 1~3권을 지으셨는데, 집필 당시 음양오행에 대한 원고를 쓰고 내게 먼저 읽어보라고 주셨다. 나는 다 읽어본 후에 아무 말씀도 안 드리고 다시 돌려드렸다.

그리고 다음 날 선사와 같이 바둑을 두는데, 선사께서 입을 안 벌리시고 알아듣기 힘들게 혼잣말씀을 하셨다.

"중앙 오십토~."

그런데 나는 바둑판 네 귀에 바둑돌을 하나씩 놓고 잘 안 두던 바둑판 중앙에 돌을 놓으며 나도 모르게 이렇게 말했다.

"중앙 오십토에 놓습니다."

대뜸 선사께서 물으셨다.

"이제 음양오행을 좀 알겠느냐?"

"아직 깊이 있게는 잘 모르겠습니다."

| 바둑

선사는 바둑과 장기를 즐기셨다. 특히 조부님과 잘 두셨는데, 내가 어려서부터 옆에서 보는 것만으로 바둑과 장기 두는 법을 다 배웠을 정도였다. 선사의 바둑 실력은 3급에서 아마 3단 정도라고 생각되는데, 이렇게 애매하게 이야기를 하는 이유는 다음과 같은 일이 있었기 때문이다.

한번은 야외수련장에서 어떤 회원분과 바둑을 두게 되셨고 다른 회원들도 곁에서 참관을 하게 되었다. 다들 말없이 구경을 하는데 유독 어떤 한 젊은 회원이 옆에서 자꾸 훈수를 두었다. 그러자 선사께서 계속 지켜보다 물으셨다.

"자네는 바둑을 얼마나 두는가?"

"아마 3단입니다."

"그럼 나랑 바둑 한번 두어볼까?"

그래서 선사는 두던 바둑을 마무리하고 아마 3단의 젊은이와 대국을 벌이게 되었다.

선사는 그 젊은이를 바라보며 "나를 이길 수 있을까?" 하고 웃으셨고, 주변에서 구경하던 사람들은 판세가 흥미진진해지자 눈빛을 반짝이며 더욱 기대를 했다.

젊은이가 백을 잡고 선사가 흑을 잡으면서 대국이 시작되었다. 초반에는 팽팽한 듯했는데 점차 미궁 속으로 빠지며 흑이 몰리는 듯했다. 그러나 바둑 놓는 속도가 조금씩 빨라지는가 싶더니 백을 잡은 젊은이가 제일 중요한 부분에서 한 수를 잘못 놓았다. 그 기회를 놓칠세라 선사의 흑돌이 한 곳에 놓이면서 판세가 완전히 역전되어 백의 대마가 잡혀버렸다. 그 한 점의 실수가 결국 선사에게 불계승을 만들어주었다.

그때 옆에서 끝까지 지켜보던 사람들은 모두들 탄성을 질렀고 그중에 누군가 이런 말을 했다.

"역시 도인道人 바둑은 달라!"

| 입산 전 여행

선사는 입산하기 전 1~2년간 12인승 차량을 몰며 가족들과 함께 여행을 자주 다니셨다.

한번은 내가 "요즘은 여행을 자주 하시네요" 하고 말을 건네자 "막내하고 찍은 사진이 별로 없어서 그렇다"고 말씀하셨다.

어느 봄에는 여행을 가던 차 안에서 내게 물으셨다.

"너는 계절 중 어느 계절을 좋아하니?"

"저는 가을이요."

"나는 봄이 좋더라. 만물의 새싹이 돋는 봄이 얼마나 좋으냐!"

| 새 생명 맞이

내 동생이 조산원에서 태어난 날, 선사는 아들을 낳았다는 전화를 받고는 가장 좋은 양복을 꺼내 입으셨다. 그래서 내가 여쭈었다.

"어디 다른 데 가세요?"

"새 생명을 맞으러 간다."

나는 이 일을 마음에 새겨두었다가, 결혼하고 딸을 낳을 때 아버지 흉내를 낸다고 양복에 넥타이까지 매고 저녁에 분만실로 들어가 새벽 7시까지 아내의 손을 잡아주게 되었는데 갑갑해서 크게 혼이 났다.

▎취침 전의 일

선사는 날마다 이부자리에 가만히 앉아 혼잣말 비슷하게 '내일은 몇 시에 누구를 만나고, 몇 시에 어디를 가야 하고, 몇 시에 무슨 일을 해야 하고' 등등의 계획을 그려보고 주무셨다. 그래서인지 오늘은 무엇을 해야 할지 망설이시는 모습을 본 적이 없다.

▎책 도둑

어느 날 선사가 말씀하셨다.

"내가 책 서너 권을 한 번 보고 놔두었는데 없어져 이상하다 생각했었다. 그런데 지방에 강의하러 가보니 법사 방에 그 세 권이 그대로 고스란히 있더라."

"야단을 치지 그러셨어요."

"예로부터 책 도둑한테는 뭐라 안 한다."

선사는 누가 전화로 문의하든지 아니면 직접 찾아와 국선도가 아닌 다른 수련하는 곳을 물어와도 언제나 흔쾌히 다른 곳을 소개시켜주셨다.

| 지도자와 회원

선사는 국선도 지도자들에게 가끔 이런 충고를 하셨다.
"지도자들은 회원들과 차도 함부로 마시지 말고 식사도 같이 하지 마라!"
내가 그 이유를 여쭈어보니 "조금 알게 되면 사소한 것도 다 흠을 잡는다"고 대답하셨는데, 당시에 나는 그동안 도장을 운영하면서 별의별 사람들을 다 만나며 마음고생을 많이 하셨구나 하고 생각했다.

| 팔방미인

선사는 국선도 지도자상에 대해 이런 말씀을 하셨다.
"국선도 지도자들은 모든 방면에서 팔방미인이 되어야 한다."

| 호사虎死

어느 날 호랑이에 대한 대화를 하다가 선사가 말씀하셨다.

"오래전 우리나라에는 호랑이가 많았는데 호랑이에게 죽은 사람의 집안은 호랑이가 머리를 양지바른 곳에 묻어주기 때문에 흥한다고 한다."

한번은 가장 최근에 생긴 호랑이 발자국을 전시해놓은 곳이 있으니 가보자고 하시어 가족들 모두 설악산에 있는 노루목 산장을 여행 삼아 간 적이 있다.

그 산장의 1층 현관에는 기초공사를 할 때 시멘트가 굳기 전 밤중에 호랑이가 한 바퀴 돌고 나간 발자국이 선명하게 찍혀 유리로 볼 수 있게 전시가 되어 있었다.

설명에 의하면 호랑이 발자국은 국화꽃 같은 모양으로 다른 동물들과는 다르다고 한다.

그 산장 주인은 산신령께서 다녀가셨다고 상당히 좋아하며 많은 사람들에게 자랑을 했는데, 내가 보기에 호랑이 발자국이 생각보다 작아 선사께 여쭈었더니 이렇게 말씀하셨다.

"호랑이는 걸을 때는 발을 오므리고 먹이를 잡을 때는 발을 벌린다."

| 『삼국지』의 인물

어느 날 갑자기 선사께서 내게 물으셨다.

"너는 삼국지에 나오는 인물 중에 누가 제일 좋으냐?"

"그야 제갈량이죠."

"그러냐. 나는 조자룡이 제일 좋더라."

이 말씀은 오래도록 내 머릿속에 남았고 나는 이후로 인물을 보는 가치관이 많이 바뀌었다.

┃ 시범에 대하여

하산 이후 초창기에 선사가 보인 시범은 그 종류가 상당히 다양했다. 그중에는 긴 대바늘로 팔뚝 위의 살을 뚫어서 그곳에 끈을 걸어 차를 끄는 시범도 있었다.

어느 날은 선사께서 내게 말씀하셨다.

"너는 이다음에 시범을 보이더라도 바늘로 팔뚝에 살을 뚫어서 하는 시범은 하지 마라. 그 당시에는 괜찮아도 나중에는 흉터가 조금 남는다."

┃ 사주

선사는 언젠가 제자들에 대한 이야기를 해주시다가 이런 말씀을 하셨다.

"나는 제자를 받아들일 때 사주를 본다."

그리고 신상에 대해서 물어보실 때에도 고향 이외의 출생지를 반드시 확인하셨다.

▌마음을 잡은 계기

나는 학창 시절에 다른 아이들처럼 친구들과 어울려 놀기를 좋아했다. 특히 대전에 살다가 서울로 전학 와서는 옛 친구들과 놀던 일이 그리워 마음을 못 잡았는데, 하루는 선사께서 내게 말씀하셨다.

"너는 남쪽으로 가면 안 좋아."

그리고 친구를 조심하여 사귀도록 주의를 주셔서 나는 그날 이후로 마음을 다시 잡게 되었다.

"네가 나중에 국선도를 수련하여 국회의원이나 장관들을 지도할 때 친구들이 찾아와서 '야, 남준아!' 하고 이름을 마구 부르면 좋겠니?"

▌마지막 당부

선사는 재입산 전에 나를 불러 이렇게 말씀하셨다.

"앉거라. 내 너에게 마지막으로 말을 해주겠다. 너는 다 좋은데 모질지 못한 게 흠이다. 웅지를 크게 가져라! 대통령도 다 네 제자라 생각하고, 가끔 산에 올라가 강의 연습도 하고, 사람들이 무엇을 질문하든지 간에 답변할 수 있도록 준비해놓아라."

그리고 잠시 아무 말씀이 없이 무엇인가를 생각하시는 듯하더니 혼잣말 비슷하게 "잘 알아서 하겠지" 하셨다.

마음 하나면

내 바로 밑의 동생이 선사와 단 둘이 방에 있을 때 선사께서 갑자기 500원짜리 동전을 던져서 베니어합판으로 되어 있는 벽에다 꽂으셨다.

"이것을 내 손이 한 것이냐? 내 마음이 한 것이냐?"

내 동생이 "손이 했죠!" 하고 대답하니 선사는 "아니다. 이것은 내 마음이 한 것이다"라고 하시며 "우리 국선도가 다 없어진다 해도 마음 하나만 남으면 다시 일어설 수 있다"는 가르침을 주셨다고 한다.

존경하는 인물

언젠가 내가 선사께 여쭈었다.

"도인들 말고 역사의 인물 중에 누구를 가장 존경하십니까?"

"이율곡이다."

텃세 바로잡기

선사는 경기도 광주 야외수련장을 짓기 전에 지월리라는 동네에서 조그마한 목장을 하신 적이 있다.

그런데 그 동네에는 해병대 출신이라고 으스대면서 무슨 일만 있으면 자기 맘대로 횡포를 부리는 성격 고약한 중년 남자가 하나 있었다.

모든 마을 사람들이 무서워하고 피하는데 한 마을에 살다 보니 선사와도 여러 번 부딪치게 되었다. 선사는 그때마다 참고 넘어갔는데 하루는 하찮은 일인데도 그가 선사께 대들며 성질을 부려댔다.

참다못한 선사는 그 사람을 데리고 동네의 가게로 들어가 막걸리를 앞에 놓고 대화를 하기 시작했다. 그러나 그 사람은 술이 한잔 들어가자 더욱 기세등등하여 평소보다 더 소리 높여서 대들듯이 말을 했다. 그러자 이야기를 듣고 있던 선사는 그 해병대 출신 사나이의 귀싸대기를 때리며 "반항하려면 해봐" 하고 그의 눈을 바라보았다.

그러자 그 기고만장하던 사람이 말문을 닫고는 집으로 가버렸는데, 그 모습을 지켜본 술집 주인은 묵은 체증이 뚫린 것같이 시원하다면서 술값을 안 받았다. 그리고 해병대 출신 사나이와 그 가족들은 일주일 만에 다른 곳으로 이사를 가버렸다.

또 한번은 외조부께서 목장 일을 도와주고 계실 때에 지월리 동네 사람 몇몇이 텃세를 심하게 부렸다. 하루는 선사가 서울에서 지내다가 지월리 목장에 가보니 마을 사람 한 명이 외조부의 목덜미를 잡으며 싸움이 벌어지고 있었다. 선사는 그 상대를 잡아 업어치기로 땅바닥에 내동댕이치고 나서 곧장 경찰서에 전화를 했다.

"이 동네 사람들이 너무 텃세가 심해 내가 손을 봐줄 터이니 그렇게 아시오!"

그러자 동네에 소문이 삽시간에 퍼져 몇 사람이 찾아와 사과를 했는데, 정작 사과를 해야 할 사람들은 얼굴이 보이지 않았다. 그러자 선사께서는 오래전부터 손꼽은 세 사람 중 두 명의 집에 찾아가 혼을 내셨다. 그것을 곁에서 지켜보던 외조모님은 사위가 화내는 모습에 당신께서 더 놀라서 서울에 있는 내게 급히 내려오라고 전화를 하셨다.

나는 전화 수화기를 놓자마자 서둘러 광주로 내려갔다. 버스에서 내려서 급히 목장으로 들어가고 있는데 선사께서 남은 한 사람을 마저 혼내주러 간다며 집 밖으로 막 나오고 계셨다. 그런데 나를 보시더니 "쟤 있는 데서는 안 돼" 하시고는 다시 집 안으로 들어가셨다.

외조모님은 "동네 사람들이 네 아버지 눈만 보고 모두가 무서워서 벌벌 떨었다"고 하시며 당신께서도 언제나 사위의 자상한 모습만 보다가 화내는 모습을 보니 다리가 떨리면서 무서워서 혼났다고 말씀하셨다.

그리고 그날 이후로는 동네에서 어느 누구도 감히 텃세를 부리며 힘들게 하는 일이 없었다.

| 적선積善

선사는 길을 다니다가 어려운 사람들이 보이면 늘 주머니에 있는 잔돈을 모두 다 꺼내주셨다.

| 지갑을 줍다

한번은 가족들이 제주도에 가려고 김포공항에 갔을 때의 일이다.

우리는 휴가철이라 제주도 가는 손님들이 많아 공항이 붐빌 것을 예상하여 서둘러 여유 있게 공항에 도착했다. 그렇게 제주행 비행기표의 수속을 끝내고 잠시 대기하며 의자에 앉아 쉬고 있는데, 선사께서 일어나 몇 걸음을 걷고 바닥에서 무엇인가를 주우셨는데 그것은 여자들이 쓰는 지갑이었다.

선사는 주운 지갑을 높이 팔을 뻗어 드시고는 그 주위를 천천히 한 바퀴 돌고 자리에 와서 앉으셨다. 사람들은 그런 행동이 이상했던지 힐끗힐끗 쳐다봤는데, 잠시 뒤에 일본 여성 다섯 명이 몰려와서는 그중 한 사람이 임자라고 하며 고맙다고 여러 번 고개를 숙여 인사를 했다.

그리고 몇 분 뒤 비행기를 탔는데, 그 다섯 명의 일본 여성들도 같은 비행기를 타게 되었다. 그녀들은 제주도에 도착할 때까지 번갈아 일어났다 앉았다 하면서 선사를 가리키며 서로 이야기를 했다.

❙ 서울 생활

종로 3가의 단성사 극장 옆 백궁 빌딩에서 지낼 때의 일이다. 우리는 4층과 5층을 임대하여 사용했는데, 한때는 4층을 반으로 나누어서 한쪽은 도장으로 다른 한쪽은 방으로 꾸며 식구들도 함께 생활을 했다. 나중에는 옥상을 개조하여 방을 만들어 기거하며 산 적도 있다.

그러다 보니 칸막이 공사를 여러 번 하게 되었는데, 그때마다 선사는 한번도 목수나 인테리어 업자를 사서 수리하거나 공사하지 않으셨다. 모든 작업을 손수 하셨고 가끔 숙식을 하는 지도자들이 옆에서 거들기만 할 뿐이었다. 미국을 다녀오면서 튼튼해 보인다며 망치를 두 개나 사오신 적도 있었다.

백궁 빌딩은 시멘트 못이 안 박힐 정도로 튼튼했지만, 지은 지가 오래된 상가인지라 난방 보일러가 안 들어와서 겨울이면 언제나 전기장판을 켜놓아야 했다. 요즘 나오는 전기장판이야 황토다 옥이다 하여 워낙에 잘 만들어 돈 있는 사람들이 서로 구입해 쓰지만 그때만 해도 제품의 질이 낮았다.

나는 아직도 당시에 선사께 철없는 말을 했던 일을 후회하고 있다.

"아버님, 전기장판에서 자면 피가 마른다고 하던데요!"

┃ 오토바이

내가 고등학교 3학년 때의 일이다. 여름방학이 되어 경기도 광주 야외수련장을 갔더니 마당에 못 보던 오토바이가 있었다. 회원들 중에 누군가 타고 왔나 생각을 했는데 알고 보니 선사께서 사신 것이었다.

나는 오토바이를 직접 운전해본 적이 없어 호기심이 일었다. 그래서 몰래 다른 사람들에게 작동법을 물어서 배우고는 "잠깐만 타볼게요!" 하고 선사께 키를 달라고 말했다.

선사는 "조심해라" 하시며 키를 주셨는데, 나는 오토바이를 몰고 나가 두 시간 만에 돌아왔다. 처음 타보는 것이라 그런지 무척 재미있었다.

다음 날도 아침을 먹고 소화시킬 겸 오토바이를 타려고 했는데 보이질 않았다. 물어보니 선사께서 오토바이를 산 집에 다시 갖다주러 나가셨다고 했다. 그리고 그날 이후로는 오토바이 구경을 못 했다.

고사와 제사

매월 음력 1일이 되면 선사는 어김없이 인류원귀봉안신위人類源歸奉
安神位라는 위패를 모시고 고사를 지내셨다. 그 위패는 돌아가신 인류
의 모든 분을 다 모시는 것인데, 그 안에는 불교인도 있을 것이고 기독
교인도 있을 것이다. 그러니까 어떤 종교와도 무관하고 다만 이 지구상
에 살다가 돌아가신 모든 조상 선령을 모시는 의례였다.

그렇게 매달 고사를 지낼 때에는 간소하게 술, 포, 떡, 과일만 놓고
초와 향을 피우고 절을 하면서 축원을 드렸다. 구체적으로는 세 번 절
을 하고 나서 서서 잠시 축원 드리고, 다시 절을 세 번 하고 나서 무릎
꿇고 잠시 축원하고, 또 세 번 절을 하고 나서 다시 서서 잠시 축원을
드렸다. 3회에 걸쳐 세 번 절을 하는 이유는 천天, 지地, 인人의 삼재에
맞추기 위해서이다.

그런데 한번은 선사께서 조금 특이하게 고사를 지내신 적이 있다. 정
확하지는 않지만 아마 1979년도쯤일 것이다. 초를 북두칠성 모양으로
배치를 하시고는 그 안에서 고사를 지내셨는데 보통 때보다 더 엄숙하
게 오래도록 축원을 드리셨다. 그 이유는 따로 여쭈어보지 않아 알 수
가 없다.

그리고 설날이나 추석 같은 명절에는 일반 가정집과 마찬가지로 제
사를 지냈는데, 다른 점이 있다면 우리 집 조상님께 제사를 안 지내고
전 세계 인류의 돌아가신 영靈들을 모신 인류원귀봉안신위人類源歸奉
安神位에 제사를 지냈다는 것이다. 또한 제사는 언제나 도장에서 지냈
으므로 수련생 중에도 원하는 사람이 있으면 같이 참석하게 하였다.

그리고 제사를 마치면 그 자리에서 상을 펴서 음식을 나누어 먹고 각자 일들을 보았다.

▎ 청산의 체형

선사의 신장은 약 165센티미터 정도였다. 체형은 두상이 체격에 비해 큰 편이고 가슴 부위의 몸통이 마치 원통같이 둥그스름했다.

특이한 점은 누워서 힘을 빼고 계실 때 팔을 만져보면 팔꿈치 부위에서 어깨까지의 근육이 전혀 안 잡혀 마치 바람 빠진 고무풍선을 만지는 느낌이었다. 살가죽 뼈와 힘줄만이 만져져서 연약한 여자들 팔보다 더 말랑말랑했다.

반면에 팔꿈치에서 손목까지는 주먹을 쥔 것이나 편 것이나 상관없이 두텁고 단단했는데, 내가 하도 이상해서 여쭈어보니 웃으며 "나도 몰라"라고만 대답하셨다. 아마도 팔 뻗기(주먹지르기)를 수천수만 번 연습하고 또 검술을 오래도록 단련하시다 보니 그렇게 된 것이 아닌가 추측해본다.

그리고 손가락이 일반인의 두 배 가까이 굵었는데, 타고 나신 것도 있지만 아랫배에 기운이 많아지면 손가락에 힘이 차며 어느 정도 굵어지기 마련이라 도를 이루시면서 그 막강한 힘으로 손가락이 더 굵어지신 것이 아닌가 한다.

또한 하체도 잘 발달해 있었는데, 걸으실 때는 태산같이 중후하면서도 발은 아주 가벼워 보였다.

┃ 집중력

수련 이외에 선사께서 남들과 다른 점이 있었다면 아마 집중력일 것이다.

선사는 뭐든지 한번 한다고 마음을 먹으면 반드시 이루셨는데, 내가 옆에서 지켜보기로 입산 전 책을 집필하실 때 평균 한 달에 한 권씩 해서 석 달 만에 500쪽 분량의 책 세 권을 만드셨다. 그것도 잠을 안 주무시고 거의 꼬박 밤을 새우시면서 글을 쓰셨다.

┃ 자물통 소동

1982년도의 추석날 아침에 있었던 일이다.

명절이면 종로 3가의 국선도 본원에서 인류의 모든 선령님을 모시는 제사를 올렸는데, 그 제사를 마치면 으레 가족들 모두 북한산 쪽에 사시는 외조부 댁을 방문하곤 했다.

그날은 제사를 마치고 우리 가족과 이모부 내외분, 수련장에서 기거하는 수련생 한 명까지 해서 모두 여덟 명이 차를 타기 위해 집 근처의 주차장으로 가게 되었다. 그런데 주차장을 관리하던 청년이 문을 걸어 잠그고 집엘 갔는지 보이지 않았다. 주차장 안에는 12인승의 우리 차와 또 다른 승용차 한 대가 나란히 서 있었다. 차 두 대가 들어갈 만한 큰 철문에는 주먹만 한 자물통이 덜렁 채워져 있고 아무도 없으니 모두가 황당해했다.

선사께서 어디 가서 연장 좀 구해보라고 하시기에 식구들이 흩어져 아무 집이라도 들어가 부탁을 해보려고 했지만 추석이라 주변의 상가들이 모두 문이 닫혀 있어 한참을 찾다가는 모두들 그냥 돌아왔다.

결국 선사께 연장을 구하기가 어렵다고 말씀드리니 선사는 아무 말 없이 자물통 있는 곳으로 걸어가셨다. 그러고는 자물통을 잡고 어금니를 꽉 깨무는가 싶더니 "옜다" 하고 주시는데 휘어서 열려버린 주먹만한 자물통이었다. 엄지손가락만한 굵기의 둥근 윗부분 강철이 엿가락처럼 휘어져 있어 모두들 크게 놀랐다.

우리는 그 못 쓰게 된 자물통을 어떻게 할까 하다가 주차장 주인이 보면 이상하게 생각할지 모르니 그대로 걸어두기로 했다. 그래서 차만 꺼내고는 문을 닫고 자물통을 원래와 같이 걸어놓았는데, 나는 지금까지도 그 자물통을 보관해두지 않은 것을 후회하고 있다.

그날 저녁 주차장 주인에게서 전화가 왔는데, 나는 속으로 싫은 소리 한마디 하겠구나 생각했지만 오히려 미안하다고 하면서 여러 번 사과를 했다고 한다.

▎입산 며칠 전의 수련

선사께서 입산하시기 일주일 전, 나는 함께 북한산에 있던 외조부댁을 찾았다.

오전에 방문을 하여 쉬고 있는데 어느새 선사는 산책을 가셨는지 안 계셨다. 그리고 한참 뒤에 점심시간이 되어 자주 다니시던 집 뒤의 산

길로 올라가 보니 멀찍한 곳 바위 위에 가부좌로 앉아 계셨다.

나는 수련을 하시는 것 같아 방해하지 않으려고 그냥 집으로 돌아왔다. 그리고 선사는 시간이 흘러 저녁 무렵이 되어서야 집으로 들어오셨다.

내가 "시장하지 않으세요?" 하고 여쭈니 "식사 때가 되었니?" 하고는 별 말씀이 없으셨는데 잠시 뒤에 이어 이런 말씀을 하셨다.

"오늘은 수련을 하는데, 모습 없이 어떤 말소리가 들렸다. '나를 따라 하거라, 하늘에…'라고 하기에 따라했다. 그리고 잠시 뒤에 하늘 위로 계단이 나타나서 내가 그 위를 뛰어올라가니 어떤 선관仙官이 기다리고 있다가 나를 잡아서 던지면 아래에서 선녀仙女들이 나를 받아 다시 계단에다 올려놓았다. 그래서 다시 뛰어 올라가면 또 선관仙官이 집어 던지고 다시 선녀仙女가 받고 하기를 여러 번 하였다."

┃ 두 번의 시간여행

선사의 행적 중에 아주 특이한 일이 두 번 있었는데 그것은 다음과 같다.

한번은 경기도 광주에 있는 야외수련장에서 머무실 때의 일이다.

선사께서는 한 달에 한두 번 정도는 장을 보러 나갈 때 바람도 쏘일 겸 직접 운전을 해주셨다.

하루는 주말에 수련생들이 많이 올 것을 대비하여 12인승의 차에 야외수련원을 도우며 머무시는 두 분과 내가 선사께서 직접 운전하시는 차를 타고 장을 보러 나온 적이 있었다. 그런데 당시 날씨가 좋질 않아 농산물 가격이 하루가 다르게 오르고 있어서 우리는 어떻게 예산을 맞추어야 좋을지 난감한 상황이었다.

그래서 장터 옆 공터에 차를 세우고 요즘 농산물 가격에 대한 이야기를 나누고 있는데, 선사께서 차에서 내려 잠시 모습이 안 보이시는가 싶더니 바로 다시 운전석에 타시고는 마치 방금 돌아다니면서 농산물 가격을 다 물어보고 오신 것처럼 세세한 것까지 다 말씀을 해주셨다.

길어야 3분에서 5분 정도 잠깐 안 보이셨을 뿐이었다. 장터 안으로 들어갔다가 나오기에는 터무니없이 짧은 시간 동안 그 많은 농산물 가격을 다 알아 오셔서 우리는 깜짝 놀랐고 의아했다.

분명 선사는 거의 열흘 가까이 수련원에만 계셨고, 그 사이 아무도 찾아온 사람이 없었고, 신문이며 TV, 라디오도 없이 수련을 하시거나 소일거리로 바둑만 두시면서 지내셨기 때문이다.

그런데 더욱 놀라운 사실은 장에서 값을 물어보니 세세한 것까지 하나도 안 틀리고 어김없이 정확했다는 점이다.

다른 하나는 가족들 모두가 일요일에 북한산 밑에 살고 계시는 큰 이모부 댁에 갔을 때의 일이다.

이모부 댁은 작은 야산으로 둘러싸여 있고, 작은 도랑을 지나 약간 외떨어진 곳에 위치한 아담한 한옥집이었다. 아침부터 비가 오기는 했지만 우리는 오전 10시쯤 도착하여 방에서 이런저런 이야기꽃을 피우고 있었다.

대화 도중 이모부님 댁으로 들어오는 길옆에 있는 공터가 화제에 올랐다. 좋은 나무들이 몇 그루 서 있는 꽤 괜찮은 땅이었기 때문이다. 그 땅의 주인은 이곳 사람이 아니고 타지 사람인데 팔려고 내놓은 것 같다는 소문이 있었는데, 이에 선사는 관심 있어 하시며 그 넓이와 가격을 물어보았지만 이모 내외는 모른다고 하셨다.

대화가 끝나고 잠시 뒤 선사는 일어나 방을 나가셨다. 그리고 2~3분도 안 되어 천둥번개가 치고 비가 더욱 세차게 내리는지라 나와 내 사촌동생도 밖으로 나가 보았다. 그때 마침 선사는 우산을 들고 대문으로 들어오고 계셨다.

나와 동생은 개울물이 너무 높아지면 차가 길을 빠져나가기 어려울지 몰라서 우산을 들고 나가보았고, 이미 물은 많이 차올라 거의 5미터 너비 가까이 불어 있었다. 우리는 비가 그쳐야 차가 지나갈 수 있을 것이기에 염려하면서 집으로 돌아왔다.

그때 방 안에서는 바로 그 땅에 대한 이야기가 한창이었는데, 벌써 선사께서는 몇 평의 넓이에 가격이 얼마라는 것까지 말씀하시는 것이었다.

가족들은 오가는 사람 없는 외딴집에서, 그것도 물을 건널 수 없는 상황에서 그 짧은 시간에 어떻게 그런 정보를 아셨는지 신기하게만 여겼다.

오후 들어 비가 그치고 물이 점차 줄어서 무사히 집으로 돌아왔는데, 다음 날 이모부한테서 전화가 왔다. 어제 선사가 말씀하신 땅의 넓이와 가격이 모두 정확하더라는 전화였다.

❙ 무음 대화

광주 수련원에서 있었던 일이다.

한번은 선사께서 수련장에 있는 방에 들어가서 꼬박 하루하고도 반나절 동안 안 나오신 적이 있었다. 식사 시간은 물론이고 집 밖에 있는 화장실을 다녀오시는 모습조차 아무도 보지 못했다. 그리고 그 반나절이 지난 오후에, 선사의 부르심이 있다는 말을 듣고 방으로 들어가 보니 가부좌로 반듯이 앉으신 채로 이러저러한 중요한 말씀을 해주시고 묻기도 하셨다.

약 30분 정도 시간이 지났을까? 대화를 마치고 미닫이문을 열고 마루로 나오는데 마루에는 이미 여섯 명의 수련생들이 모여 앉아 이야기들을 하고 있었다. 그런데 방 안에 있을 때는 너무도 조용하여 나는 주변에 아무도 없는 줄 알았었다. 그런데 수련생들도 의아해하며 묻기를 들어가서 무슨 말씀을 하셨기에 아무 소리도 안 들렸냐는 것이다.

선사의 목소리는 굵고 우렁차서 멀리까지 들리는 것이 보통이었고, 또 분명히 그때 방 안에서도 평소와 같은 크기로 말씀하셨고 나 또한 다름이 없었다. 게다가 그 방문은 한식으로 창호지를 붙인 것이었는데, 5미터도 안 되는 거리에서 서로가 아무 소리를 못 들었던 것이다. 나는 속으로 분명 선사께서 도력을 부리셨을 거라는 생각을 했다.

┃ 본줄기를 타라

선사는 수도修道에 관한 강의 중에 많은 사람들이 참된 도법보다는 남에게 보일 수 있는 기교 같은 것을 선호한다고 하시며 안타까운 심정을 토로하셨다.

"수도를 하는 것은 나무를 올라가는 것과 같습니다. 나무 꼭대기까지 올라가려면 본줄기를 타고 올라가야 합니다. 그러나 사람들은 나무에 오르다 곁가지에 있는 꽃이나 열매에 현혹되어 그리로 빠지는 경우가 많습니다. 그리고 그렇게 되면 꼭대기에 오르려는 처음 생각조차도 잊어버리고 안 올라가게 됩니다."

┃ 충북 옥천沃川

터에 대한 대화를 선사와 나누던 중에 들은 이야기이다.

선사는 지금의 본원 자리인 종로 3가 백궁 빌딩에 대해서 "이곳은 무해無害 무득無得의 자리이다. 즉 해害도 없고 득得도 없는 곳이다"라고 말씀하시고, 또 비원 앞의 한 장소를 이르며 "무슨 방향에서 기운이 들어와 무슨 방향으로 나가므로 그곳은 참 좋은 자리이다" 하셨다.

그때 나는 무심결에 여쭈었다.

"혹시 자급자족하면서 수련할 수 있는 좋은 장소가 있나요?"

"있지! 옥천에 있다. 그 터를 별천지 부동산에서 가지고 있다."

"예. 나중에 그 터를 사서 농사도 지으며 수련만 하고 살면 좋겠네요!"

그 대화 이후 정확히 20년이 지난 어느 날, 나는 국선도 지도자를 양성하는 책임을 맡게 되어 교육시킬 장소를 물색하던 중 선사의 말씀이 생각났다. 그래서 근 1년 가까이 선사가 말씀하신 장소를 찾으러 옥천을 돌아다녔다. 별천지 부동산도 찾아보았지만 아무도 이름을 못 들어보았다고 했다.

6장

후천을 너다보며

"밝은 세상 돌아오니, 붉 받으러 어서 가세. 붉 받는 법 무엇인가, 눈귀 모두 열고 보세. … 밝아 오면 일어나소, 늦잠 자면 어지럽네. 밝은 세상 돌아오니, 두루두루 살펴보소. … 붉산머리 번쩍 들고, 한라산은 꼬리 치네. … 초년고생 겪었으니, 말년에는 영화라네. 붉 받는 법 어서 닦세, 전하는 말 웃지 마소."

청산, 「붉을 받세」 중에서

미래의 조각들

앞에서도 여러 차례 설명했듯이, 시간이 지날수록 선사는 이 세상에 뭔가를 전하고 알려주시려고 태어나신 분이라는 생각을 많이 하게 된다. 선사는 타고나신 성정性情부터가 남달랐고, 스승에 이끌려 도를 닦으시고 또 그 도를 20년도 안 되는 짧은 기간에 되도록 많은 사람들에게 알리려고 노력을 아끼지 않으셨다. 그리고 1984년도 갑자년에 유유히 사라지셨다. 이처럼 어려서부터 세속의 연을 마치고 입산하실 때까지의 삶 자체가 그대로 세상을 향한 메시지였다.

선사가 삶의 몸짓으로 언제나 가리킨 곳은 머지않아 닥칠 인류의 재앙과 그 너머의 지상선경이었다. 선사는 분명히 불원간에 닥칠 재앙으로 많은 사람들이 죽게 될 것을 미리 아시고 생명을 구할 수 있는 방법으로 도 닦는 수련법을 제시하셨다. 그리고 그 어렵고 힘든 고비만 넘기면 온 세상이 누구나 원하고 꿈꾸는 아름다운 곳으로 변해갈 것을 상세히 밝혀주셨다.

또한 그 주도적인 역할을 우리나라가 하게 될 것이라고 누누이 말씀하셨다. 특히 몸과 마음을 잘 닦은 수도인들이 중심에 서게 될 것이며, 인류는 영원히 바뀌지 않는 법(永法)을 만들어 지상낙원을 영위하게 될 것이라고 하셨다.

이러한 예언을 언뜻 보면 노스트라다무스, 에드가 케이시, 루스 몽고메리, 실비아 브라운 등등의 세계적인 예언가들과 별로 차이가 없는 듯하다. 하지만 선사는 그런 예언가들과는 분명히 다른 점이 있다.

나는 그것을 세 가지로 말씀드리려고 한다.

첫째로, 직접 몸으로 도道를 닦고 깨우쳐 우주 진리의 근원까지 통달하신 연후에 미래를 예언하셨다는 점이다.

둘째로, 예언에만 그치지 않고 전 인류가 어려운 환란을 이겨낼 수 있는 방법을 분명히 제시하셨다는 점이다.

셋째로, 지상선경이 되었을 때의 미래 모습을 말씀과 글을 통하여 자세하게 그려놓으셨다는 점이다.

선사는 내게 이렇게 말씀하신 적이 있다.

"남준아, 너는 예언이 무엇인 줄 아느냐?"

"글쎄요, 잘 모르겠는데요."

"예언이란 삼각형에서 두 변의 길이를 알면 나머지 한 변의 길이를 알게 되는 것과 같은 이치이다."

선사께서 전한 여러 말씀들을 종합해보면 크게는 세계적인 예언가들의 말과 비슷해 보이지만 세부적으로는 새로운 깨침을 주는 내용이 많다. 그러나 미래에 일어날 일을 배움을 통해 조금 안다고 해서 만인 앞에 공개하는 것은 사람들이 흔히 말하는 천기누설에 해당할 수도 있는 일이므로, 나는 이 책에서 선사께 들은 모든 예언을 다 밝히지는 않을 것이다. 독자들께서도 지금 밝혀서는 안 될 부분이 있음을 널리 이해해주시리라 믿는다.

선사께서는 특히 입산하시기 1년 전부터 미래에 대한 말씀을 많이 하셨는데, 그것들을 정리해보면 대략 다섯 가지 내용으로 나눌 수 있다.

첫째, 갑자년에 관한 말씀.

둘째, 국선도와 관련된 말씀.

셋째, 우리나라와 관련된 말씀.

넷째, 전 세계의 환란과 관련된 말씀.

다섯째, 환란 이후의 선경仙境 세상에 관한 말씀.

이제부터 이 다섯 내용에 대한 예언들을 하나씩 살펴볼 것이다.

갑자년에 관하여

_____1984년은 갑자년 중에서도 대갑자년이라 하는데, 그 이유는 60갑자를 한 묶음으로 볼 때 이 한 묶음이 60번을 돌아 다시 제자리로 돌아온 해이기 때문이다. 즉 1984년도는 3,600년 만에 돌아온 대갑자년이다.

특히 역학易學에서는 이 해부터 선천에서 후천으로 넘어간다고들 말한다. 실제로도 지구의 지축은 23.5도 기울어져 있는데 갑자년부터 점차 바로 서기 시작한다. 그 이유는 지구와 관련된 모든 별이 이동을 하면서 서로에게 인력引力을 미쳐 지구에도 영향을 주기 때문이다.

그래서인지 선사는 갑자년에 의미를 많이 두고 그와 관련되어 여러 말씀을 남기셨다. 그리고 갑자년 중에서도 정확히 후천으로 넘어가는 시간의 기점이 있는데, 바로 그날은 선사의 스승이신 청운도인이 우리 집을 다녀가신 날이기도 했다.

▎후천의 시작일

선사께서 입산을 앞둔 1984년의 초봄 어느 날, 아침에 일어나 선사를 뵈니 "오늘 새벽에 사부님께서 다녀가셨다"고 하셨다. 내가 "오셔서 뭐라고 하셨는데요?" 하고 여쭈니 자세히 이야기를 들려주셨다.

새벽 3~4시경에 방문을 열고 청운도인께서 들어오셨다고 한다.

당시 방문이 나무 미닫이문이었는데 보통 때도 잘 열리지 않아 요령껏 약간 힘을 주어야 했다. 그래서 청운도인께서는 "이 문이 왜 이리 잘 안 열리나!" 하고 방 안에 들어오셔서는 누워 있던 선사의 곁으로 바짝 오셔서 그대로 있으라 하시고는 손을 잡고 여러 말씀을 하셨다고 한다.

그중에 농사에 대한 말씀을 두 번 하셨고, 나가시면서는 옆방에 쌓여 있던 『국선도』 1~3권을 보고 혼잣말 비슷하게 "얇게 해서 여러 권을 내지 그랬느냐!" 하시고는 밖으로 사라지셨다고 한다.

이야기를 들려주시고 선사는 내게 물으셨다.

"남준아, 농사가 뭐냐?"

나는 잠시 생각 후에 "농사는 천하지대본인데요" 하고 답했는데, 선사는 "옳거니!" 하고 웃으시고는 이어서 말하는 나의 답변이 틀렸는지 "이놈은 잘 나가다가 삼천포로 빠지네"라고 하셨다.

그리고 이렇게 설명하셨다.

"파자 풀이를 해야 한다. 농사의 농農 자는 굽을 곡曲 자에 별 진辰 자이다. 사부님이 다녀가신 날은 모든 별자리가 기울기 시작하는 때이다."

즉 지구가 23.5도 기울어져 있는데 청운도인께서 다녀가신 날부터는 지축이 바로 서기 시작하면서 후천後天으로 들어간다는 말씀이셨다.

| 가속

청운도인께서 다녀가신 지 한 달 뒤쯤, 선사는 새벽에 목욕탕을 다녀오시다가 잠시 멈춰 서서 새벽의 달과 하늘을 한참 보시더니 말씀하셨다.

"가속이 붙었다."

"무엇이 가속이 붙었다는 말씀이에요?"

"모든 별자리의 움직임에 가속이 붙었구나."

| 갑자

그리고 며칠 뒤에 내가 스케치북에 연필로 뭘 그리다 그냥 놔두었는데 선사께서 그 뒷장에 큼지막하게 연필로 다음과 같이 글을 적어주셨다.

'갑자 갑자 은혜 갑자 천지부모 은혜 갑자'

| 정기의 회생

어느 삼일절의 TV 방송에서 일본인들이 우리나라 산천에 쇠말뚝을 박아 정기를 끊어놓은 것을 시민단체에서 뽑으러 다니는 장면을 보시고 선사는 이렇게 말씀하셨다.

"일본이 우리나라에 쇠말뚝을 박아 정기를 끊어도 지기地氣란 어느 시점이 되면 다시 되살아나는데 그때가 갑자년(1984)부터다."

선사는 아이들에 대해 대화를 하다가 이런 말씀을 하셨다.

"우리나라에 갑자년 이후부터 태어나는 아이들은 모두 도인다운 기질을 가지고 태어난다."

▎선후천 제사

한번은 제사를 지내는 모습들이 TV에 방영된 적이 있는데, 모두들 돼지머리를 놓고 제사를 지냈다. 그러나 우리 집에서는 돼지머리를 놓고 지내는 예가 없어서 선사께 여쭈었다.

"다른 곳에서는 모두들 돼지머리를 놓고 하네요."

"그렇구나. 선천에서는 고사나 제사 지낼 때 돼지머리를 놓지만 후천에서는 소머리를 놓는 법이다."

▎하룻밤에 얻은 능력

어느 날 선사와 함께 초능력에 관한 TV 방송을 보았는데, 선사께서 "내가 도봉산에 있었던 초능력 여인에 대한 얘기 해줄까?" 하시기에 얼른 부탁드렸더니 이런 이야기를 들려주셨다.

수십 년 전 도봉산 근방에 일자무식인 여인이 살고 있었다. 하루는 스님 세 분이 그 집 앞을 지나다 탁발도 할 겸 잠시 쉬어가게 되었다. 스님들끼리 서로 피로함과 몸 아픈 것을 이야기하자 집 주인인 여인이 옆에서 듣고 있다가 물었다.

"어느 절로 가시는 길이세요?"

"○○절로 갑니다."

그러자 그 여인이 위로의 말을 해주었다.

"스님들 절에 가시면 병이 다 나으실 거예요."

잠시 뒤 인사를 하고 그 집을 나와 아픈 몸을 이끌고 힘들게 절에 도착을 했는데 이게 웬일인가? 도착을 하고 보니 정말로 스님들의 몸에 있던 고질병들이 깨끗하게 나아져 있었다. 어디 한 군데 통증조차 없었다.

이에 스님들은 마지막 집에서 만난 여자 보살의 능력으로 나은 것이라 생각하게 되었다. 그래서 혹 아픈 사람이 있으면 그 집의 여자분을 만나라고 가르쳐주곤 했는데 그 집을 다녀온 사람들은 모두들 몸이 좋아졌다.

소문은 더욱 입에서 입으로 퍼져 그 여인의 집은 병자들로 문전성시를 이루게 되었고, 그 여인은 어떤 병자이건 무조건 이 말만 하고 돌려보냈다.

"어떻게 오셨습니까? 집에 가시면 다 나으실 거예요."

무조건 병이 나으니 그 소문을 듣고 전국에서 사람들이 몰려왔고 그 중엔 정치인들도 있고 이름난 부자들도 있었다. 그녀는 돈을 사양했지만 병이 나은 사람들이 고마운 마음에 돈을 놓고 가니 금세 부자가 되었고, 주변의 땅을 모두 사서 그 일대가 여인의 가족들 마을이 되었다고 한다.

선사는 이야기를 마치고 이렇게 말씀하셨다.

"그 여인은 하룻밤 사이에 자고 일어나 보니 그런 능력이 생긴 것인데, 앞으로 후천에는 그런 능력이 남자한테 오게 되어 있다."

▌후천의 인물

선사는 점차 우리나라의 지기地氣가 살아나면서 인물들이 많이 나온다며 이렇게 말씀하셨다.

"앞으로 후천시대에는 우리나라에서 인재들이 가장 많이 나오고 다른 복이 있는 나라에서는 간혹 인재들이 나올 것이다."

▌후천 도수

선사는 보통 자연스러운 대화 중에 가르침을 주셨는데, 이 후천 도수를 알려주실 때는 예외적으로 내게 종이와 연필을 가져오라 하시고는 아주 진지하게 하나하나 설명하셨다.

먼저 종이의 중심에 점을 찍고 그 점을 중심으로 여러 겹의 원을 그리시고는 중심점에다가는 1, 그 다음의 원에는 3, 그 다음 원에는 7, 그 다음은 13, 23, 36… 이런 순으로 숫자를 쓰시며 자세히 설명을 해주셨다.

"앞으로 후천 세상의 도수度數는 이미 나와 있다. 1은 점이면서 완전히 득도한 사람 세 명이고, 3은 몇 명이고, 7은 몇 명인데 어떤 수도를 한 사람들이고, 13은 몇 명이면서 어느 종교인들이고, 23은 몇 명이면서 어느 종교인들이고…."

▌재입산일

선사는 재입산하시기 10년 전부터 "재입산은 갑자년에 할 것입니다" 하고 여러 번 말씀하셨다. 강의 중에 그러신 적도 있고, 1978년 2월 5일자 「주간중앙」 신문의 인터뷰 기사에도 밝히신 적이 있다.

그리고 실제로 갑자년인 1984년 음력 7월 7일에 입산하셨다. 보통 때와 마찬가지로 별 말씀 없이 출타하시고는 다시는 안 들어오신 것이다.

물론 한 1년 전부터 가끔 가다 "내가 다시 입산하게 되면…" 하고 말씀하셔서서 가족들도 언제가 되었든 분명히 입산을 하실 것으로 알고 있었지만, 그것이 언제인지는 알려주지 않으셔서 막상 칠석날 이후로 안 돌아오시니 며칠간은 많이 당황스러웠다. 하지만 이내 마음이 담담해지면서 그간 미리 일러두신 말씀들을 떠올려보며 선사의 뜻을 지키려고 노력하게 되었다.

국선도에 관하여

_____선사는 스승으로부터 배운 도법이 훼손되거나 변형 될 것을 염려하셨지만, 그런 일들이 나중에는 사필귀정처럼 될 것임을 은연중에 말씀하셨다.

그리고 장차 전 세계에 환란으로 몹쓸 병이 돌아 사람들이 많이 죽 게 되는데, 그때는 사람들이 그 병을 이겨낼 수 있는 방법을 찾다가 국 선도가 가장 합당한 방편임을 알게 되어 모든 사람이 수련을 하게 된 다고도 말씀하셨다.

우리나라뿐만 아니라 전 세계인의 의식 수준이 점차 높아지면서 무 엇이 진정으로 우주와 인간의 상관관계에서 가장 합리적이고 과학적이 며 가장 올바른 진리의 도법인지를 찾게 되는데, 결국 국선도가 그 답 임을 알고 이해하고 확신하게 되면서 온 세상 사람들이 수련을 하게 된 다는 것이다.

그리고 더 먼 미래에는 전 세계인들이 초중고의 학과수업으로도 국 선도를 수련하면서 많은 깨달음과 영감을 얻어 도를 이루게 되고, 각 자 사회인으로서 맡은 바 소임을 하게 된다고 말씀하셨다.

아마 이런 예언들이 탐탁지 않게 들리는 분들도 많으시리라 생각된 다. 나 역시 충분히 그런 심정을 이해하기에 조심스럽게 선사의 예언을 소개하고 있는 것이다. 다만 나의 바람이 있다면, 이 내용들을 국선도의 미래 계획표 정도로 이해하면서 열린 마음으로 읽어주셨으면 하는 것이다.

여기서는 갑자년을 기점으로 국선도에 대하여 말씀하신 예언들을 대략적으로 정리해보고자 한다.

| 국선도 대로행大路行

1983년 가을경, 그러니까 갑자년이 되기 몇 개월 전쯤에 선사는 이런 말씀을 하셨다.

"내가 그동안 골목골목을 다 닦아났으므로 갑자년부터는 국선도가 대로행大路行이 될 것이다."

그리고 실제 갑자년부터 육군, 해군, 공군의 사관학교를 비롯해서 굵직굵직한 기관들과 관공서에서도 국선도를 수련하게 되었다.

| 원님 행차

선사는 1984년도 봄에 이런 말씀을 하신 적이 있다.

"갑자년 이후 우후죽순 격으로 많은 수련단체들이 생길 것이다. 이것은 마치 원님이 행차할 때 악단들이 나팔 불고 꽹과리 치고 하는 것과 마찬가지이니 그런 것에 흔들리지 말고 각자 수련들 열심히 해라."

┃ 본원

선사는 당신이 입산한 후에도 본원이 흔들림 없이 운영되기를 바라셨는데, 언젠가는 이런 말씀을 하셨다.

"내가 입산하고 나면 지금 있는 법사들은 어떻게 될지 모른다. 본원을 잘 지켜라. 법사들 중에도 인재는 있다."

┃ 귀본향歸本鄕

선사는 수많은 제자를 두셨다. 그중에는 순수한 마음으로 배우는 제자들도 많았지만 웬만큼 배우고 나서는 스승을 자신과 동급으로 보며 형님 동생 하려는 사람들도 있었다. 또한 선사가 하지도 않은 말을 그럴 듯하게 꾸며 자신의 욕심을 채우려고 하는 사람도 있었다.

그러나 선사가 내게 들려준 말씀을 보면 그런 제자들의 앞을 미리 다 보고 계셨던 듯하다. 그러면서도 그들을 계속 제자로 품에 안고 계셨다는 생각이 든다.

언젠가는 입산 이후에 제자들이 어떨지에 대해 말씀을 하셨다.

"내가 입산하고 나면 얼마 있다 국선도의 선배들이 찾아와서 나에 대해 물을 것이다. 그때는 다른 말 말고 '돌아가셨습니다' 하거라."

"만약 그렇게 말한다면은…" 하고 말씀을 드리려는데, 선사는 바로 내 말을 끊으면서 다시 당부하셨다.

"아무 소리 말고 그렇게 하거라. 만약 꾸준한 수련으로 잘 닦여 있으면 내가 본향으로 돌아간 줄 알 것이고, 만약 수련은 안 하고 사심이 있다면 내가 죽었다고 생각할 것이다. 어차피 소문은 무성하게 날 것이다. 일일이 맞서려 하지 마라!"

그리고 선사가 입산하신 후에 실제로 초창기의 제자들이 찾아와 선사에 대해 물었고 나는 약속한 대로 대답을 했다. 그리고 예언 그대로 정확히 두 부류로 나누어지는 현상을 지켜보게 되었다.

한쪽은 꾸준한 수련으로 입산하신 사부님을 영靈으로 찾아가서 만나 뵐 수 있다고 믿었다. 오히려 우리 식구들에게 사부님은 산에서도 다 보고 계시므로 모든 것을 계실 때나 안 계실 때나 똑같이 하여야 한다고 충고를 하시는 분도 계셨다. 또 어떤 분은 산을 많이 다니면서 선사를 세 번씩이나 뵈었다고 하며 그런 이야기를 글로 공개하기도 했다.

그리고 다른 한편에서는 사부님은 돌아가셨으므로 모든 법을 받은 내가 국선도의 대를 이었다고 주장하며 분파를 만들어냈다. 그 분파의 과정에서 사부의 부재不在를 이용하여 법적 투쟁까지 하는 모습도 보였다.

┃ 호號의 뜻

선사는 제자들에게 호號를 주실 때 상당히 신중을 기하셨는데, 이상하게도 청靑 자가 들어간 호를 받은 사람들은 모두 재입산 후에 갈라져 나갔다. 어떤 제자는 스승께서 주신 호가 싫다며 스스로 바꾸어 쓰는 사람도 있었다.

선사는 내게 이렇게 말씀하신 적이 있다.

"제자들 중에 나와 같이 청靑 자를 쓰는 사람들은 다 씨를 뿌리는 사람들이다."

그런데 실제 청 자의 호를 받은 제자들은 모두 따로 독립하여 국선도 보급을 하고 있다.

한번은 제자 중에 한 사람이 청靑 자 돌림이 많으니 자신에게도 청 자를 넣어 청구靑丘라는 호를 내려주십사 청한 적이 있다. 그런데 선사는 "자네는 청靑 자를 쓰면 안 돼" 하시며 다른 호를 지어주셨다고 한다.

선사는 내게 호를 주실 때 이렇게 말씀하셨다.

"청靑 다음은 진眞이니 너는 진眞 자를 쓰거라. 그래서 너에게 진목眞目이라고 지어준 것이다. 세상을 참되게 보고 세상의 참된 눈이 되거라."

그리고 동생들에게도 진眞으로 돌림자를 지어주며 나중에 전하도록 하셨다. 그래서 선사가 입산하신 후에 나는 동생들에게 각자 받은 호를 가르쳐주었다.

▎자칭 도인

선사는 갑자년 이후부터 우리나라에서 점차 많은 사람들이 수행의 길을 걷게 된다고 하셨다. 그러나 그만큼 사욕을 채우려는 사람들도 많이 나온다고 하셨다.

"앞으로 국선도를 수련했거나 나름대로 수도했다는 자칭 도사, 선사들이 나와 도판을 크게 어지럽힐 것이다. 또한 사람들 앞에서는 나를 받들고 모시는 것처럼 하면서 내외공의 수련법을 자기 마음대로 바꾸는 제자들도 있을 것이다."

┃ 급부상

선사는 국선도가 앞으로 부상하게 된다며 이런 말씀을 하셨다.

"우리 국선도는 주역의 천산 둔괘와 같다. 마치 개구리가 높이 뛰어오르기 위해 바짝 웅크리듯이 국선도도 그와 같이 언젠가 급부상할 때가 있을 것이다."

┃ 타 외공 수련자들

선사는 내게 외공을 거의 다 가르쳐주시고는 이런 말씀을 하셨다.

"언젠가 때가 되면 다른 무술을 익힌 무술인들이 다 찾아오게 되어 있다."

┃ TV와 국선도

언젠가 내가 선사께 여쭌 적이 있다.

"아버님, 앞으로 언젠가 전 세계 사람들이 국선도 수련을 하게 된다는 것으로 알고 있는데 그럼 지도자들은 최소한 몇 명이나 있어야 합니까?"

그러자 선사는 웃으면서 방에 있던 TV를 가리키셨다.

"한 사람이면 돼. TV는 우리를 위해 만들어진 거야!"

우리나라에 관하여

_____선사는 우리나라가 갑자년 이후로 모든 기운이 살아나며 차츰 좋아진다고 예언하셨다. 그러나 직선으로 선을 긋듯이 좋아지는 것은 아니고 굴곡이 있겠지만 다른 나라에 비하면 크게 발전할 것이고 환란에서도 보호가 많이 될 곳이라고 하셨다.

특히 우리나라는 남한과 북한이 묘한 관계와 입장을 가지고 있어서, 남북통일이 실제로 미래 세상에서는 아주 중요한 작용을 하게 된다고 하셨다. 그리고 앞으로 닥칠 전 지구적인 재앙에서 우리나라는 그래도 안전한 편이며 많은 사람들이 수련을 해서 질병을 이겨낼 것이라고 말씀하셨다.

더 나아가 훌륭한 인물들과 도인들이 배출되어 세계의 주목을 받으며 도道의 종주국이 되고, 전 세계를 이끌고 지구상에 가장 이상적인 지상선경地上仙境의 세상을 만드는 일을 주도하게 된다는 예언도 하셨다.

▎무無 전쟁

북한의 여러 가지 도발이 남한의 국민들을 불안하게 만든 것은 어제 오늘의 일이 아니다. 언젠가 나는 막연하게나마 다시 전쟁이 일어나지 않을까 하는 염려가 들어 선사께 여쭈어보았다.

"아버님, 북한이 자꾸 남한에 위협을 가하는데 잘못하다 전쟁이 나진 않을까요?"

선사는 단호하게 말씀하셨다.

"앞으로 우리나라에 전쟁은 없다!"

▎군 복무

내가 군에 들어갈 나이가 되었을 때 선사는 이런 말씀도 하셨다.

"앞으로 우리나라도 군대가 지원입대 형식으로 바뀐다."

▎36년마다의 큰 변화

한번은 선사께서 전설에 나오는 봉황새에 대해 말씀해주셨다.

"옛날부터 전해오는 말에 의하면, 봉황새는 36년마다 세상에 나와 대나무 죽실竹實을 먹고 오동나무 위에만 앉는다고 한다. 그런데 우리나라의 역사를 보면 대개 36년마다 큰 변화가 있었다."

┃ 남북통일

선사가 종로 본원에 계실 때는 제자를 비롯해서 학자, 종교인, 수도인, 운동권 사람들, 정치인 등등 참으로 다양한 사람들이 많이 찾아와 담소를 나누었다. 나는 기회 있을 때마다 그런 대화를 옆에서 들으며 많은 것을 보고 배웠다. 그러나 유독 귀담아 듣지 않았다가 후회하고 있는 것이 있는데, 바로 남북통일에 대한 선사의 말씀이다.

한번은 나도 잘 모르는 분이 선사를 찾아와서 네다섯 시간이나 대화를 나누다 가셨는데 그 대부분이 남북통일과 관련된 이야기였다. 그때 선사는 남북통일의 방법에 대해 상세히 말씀하셨다. 당시 나는 어리기도 했지만 그런 문제에 별 관심이 없을 때라 귀담아 듣질 않았는데, 지금 생각하면 참으로 아쉬움이 많이 남는다.

오늘날은 남북관계가 그나마 많이 호전된 편이지만 80년대 초만 해도 서로 굳게 문을 닫고 한치 앞을 모르는 상황이었다.

당시 선사는 "남북통일은 제일 먼저 물물교환부터 시작을 해야 한다"고 말씀하셨는데, 오래지 않아 실제로 물물교환이 많이 이루어지기 시작하는 모습을 보게 되었다.

┃ 태극진리능화

한번은 선사께서 진지하게 내게 남북통일에 대해 말씀하셨다.

"북한은 공산주의가 변하고 변해 묘하게 변한 곳이고, 남한은 민주주의가 변하고 변해 묘하게 변한 곳이다. 휴전선을 보면 태극 모양으로 그어져 있는데 이것 푸는 법을 태극진리능화太極眞理能化라 한다. 만약 이렇게 묘한 남북한을 통일시킬 수만 있다면 오히려 세계통일은 더 쉬운 일이다."

그 말씀을 들은 이후에 나는 선사의 노트에서 이런 메모를 보게 되었다.

태극진리능화太極眞理能化

① 민족과 국경 및 사상을 초월한 연구

② 국경 초월한 인류동일人類同一의 옥실玉室 연구

③ 일체창민一切蒼民이 감결甘結 일화통일一和統一될 연구

④ 심전선화心田善化로 평화시기平和時期의 비법秘法 연구

▌대통령

선사는 박정희 대통령의 죽음에 대해 말씀하시다가 앞으로 우리나라 대통령들 중에서 몇 대, 몇 대는 이러저러하게 죽는다고 예언하셨다. 그리고 "앞으로 대통령은 우리 식구(국선도 출신) 중에서도 나온다"고도 하셨다.

▌신라新羅의 의미

선사는 신라의 화랑도를 가르쳐주시다가 경주慶州에 대해 내게 물으셨다.

"남준아, 경주에 가보면 집들을 자꾸 옛날식으로 짓고 있지?"

"예."

"그것은 사람이 하는 일이기보다는 하늘이 시켜서 그렇게 하는 것이다. 경주는 앞으로 세계적인 ○○○으로 바뀌는데, 해양의 기운을 받고 다시 대륙의 기운을 받아 작용하게 되어 있다. 그래서 신라新羅라는 말은 '새롭게 편다'라는 뜻인데, 이는 앞으로 쓰일 말이다."

ㅣ 산의 정기

선사는 가끔 풍수와 지맥에 대해 알려주셨는데 언젠가는 이렇게 말씀하셨다.

"우리나라 모든 산맥의 기氣는 남쪽으로 흐르고 있다."

ㅣ 금산

선사는 우리나라 산천의 정기를 가르쳐주시다가 충남 금산에 대해 이렇게 말씀하셨다.

"우리나라의 강은 용이 숨어 있는 형국인데 용의 눈에 해당하는 곳이 금산이다. 이곳을 하늘에서 내려다보면 푸른 기운이 땅에서 하늘로 뻗쳐 올라가는데 그 자리에 통신위성이 들어서 있어 아주 자리는 제대로 앉았다."

도인道人

선사는 세계적으로 수도하는 사람들이 많이 있지만 "앞으로 진정한 도인은 한국에서 주로 나온다"고 단호하게 예언하셨다.

데모의 구호

한번은 학생들이 데모하는 것을 보고 오셔서 이렇게 말씀하셨다.
"앞으로는 대학생들이 데모를 하며 구호를 외치는데 '개골산 ~ 선봉이 되자'라고 외칠 것이다."

계룡산

나는 오래전부터 우리나라에 토속신앙처럼 내려온 계룡산 정도령에 대한 이야기가 생각나서 선사께 여쭈었다.
"예언서를 본 사람들이 계룡산에 대한 이야기를 많이 하는데 어떻게 생각하세요?"
"물론 충청도에 계룡산이 있지만 북쪽에 가면 북 계룡산도 있다."

선사는 앞으로 때가 되면 세계적으로 환란이 닥쳐 사람들이 많이 죽게 된다고 하시며 우리나라에 대해서는 이렇게 예언하셨다.

"세상의 환란이 닥칠 때 외국에서 보면 우리나라는 피난처라고 느낄 만큼 안전한 편에 속한다."

| 10년간의 일

한번은 대화 중에 미래의 예언이 적힌 비결서들에 대하여 말씀을 하셨다.

그런데 다른 예언에 대하여는 말씀이 별로 없으신 데 비해 유독 조선 초기의 무학 대사가 말한 『무학비결』만큼은 인정을 하셨다.

"내가 보기에 무학비결이 맞는 것 같다."

그래서 내가 『무학비결』을 보니 이렇게 적혀 있었다.

자子축丑년은 모르고

인寅묘卯년은 가히 알리라.

진辰사巳년에 성인이 출도하고

오午미未년에는 집집마다 즐거우리라.

그대가 어디를 가는고?

비록 소승이 불초하나 내 말을 고치지 말라.

이 글과 관련하여 선사께서는 또 이렇게 말씀하셨다.

"자子년부터 시작해서 4~5년 뒤에는 기라성 같은 인재들이 모일 것이다. 그리고 7년까지 사는 사람들은 살고, 10년이 되면 안정될 것이다."

그런데 그 어느 해의 자子년부터 4~5년이라는 구체적인 말씀은 없었다. 단지 "그때가 되면 어떠어떠한 조짐이 보일 것이다. 그 조짐이 보이면 그때인 줄 알아라"라는 말씀이 있었는데 그래서 선사가 입산하시고 나와 가족들은 허전한 마음에 혹시나 입산하신 1984년이 자子년이므로 앞으로 4~5년만 참으면 기라성 같은 인재들이 모이지 않을까 하는 기대를 품었다. 그러나 말씀과 같이는 되지 않았고, 대신 우리는 그동안 국선도의 운영을 별 무리 없이 할 수 있을 정도로 선사가 안 계신 생활에 잘 적응하게 되었다.

자子년은 12년마다 오는 것인데, 세 번째 자子년이 되어서야 선사께서 말씀하신 조짐이 나타났고 2020년이 바로 예언하신 변화의 시작인 자子년임을 확실히 알게 되었다.

▌한국과 중국

선사는 우리나라의 지리적인 역학 관계를 말씀하시다가 중국과 한국에 대해 이렇게 말씀하셨다.

"지리적으로 보면 중국과 한국은 오행五行의 토土에 해당하는데, 중국은 양토陽土인 위장에 해당하고 한국은 음토陰土인 비장에 해당한다. 그래서 앞으로 중국은 위장과 같아 배부르게 잘살 수만 있다면 무엇이든 받아들이려 할 것이다. 그리고 한국은 비장이 전신에 중요한 피를 담당하듯 세계의 정신문명을 이끌 것이다."

┃ 구활창생救活蒼生의 임무

선사는 "전 인류의 모든 생명체를 살리는 책임은 우리 민족이 걸머지고 있다"는 말씀을 책에도 적으셨고 실제로도 여러 번 들려주셨다.

환란에 관하여

　　　　　　　　　앞으로 지구에 큰 환란이 온다는 예언은 몇몇 종교 서적과 세계적인 예언가들로부터 퍼져나와 지금은 많은 사람들이 알고 있는 이야기가 되었다.

　선사도 하산하신 이후로 늘 머지않은 미래에 지진, 화산 폭발, 해일 등등의 재앙이 전 세계에 닥칠 것이고 그 재앙으로 많은 사람이 죽게 되는데 특히 무서운 병이 돌 것이라고 강조하셨다. 그 병은 급속도로 빠르게 전염이 되므로 약으로도 다스릴 시간이 없는데, 그것을 이겨낼 수 있는 유일한 방법이 단전호흡법丹田呼吸法이라는 것이다.

　초근목피草根木皮 하시며 각고刻苦의 노력으로 도道를 이루신 선사가 굳이 세상에 나와 산중으로만 내려온 도법道法을 알리기 위해 많은 시범을 보이신 것은 아마도 우선적으로 가까운 우리나라 사람들부터 빨리 깨달아 수련을 하도록 이끌고 전 세계인들에게 도법을 전해 세계를 구원해야 한다는 사명 때문일 것이다.

　실제로 국선도에서는 단전호흡을 할 때 선사의 목소리가 녹음된 「선도주仚道住」를 들으면서 수련을 하는데 그 내용은 다음과 같다.

선도주仸道住

하늘 사람의 진리에 사람이 주인

정각도원正覺道源

진리의 근원을 올바로 깨달아

체지체능體智體能

내가 지혜와 능력을 얻어가지고

선도일화仸道一和

하늘 사람 진리에 하나로 조화하여

구활창생救活蒼生

하늘 안의 모든 생명체를 구하리.

❙ 마지막 강의

선사는 재입산 전의 마지막 강의를 종로 본원에서 하셨는데, 앞으로 전 세계에 닥칠 환란에 대한 이야기에서부터 미래 세상에 대한 전반적인 세상의 변화를 자세히 말씀하셨다.

그리고 머지않아 단전호흡이 꼭 필요한 때가 오니까 열심히들 수련하라는 말씀으로 끝을 맺으셨다. 그래서 나는 속으로 '강의가 끝났구나' 생각을 했는데 마지막으로 전혀 예상 밖의 말씀을 하셨다.

"앞으로는 영靈 싸움이 심해질 것입니다."

┃ 재앙으로 인한 죽음

선사는 앞으로 있을 지구의 변화를 설명하시다가 탄허 스님의 예언에 대해서 이렇게 언급하셨다.

"탄허 스님은 앞으로 지구에 환란이 오면 인류의 반 이상이 죽을 것이라고 하셨는데, 내가 보기에는 3분의 1 정도일 것 같다."

┃ 두 가지의 부족

선사는 지구의 변화와 자연의 재앙으로 많은 생태계가 파괴되고 훼손되면서 아직까지 풍부하던 자원 두 가지가 부족하게 된다고 하시며 이렇게 말씀하셨다.

"앞으로 환란이 닥치게 되면 무엇과 무엇이 부족하게 될 것이다. ○○년부터 미리 준비를 하되 그것을 1년간 소모를 한 후에 남은 것은 그대로 두고 다음해에는 전년보다 더 많은 양을 구입해라. 또 1년간 소모를 하고 또 남은 것은 그대로 두고 그 다음해에는 전년보다 더 많이 구입해놓는 식으로 몇 년을 준비하면 어려운 환란을 무난히 견딜 수 있을 것이다."

┃핵

지금 강대국이라고 하는 큰 나라들은 모두 핵을 보유하고 있다. 핵 무기들은 대부분 지하에 보관되어 있다고 알려져 있는데, 만약 지각의 변화가 일어난다면 그것 또한 안전하다는 보장은 할 수 없을 것이다.

선사는 전쟁에 대해 언급하신 적은 없지만 "핵은 터진다"고 예언하셨다. 어떤 이유로 그렇게 될 것인지는 알려주지 않으셨지만 분명 큰 사건이 될 것이고 그로 인해 환경 변화에 가속이 붙고 자연환경이 크게 오염된다고 하셨다.

┃급박함

선사는 환란이 오면 괴질이 돌아 사람들이 많이 죽게 되는데, 그 병은 역사상 전례를 찾아볼 수 없을 정도로 빨리 전염되어 사람을 바로 죽게 만든다고 하셨다.

"앞으로 환란이 닥쳐 급하게 되면 아침에 병 걸려서 저녁에 죽으니 미처 손쓸 시간이 없다. 자기 자식이나 부모가 병이 걸려 죽어가도 어떻게 해줄 수가 없어 보고만 있게 될 것이다."

그래서 그러한 때에 곁에 있는 사람들이 죽어가는 모습을 보면서 많은 사람들이 해결책을 찾느라 약도 써보고 별의별 좋은 방법을 총 동원해보지만 결국은 국선도 단전호흡 수련을 하여야 한다고 깨닫게 된다는 것이다. 수련이란 몸이 가지고 있는 모든 생리적 기능을 최대한 발휘하게 해주어서 면역력, 저항력, 자생력 등을 극도로 끌어올려주기 때문이다.

결론지어 말하면 환란 때 생기는 병에 대한 유일한 대안代案책이 바로 국선도 단전호흡 수련인 것이다.

지상선경에 관하여

_____앞에서도 말씀드렸듯이, 선사가 예언하신 환란의 기간은 7년 정도이다. 그 와중에 4~5년부터 대자연의 도를 터득한 수도인들이 많이 나와서 지상선경 건립을 위한 일을 하면서 점차적으로 세상을 바꾼다고 하셨고 또한 그렇게 바꾸도록 노력해야 한다고 하셨다.

그리고 살아남은 사람들은 인간 생명의 귀중함을 더욱 깨닫게 되고, 성현에게 의존하는 습관을 뛰어넘어 스스로가 성현과 같이 되고자 하는 풍토가 생기면서 점차 모든 종교가 통일된다고 예언하셨다.

그렇게 종교뿐만 아니라 사람들을 분열시켰던 모든 사상과 이념이 하나로 통합이 되어 새로운 사상이 생기는데, 그것이 바로 인체주의人體主義라는 것이다. 인체주의는 종교, 이념, 사상에 상관없이 신체를 가지고 있는 사람이라면 무조건 존중하는 실천 사상이다.

또한 선사는 전쟁을 일삼는 나라는 반드시 망하고 모든 무기는 농기계로 바뀐다고 하셨다. 그리고 전 세계는 하나의 나라로 통합이 되고 다시 한 나라 안에서 여러 개의 지역으로 나누어져 통치하게 되는데, 그 역할은 여자들이 하게 된다고 하셨다.

그 정도로 세상이 변화되면 모든 사람의 수준도 상당히 높아지는데 전 인류는 모두가 수련을 하게 된다고 하셨다.

그래서 사람 육신의 몸은 모든 혈맥이 다 트이고 강력한 오라의 형태를 가진 빛의 몸으로 변화가 되고, 영성靈性은 고도로 발전하여 눈에 보이는 가족이나 친구 등의 주변인들, 즉 살아 있는 사람들과만 소통하는 것이 아니고 현재는 볼 수 없는 조상 선령님들을 집집마다 모시고 소통하며, 돌아가신 영들도 자손이 보고 싶으면 언제든지 집으로 와서 만날 수 있게 된다고도 하셨다.

그리고 대자연의 도道를 완전히 터득한 11인이 나와 우주와 인간에게 절대 바뀔 수 없는 영원한 법인 영법永法을 영법대永法臺에서 만들어주어 이 법으로 세상을 다스리게 된다고 하셨다.

이때가 바로 지상선경이 건립되는 것이고, 영원히 사람들 모두가 진정한 참된 삶을 살게 된다는 것이다.

▌우법

선사는 입산하시던 해에 내게 앞으로 일어날 미래에 대해 집중적으로 말씀을 해주셨는데, 나는 그때 '우법'이라는 말을 들었으나 그것이 한자로 비 우雨 자인지 아니면 다른 우 자인지를 미처 여쭤보지 못했다.

"환란을 겪고 나서 밝은 세상이 될 적에는 모든 탁한 것을 깨끗하게 청소해야 하는데 언젠가 때가 되면 사람이 찾아올 것이다. 그러면 '당신은 어디로 가시오. 나는 어디로 갈 터이니' 하고 나누어 가서 손에 무엇을 어떻게 하여 하늘의 시간과 지상의 시간을 맞춰 법法을 걸면 모든 탁기濁氣가 없어지는데 나와 제일 가까운 사람은 너이니 네가 이 일을 하거라! 이것을 우법이라고 한다."

❙ 큰일을 할 때

선사는 환란 이후 사람들이 모여 점차 세상을 바꾸려는 일을 하게
될 때에 대해 이렇게 말씀하셨다.

"대사大事는 혼자 못 하는 법이다. … 앞으로 세상의 큰일을 할 때는
어떤 어떤 사람들이 도와주게 될 것이다."

그리고 메모해놓으신 노트에는 이런 글귀가 있었다.

일화문一和文

진인眞人 오십시요(悟拾時僥)

一. 옥실玉室 화목和睦생활生活 보장자保障者

一. 성인聖人 의존依存생활生活 불참자不參者

一. 인류人類 일화一和종주倧主 사명자使命者

一. 자기自己 정명定命전지全知 경보자頃步者

一. 인류人類 원귀源歸원지願知 정각자正覺者

一. 승시乘時 대기大氣대승大乘 구활자救活者

一. 대도大道 정각正覺체득體得 선화자善化者

一. 일화一和 진의眞義각성覺性 실천자實踐者

▎ 인체주의人體主義

하루는 인체주의에 대해 말씀을 해주시다가 이 말에는 두 가지 뜻이 있다고 설명하셨다.

첫째는 대우주의 형상을 그대로 축소한 소우주인 인체만 알면 모든 대자연의 이치를 다 알 수 있다는 의미이고, 둘째는 사람에게서 생긴 이념, 종교, 사상에 상관없이 신체가 있는 개인 하나하나를 모두 존중한다는 의미이다.

그리고 이렇게 덧붙이셨다.

"앞으로의 세상은 모든 사상과 종교가 통일되어 인체주의가 된다."

▎ 종교의 기旗와 마크

선사는 미래의 종교에 대해 알려주시다가 이런 말씀을 하셨다.

"세상에 잘 알려진 종교나 사이비 종교까지도 모두 저마다 마크가 있는데, 그 마크를 보면 앞으로 세상에 무엇을 할 것인가 알 수 있다."

▎ 정신과 물질문명

미래 세상에 대한 선사의 가르침 중에는 물질문명과 정신문명에 대한 이야기도 있다.

"인류 문명이 변화되어온 것을 보면 마치 사이클 곡선같이 물질문명은 물질문명대로 정신문명은 정신문명대로 흥망성쇠를 반복하며 진화되어왔는데, 어느 시기에 가서는 정신문명과 물질문명이 번성하는 최고의 시점이 서로 만나는 때가 있다. 그 시점에서는 그동안 쌓여온 인간의 지혜로 말미암아 더 이상 쇠퇴함 없이 정신과 물질문명을 더욱 발달시켜 나가게 되는데, 이것이 바로 조화 선경세상이다. 그리고 그때에는 사람들 입에서 '이상하다, 신기하다, 기이하다'와 같은 말들이 사라지게 된다."

▎종교인

선사는 종교를 믿더라도 기복 신앙처럼 성현에 의존만 하려고 해서는 안 되고 스스로 성현이 되려고 노력해야 한다고 말씀하셨다.

▎앞선 자와 뒤선 자

미래에 대한 예언 중에 이런 말씀을 하신 적이 있다.

"앞으로는 앞섰다는 자가 뒤선 자만 못하고 눈 떴다는 자가 눈 감은 사람만 못한 때가 온다."

▋부자

나는 많은 사람들이 물질적으로 어렵고 힘들게 사는 것 같아 선사께 이렇게 여쭈었다.

"후천에는 사람들이 어떻게 사나요?"

"모든 것이 조화가 잘 되어 살고 아홉에 한 명꼴로 부자가 있을 것이다."

▋영화대靈和臺

후천 세상에서는 모든 사람이 일정기간 수련을 하여 도를 이루고 나서 각자 정명에 맞게 맡은 소임을 완수하고 때가 되면 육신을 벗게 된다(죽는다). 그러나 그것은 현 인류가 겪는 죽음과는 많은 차이가 있는데, 선사는 이렇게 설명하셨다.

"앞으로 누구나 정명을 완수하고 죽음을 맞이하면 영혼들을 모시는 영화대靈和臺라는 곳으로 가게 된다. 그리고 그곳에 머물며 있다가 자손들이 보고 싶으면 언제든지 집집마다 집안에 마련된 선령님들을 모시는 곳으로 찾아와 자손들을 만나볼 수 있다."

▋선과 악

한번은 선경仙境 세상에 대해 생각하다가 선사께 이런 질문을 드린 적이 있다.

"아버님, 선경仙境 세상이 되면 선善과 악惡 중에 악은 완전히 없어지나요?"

"아니다. 악惡은 없어지지만 선善 안에 또 선善과 악惡이 있다. 그러나 그 악惡은 지금의 악惡의 입장에서 보면 선善에 해당한다."

▌밀월여행

하루는 종로 3가 본원의 빌딩 옥상에서 달을 바라보시다가 선사께서 말씀하셨다.

"남준아! 우리말로 신혼여행을 밀월蜜月여행이라고 하지?"

"예."

"앞으로는 실제로 신혼여행을 달로 갈 때가 온다. 그래서 밀월여행이란 말은 앞으로 쓰일 말이다."

▌전쟁의 도발

선사는 환란 뒤에도 자꾸 전쟁을 일으키려는 나라가 만약 있다면 어떻게 될 것인가에 대해 이렇게 말씀하셨다.

"앞으로 전쟁을 일삼는 나라는 반드시 스스로 망하게 된다. 그리고 세상에 있는 모든 무기는 농사짓는 도구로 바뀌게 된다."

┃ 비행기

선사는 미래 세상의 비행기에 대해서도 말씀하셨다.

"앞으로의 비행기는 갈 거리만큼 수직 상승했다가 그대로 도착지점으로 내려오게 된다."

┃ 학력

선사는 대학 교육에 대한 대화를 하시다가 이렇게 말씀하셨다.

"앞으로는 하버드나 캠브리지 같은 대학을 나오면 어느 정도 인정을 해주겠지만, 결국 대학 나온 사람이나 안 나온 사람이나 다 똑같은 때가 온다."

┃ 토기土氣

선사는 강의 중에 이런 말씀을 하셨다.

"앞으로는 토기土氣가 신장된 민족이나 국가가 세계를 지배한다."

토기土氣란, 과불급過不及과 같이 기氣가 한쪽으로 치우치지 않고 육체와 정신 또는 의식과 사상이 잘 조화되어 있는 상태를 말한다.

▌외국인과의 대화

전 세계가 통합되었을 때 영어를 못하는 사람들도 상당히 있을 것 같아 의사소통에 대해 질문을 드렸더니 선사는 이렇게 말씀하셨다.

"앞으로 외국인들과의 대화는 음성기계가 보편화되어 상대방 말이 모두 자기나라 말로 번역되어 들리므로 서로 어려움 없이 의사소통을 하게 된다."

이미 이런 기계가 있는 것으로 알고 있는데, 아마 앞으로는 더욱 발달되고 보편화되지 않을까 생각한다.

▌탈고 안 된 글

앞서 소개한 「상우도인」 이야기 외에도 선사께서 원고에만 적고 탈고를 안 하신 글이 있는데, 그것은 『삶의 길』의 뒷부분에 나오는 「원래방」 이야기의 감춰진 부분이다. 그 원고를 내게 읽어보라고 주신 적이 있어 긴 내용이지만 여기에 간단히 요약하여 소개하려 한다.

이 「원래방」 이야기는 선경세상을 그리는 수련자들의 이야기라고도 하고, 영혼세계라고도 하고, 앞으로 다가올 세상이라고도 하는 신비세계에 대한 것이다.

하루는 시골에 사는 세 명의 노인이 영법대(영원한 법을 만드는 곳)라는 나라님이 계신 곳으로 구경을 왔다.

그때 마침 나라님과 선관 선녀들, 그리고 법을 만들고 집행하는 관료들이 모여 회의를 하고 있었는데, 세 노인은 관람석에 앉아 회의를 지켜보며 백성들을 위해 세심한 배려로 애쓰는 모습을 보고 큰 감명을 받았다.

회의가 끝나고 세 노인은 나라님과 예를 나누고 나라님의 권유로 영법永法의 조항들을 보았고, 다 본 후에 아직도 시기와 질투와 병고, 전란으로 고생하는 곳이 있다는 이야기를 듣게 된다.

세 노인은 아직도 그런 곳이 있다면 한번 가보자고 이야기를 했으나 한 선녀가 그런 곳은 안 가는 것이 좋을 것 같다고 하여 가는 것을 포기한다.

『삶의 길』 책에서는 이야기가 이렇게 끝나지만, 내가 본 원고에는 이 세 노인이 아직도 시기와 질투와 병고, 전란으로 고생하는 현실 세상으로 구경을 가게 된다고 쓰여 있었다. 그리고 현실 세상에서 사람들을 만나는데, 그 사람들은 바로 지금 사람들이 성인으로 받들고 있는 분들이었다.

세 노인은 이분들을 찾아가 한 분씩 순차적으로 만나 대화를 하여 모두 한마음이 되어서 함께 원래방으로 간다는 은유적인 이야기였다.

후에 내가 선사께 "이 원고는 왜 책에 안 실으셨어요?" 하고 여쭈자 선사는 이렇게 대답하셨다.

"아직은 때가 아니다. 그리고 원래방 이야기는 종교를 통일할 때 쓸 내용이다."

❚ 빛의 몸

수련의 높은 경지와 미래에 대한 말씀을 하실 때 이런 말씀도 해주셨다.

사람은 누구나 몸에서 뿜어지는 빛 에너지가 있는데 이것을 '아우라'라고 한다.

그런데 수련을 하여 기가 강해지면 이것이 머리 쪽 후광으로 나타나기도 하지만 더 높이 닦아 올라가면 온몸에서 아우라가 뿜어지는데 점차 육신이 빛의 몸으로 변하는 것이다.

미래에는 모든 사람들이 수련을 하여 빛의 몸이 될 것이고 선경仙境 세상이란 결국 빛의 세상을 말하는 것이다.

그러나 아직은 빛을 말할 때가 아니다.

이 말씀을 듣고 나는 선사가 지으신 『국선도』 책 머리말 부위에 있는 글귀가 새롭게 해석되었다.

"온 누리가 밝아오니 그릇(心身)을 깨끗이 닦아 붉(光明)을 선물(膳物) 받자."

앞으로 점점 누구나 꿈꾸는 밝은 선경세상으로 바뀔 것인데 수련으로 몸과 마음을 맑고 깨끗하게 만들어 빛의 사람으로 거듭나는 밝은 빛의 선물을 받자는 의미이다.

또한 『삶의 길』이란 저서에는 무진단법 수련기 중에 빛에 대한 변화 체험의 글을 한 구절 표현하셨다.

"다시 몸을 모아 든을 모으면 모을수록 곳은 밝아져서 천지가 환하게 보이고 숨은 한없이 맑고 깨끗하게 위력의 빛이 나가니 이 경지에 들지 않고 어찌 그 참맛을 알겠는가!"

❙ 율려몽律呂夢

선사는 평생 특별한 꿈을 세 번 꾸셨다고 하는데, 앞에 소개한 것과 같이 첫 번째는 학을 타고 선계에 간 꿈이고, 두 번째 꿈은 영계로 들어가시어 많은 가르침을 받은 것이다. 그리고 마지막 세 번째가 바로 율려의 세계에 들어가신 것이다.

그러나 그것은 꿈이라기보다는 영靈이 그대로 율려의 세계로 들어가 모든 것을 보고 나온 것인데, 이처럼 율려 안에 들어가 보면 시간과 공간의 개념이 사라지고 모든 영계靈界와 과거와 미래의 일들을 그대로 다 볼 수가 있다고 한다.

선사는 책에서 율려몽을 이렇게 설명하셨다.

"율려몽이란 옛 선지 성현과 수행자들이 한결같이 바라던 공도(천지인의 자연지도)의 세계를 그리다 꿈을 꾼 것이다. 그리고 원통한 한을 남기고 진원으로 돌아가면서 그곳을 꿈속 세계로 표현하니 이것이 곧 율려몽이다. 지상천국이니, 극락이니, 서천서역국이니, 천당이니, 낙원이니, 미륵불 세계니, 계룡산의 정도령 도읍이니 하는 수없는 말이 모두 율려몽을 가리키는 것이다."

또한 그 율려몽 안에서 보신 것은 천지인의 이치가 가장 잘 어우러져 영원히 바뀌지 않는 법인 영법永法이었고, 또 그 영법을 행하는 조화정부였다고 말씀하셨다.

❘ 영법대

서울 본원에 살 때 하루는 선사와 같이 계단을 오르면서 여쭈었다.

"아버님, 『삶의 길』을 보면 미래에 백궁이란 곳이 수도인修道人 교육기관으로 적혀 있는데 우연히도 지금 쓰고 있는 본원의 건물 이름이 백궁이네요!"

"그렇구나. 그리고 앞으로 유엔(UN)은 영법대永法臺가 되지."

영법대란 세상에 필요한 가장 이상적인 법을 만드는 후천 선경의 최고 기관을 뜻한다.

❘ 「국선도 구활문求活文」

「국선도 구활문」은 선사의 저서에 나와 있는 글이다.

언젠가 선사는 이 글들을 직접 한 줄씩 풀며 앞으로 해야 할 일들과 연관지어 자세히 설명해주시기도 했는데, 이미 앞에서 대략적인 설명을 했으므로 여기서는 원문을 소개하는 정도로 마치려고 한다.

一. 팔방기산八方箕山에 봉봉이 우니 운도運度할 때다.

一. 자연승시自然乘時하여 억조창생億兆蒼生을 구활救活한다.

一. 도원道源의 진의眞意로 만류萬類 심전心田을 선화善化한다.

一. 전全 인류人類에게 진건강법眞健康法인 단법丹法을 준다.

一. 창생蒼生은 맡은 정명定命을 완수完遂하여야 한다.

一. 억조창생億兆蒼生은 일화一和로 선화법善化法을 행行한다.

一. 도원道源의 진의眞意로 효근상애孝根相愛는 자연自然 된다.

一. 만류萬類 원통冤慟한 한恨을 선법仙法으로 해원解冤한다.

一. 도원道源의 역행자逆行者는 삶의 정도正道가 막힌다.

一. 천기天氣 연단煉丹 즉卽 자연화기自然和氣 천인묘합天人妙合 된다.

一. 우주진리宇宙眞理와 생명진리生命眞理 체지체능體知體能 한다.

一. 열화작란烈火作亂 필경必竟 망亡하고 세계통일世界統一 된다.

一. 만법萬法과 사상思想은 합일合一하여 영법永法이 된다.

一. 천지인天地人 삼합三合으로 태평가무시대太平歌舞時代이다.

一. 금수강산錦繡江山 조양국朝陽國 도원道源의 종주국宗主國이다.

一. 내가완례乃加完禮 홍동지洪同志 여의주如意主라.

❙ 압축된 법문

선사는 1970년대 초에 책을 저술하시면서 앞으로 50년 뒤에 일어날 환란과 그 이후 점차 지상낙원인 선경세상을 만들기 위하여 우리 후인들이 하여야 할 일들과 방향을 압축된 시와 같은 법문을 피력해 놓으셨다.

활진계活眞計

一. 오진吾眞은 자연승시自然乘時로 대기대승大氣大乘하여 구활救活한다.

一. 오진吾眞은 일화지도一和之道로 정각체득正道體得하여 경보頃步한다.

一. 오진吾眞은 천지단기天地丹氣로 진선승화眞仙昇化하여 선화善化한다.

행行: 진실眞實은 정명定命을 완수完遂한다.

동動: 영법永法은 천인天人을 화합和合한다.

결結: 태극太極은 일화一和로 승화昇化한다.

실實: 구활救活은 선도仙道로 실천實踐한다.

역천자逆天者는 천지영법天地永法을 감득感得하여야 한다.

전인류全人類는 효근상애孝根相愛를 실천實踐하여야 한다.

백의족白衣族은 인류평화人類平和를 성취成就하여야 한다.

활의문活意文

백일고행百日苦行 진리초입眞理初入 천일수도千日修道 무병장수無病長壽

만일행공萬日行功 무궁조화無窮造化 전지전능全知全能 영생화락永生和樂

무시무종無始無終 자연조리自然造理 무진무공無眞無空 천지영법天地永法

유적유성有寂有醒 조화선경造化仙境 영생무궁永生無窮 천진선인天眞仙人

공진벽空眞闢

금수강산錦繡江山 백천국白天國 구활진주救活眞主 정정처定呈處

기산봉명箕山鳳鳴 운도시運到時 만류평화萬類平和 일언정一言定

운기행공運氣行功 진주효眞主曉 백두광명白頭光明 선도법仙道法

인천황황人天篁黃 조화정造化晟 일화통일一化統一 영법대永法臺

선화경善化竟

심전선화心田善化 선도법仙道法 만류해원萬類解寃 선도법仙道法

천지신기天地神機 선도법仙道法 만화일귀萬化一貴 선도법仙道法

창민일화蒼民一和 선도법仙道法 태평가무太平歌舞 선도법仙道法

이재전전利在田田 선도법仙道法 천지창조天地創造 선도법仙道法

종교통일宗敎統一 선도법仙道法 제방통일諸邦統一 선도법仙道法

영세무궁永世無窮 선도법仙道法 지상천국地上天國 선도법仙道法

조화선경造化仙境 선도법仙道法 인체주의人體主義 선도법仙道法

진주출세眞主出世 선도법仙道法 연화작란然火作亂 필경망必竟亡

일체창민一切蒼民 구활령救活零 대선진리大仙眞理 만만세萬萬歲

❚ 국선도의 노래 가사

국선도에도 오래전부터 전래되어 내려온 노래가 있다.

그중에 「선도찬가」는 선사가 수련생들과의 여흥 모임 자리에서 직접
노래로 화답을 하셨던 노래이다.

그 이후 「선도찬가」는 종종 행사 때 불리기도 했으며 노랫가락에 맞
추어 지금은 악보를 만들기까지 하였다.

그 이외의 노래들은 곡조는 모르되 가사에 있어서는 앞서 소개한 법
문 못지않은 내용들이 지금의 시기와 앞으로 벌어질 미래의 예언이 내
포된 함축된 가사라는 점은 의심할 여지가 없다.

선도찬가仙道贊歌

一. 대자연의 높은 진리 한몸에 깨쳐
　　선도원법 예왔노라 여기 왔노라
　　인과응보 인영 따라 맺어진 진리
　　억조창생 구하고저 여기 왔노라

二. 우주도원 거센 법력 대기를 타고
　　사바세계 곳곳마다 구활할 적에
　　선도원의 수도자들 무불능통해
　　억조창민 대상 되어 영원하리라

三. 참된 진인 높은 뜻은 말이 없으니
　　인연 따라 연맥도통 주어진 권리
　　한반도의 백의민족 도왕국이요
　　억조창민 이어받을 선도법일세

도심가道心歌

一. 억조창생 구제길에 선도대법 나왔으니
　　금수강산 백의민족 수도정심 어서갖세
　　삼단정기 수련하면 자아완성 물론이요
　　선도원법 깨달아서 구활창생 하리로다

二. 현묘지도 금수강산 동방신선 예의국에
　　우주도원 하강하여 구활진리 선언하니
　　삼계일체 대천국은 순식간에 될것이요
　　수도자의 도력법은 영세무궁 빛이나리

三. 우리시조 광명도덕 우주내에 밝혀보세
　　자자손손 계계승승 영화번영 안겨주며
　　선도원의 무극진리 우주내를 한집하고
　　양생지도 조화선경 지상천국 만든다네

개벽가開闢歌

一. 선천도수 개벽하여 변화가 되니
　　선관선녀 하강하는 후천도수라
　　후천도수 인연 잇는 우리 민족아
　　세계통일 평화 위해 앞장을 서자
二. 진리근원 높은 도력 계승을 받고
　　개벽도수 시대 맞춰 출연을 하니
　　숨은 인재 수도자들 모두 모여서
　　우주영법 대도진리 밝혀봅시다
三. 선도원법 광명도덕 하강을 하니
　　살생무기 개벽하여 농기구 되고
　　자연진리 순종하는 우리 민족아
　　일화통일 광명세상 돌아온다네

도왕가道王歌

一. 출도출도 알고보니 진리출도요
　　도원왕국 알고보니 종주국이라
　　신령도체 합일하여 능통을 하니
　　금수강산 백의민족 도왕국이라
二. 생도 사도 아닌 법은 영법이구요
　　진리근원 알고 보면 천인합이라
　　천지인의 합일법은 선법 대도요
　　선관선녀 되고보면 영생이로다
三. 대기대승하는 법은 선법이구요
　　백두광명 선도법은 자연승시라
　　억조창생 구활코저 나타났으니
　　세세년년 무궁토록 영원하리라

선경가仙境歌

一. 전인류를 고해에서 구활하려고
   심산유곡 초근목피 고행을 하신
   성진선령 뜻을 따라 수도를 하면
   우주진리 체득하고 선인이 되어
   천지인이 일화통일 낙원 된다네

二. 우리 모두 선도원법 수련을 하면
   병고전란 기아고통 물러를 가고
   선령님과 동고동락 영화뿐이다
   자인자득 수도정심 닦아가면은
   조화선경 지상천국 건립된다네

三. 인류원귀 봉안하여 충효를 하는
   배달정기 선경국에 광명선도는
   천지인이 합일하는 영법이로다
   수도하여 지옥생활 청산을 하고
   선인되어 조화선경 생활을 하세

선화가善化歌

一. 우주진리 정기 받아 태어난 이 몸
   우주로써 집을 삼고 수도를 하여
   심전선화 되고보니 영화뿐이네
   병고전란 기아고통 벗어났도다

二. 선령님의 보호받고 태어난 이 몸
   선령님과 동고동락 수도를 하니
   심전선화 자연되어 선인이 됐네
   선인됨이 선령님의 덕분이로다

三. 대자연의 보호받고 태어난 이 몸

대자연과 합일하는 선수련하니

심전선화 자연되어 자연을 타네

자연승시 되고보니 나타났도다

효행가孝行歌

一. 부모님의 은공으로 나의생명 태어났으니

　　이생명은 부모님의 것이란걸 알아보면은

　　태산같은 부모은혜 어찌하여 다갚아볼까

　　효도하고 공경하여 부모은공 갚아봅시다

二. 병고에서 욕볼세라 고이고이 길러내주신

　　이생명은 부모님의 것이란걸 알고보면은

　　하해같은 부모은혜 어찌하여 다 갚아볼까

　　참의나를 깨달아서 선인되어 갚아봅시다

三. 추울세라 더울세라 고이고이 길러내주신

　　이생명은 부모님의 것이란걸 알고보면은

　　매사조심 부모마음 불편없이 하여드려서

　　영원토록 편케모셔 부모은공 갚아봅시다

일화가一和歌

一. 몸과 마음 선도로서 수련하고

　　천지대법 깨달아서 하나되고

　　일화로써 너와내가 하나되어

　　조상님을 편안하게 모시고서

　　영법에서 동고동락 영생하세

二. 몸과 마음 수련하여 하나되고

　　천지간에 조물주를 깨달아서

　　신령도체 체지체능 합일하여

영법으로 억조창생 구활하고
일화로써 조상님과 영생하세
三. 몸과 마음 수련하여 하나되고
자연진리 올바르게 깨달아서
우주진리 나의 기운 합일하여
우주기운 내가타고 선인되어
조화잘된 선경에서 영생하세

▌왕중왕王中王

하루는 경기도 광주의 야외수련장에서 선사와 나란히 산책을 한 적이 있는데, 그때 선사는 아무 말 없이 가시다가 문득 나를 바라보며 물으셨다.

"너 왕중왕이라는 말 들어봤지?"

"예!"

"그 말은 앞으로 쓰이게 될 말이다.

앞으로 후천 세계에는 전체 지구가 한 나라로 통일될 것이다. 행정은 여섯 개의 대륙으로 나누어지고 대륙마다 한 명의 왕이 있어 여섯 명의 여자 왕이 통치를 하게 될 것이다.

임금 왕王 자에서 첫 번째 획은 할아버지 격인 대도인大道人 구활진주 열한 분이고, 중간의 획은 아버지 격인 정장斄長이고, 맨 아래 획은 여섯 명의 여자 방주를 의미하는 것이다.

그래서 할아버지 격인 대도인들이 영법대에서 영법永法을 만들어서 아버지 격인 정장에게 주면, 정장은 다시 어머니 격인 여자 왕이자 대통령들에게 법을 준다. 그러면 여자 왕들은 그 법을 받아 여성의 부드러움과 온화함으로 나라를 다스리게 되는데, 이것이 가장 이상적인 것이며 그것을 이어지게 만든 글자가 왕王 자이니 왕중왕王中王이란 말은 앞으로 쓰일 말이다."

| 11인

선사는 미래에는 수련을 통해 우주의 모든 진리를 얻어 가진 분들이 나와서 대자연과 합일된 사람의 법을 만들어준다고 말씀하셨다.

"미래의 세상에는 영법永法을 만들고 집행하는 일을 하는 높으신 분들이 열한 분인데 이분들을 구활진주救活眞主라고 부른다. 그러나 실제로는 열두 분인데, 한 분씩 순차적으로 산에 들어가서 수도를 하므로 열한 분이라 하는 것이다."

아래는 『삶의 길』에 실린 구활진주에 대한 내용이다.

> 살리는 글(救活文)
> 一. 우리 구활진주救活眞主 일동은 밝을 닦아 얻음으로써 억조창생億兆蒼生에게 밝뜻(自然法則)대로 살아가게 함을 온 누리에 알리노라(活計眞理宣言).
> 一. 하늘의 홀을(음양)은 하나의 흙(氣)으로 모두를 만드니(天地萬物創造) 구활진주 일동은 자연 때가 되어(自然乘時) 그 뜻을 올바로 알아내어 얻음으로써(全知全能의 體得) 그 뜻을 누리에 두루 펴노라.
> 一. 이제 하늘 뜻(自然法則)이 억조창생의 사는 곳에 이르니 억조창생은 그 영원히

변하고 바뀌지 않는 영법永法에 따라 살아갈지어다.

一. 두루 살피건대 전全 인류人類는 모든 것(宇宙萬有)을 알지 못하여(無知) 죄악罪惡에 서 헤어나지 못하고 스스로 죽음의 함정으로 휩싸여 들어가고 있는 것이다.

一. 억조창생들이여, 어찌 죽음의 함정을 모르고 스스로 파고서 들어갈 수가 있 단 말인가. 이제 그 죽음의 함정을 파고 들어가지 말고 바른 길로 갈지어다.

一. 우리 구활진주는 하늘 뜻을 받아 모든 죄악을 멸滅하고, 전 인류를 올바르고 참된 삶의 길로 인도하여 그 붉빛(光明)을 동녘(東方)으로부터 온 누리에 두루 비추게 하노라.

一. 우리 구활진주는 모든 죄악을 멸하고 하늘 뜻에 따라 일화통일一和統一의 참 된 뜻을 두루 펴노라.

一. 구활진주 일동은 누리의 큰 기운을 타고(大氣大乘) 사람으로 태어나 붉을 얻 어 가짐으로써 전 인류를 죄악에서 구하게 되었노라.

一. 모든 창생(一切蒼生)이 각기 자기에게 주어진 직분에 따라 행함(定命完遂)을 올 바르게 인도하고, 함께 축복祝福하며 밝은 하늘나라(白天國)를 세움을 온 누리 에 알리노라.

一. 전全 인류人類의 모든 사상(一切思想)과 모든 종교(一切宗敎)를 승화昇華시키어 일화통일一和統一의 영법永法을 온 누리에 펴노라.

一. 모든 살생무기(一切殺生武器) 만드는 것은 조금치도 용서치 않으며 모든 살생 무기를 생성 농기구(生成農器具)와 사람 삶에 편리한 기계로 바꾸어 만들게 할 것이며, 서로 침략함이 없는 영화법永和法을 알리노라.

一. 전 인류는 하늘 뜻에 따라 자유로운 생활에 조금도 부족함이 없도록 보호하 고 아끼어 협조할 것이며, 온 누리 가운데 가장 귀하고 영특하게 생겨난 것이 사람임을 알고 행복된 생활을 하게 함이다.

一. 구활진주는 일체창생一切蒼生을 올바르게 펴고 거둠으로 맞이하나니 오늘날 까지 악한 마음을 즉시 회개하고 붉은 하늘나라(白天國)를 세우는 데 모두 참 여할지어다.

一. 구활진주 일동은 일체창민一切蒼民에게 이상의 하늘 뜻에 따라 사는 법(永法)

을 펴노니 이를 지키지 않을 때는 하늘 뜻(自然法則)과 사람 뜻(人間法則)에 따라서 스스로 멸망滅亡하는 자멸법自滅法으로 다스리겠다.

▌미래 영법永法을 보다

마지막으로, 앞에서 소개한 내용들을 총정리하는 차원으로 선사의 글 중에서 백천국白天國이라는 이상적인 지구 미래의 나라를 모델로 하여 만들어진 영법을 소개하고자 한다.

그러나 소개에 앞서 백천국이란 나라가 어떤 나라인가를 먼저 이해해야 한다.

백천국이란 정확히 표현하면 '빛의 천국'이다.

모든 암흑의 어두운 세력이 사라진 광명의 빛만이 존재하는 세상이며 나라인데 이것이 미래의 지구 모습인 것이다.

모든 사람은 기혈의 극대화로 내면의 오라의 영역이 확장되어 모두가 빛 사람으로 DNA자체가 변화되고 또한 새로 태어나는 아이들은 변화된 DNA의 지금과 다른 유전자를 가지고 태어나는 시대이다.

그때에는 영성靈性이 고도화되어 돌아가신 조상님도 집으로 초대하여 직접 살아 있는 것과 같이 대화를 할 수 있고 서로 간에 보고 싶으면 얼마든지 만날 수 있는 정도의 세상인 것이다.

이렇게 변화된 세상에서 전 세계를 단일 정부가 운영을 하는 것이다.

그리고 앞에서 잠깐씩 소개한 제일 웃어른으로 우주 대자연의 대도

大道를 이룬 구활진주 11분이 우주 근원으로부터 법을 받거나 직접 내려 조화정造化晸(미래 정부의 명칭)의 수장인 정장晸長 1인에게 주면 정장은 전 세계 6개 대륙의 대통령 격인 6명의 여성 방주들에게 법을 전달하게 되어 있는 것이다.

이것이 미래 빛의 지구인 백천국의 핵심 사항이자 구조인데 이것을 이해하고 영법의 글을 보면 이해하는 데 많은 도움이 될 것이다.

머리글(序文)

이 영법은 하늘 뜻(自然法則)과 올바른 사람 뜻(人間法則)에 꼭 맞도록 닦아 얻어 가진(體得) 구활진주 일동(救活眞主 一同)이 정정하여놓은 영원히 바뀌고 변할 수 없는 영법이다.

붉은 하늘나라 영법(白天國 永法)

❖ 제1원 총벼리(第一源 總則)

제1규(第一規)

하늘 뜻에 따라 세우게 된 나라 이름(國號)을 밝은 하늘나라(白天國)라 부른다.

백천국의 주권은 하늘 뜻과 사람 뜻을 받아서 구활진주가 그 권능權能을 행사行事한다.

제2규(第二規)

백천국의 권능權能에 속하는 곳(領域)은 하늘과 땅(天地自然 一切), 모두를 포함한다.

제3규(第三規)

백천국의 권능 안에 속하는 모든 것은(億兆蒼生 自然物 一切) 구활진주의 지배 아래 둔다.

제4규(弟四規)

전全 인류人類는 서로 합심하고 서로 아끼고 사랑함을 그 근본根本으로 삼는다.

제5규(第五規)

전 인류는 어떠한 차별대우를 받을 수 없으며 할 수도 없다. 제방諸邦도 마찬가지다.

제6규(弟六規)

전 인류는 누구를 막론하고 생활권生活圈에서 마음대로 하늘 뜻에 따라 최대의 자유가 보장되며 마음대로 이전하여 살 수 있다.

제7규(弟七規)

전 인류는 자기의 직분대로 행하며(定命完遂) 살아가는 데 모든 생활은 자의自意며 보호를 받는다.

❖ 제2원 사람이 근본(第二源 人體主義)

제8규(第八規)

전 인류는 사람을 근본으로 삼고 사람은 대자연의 주인(大自然의 主)으로서 자연自然을 보호하며 이롭게 쓰고 개발開發함은 자유다.

제9규(第九規)

전 인류는 영법을 준수실천遵守實踐함으로써 대자유大自由가 보장되어 스스로 영법을 거스르지 못하며 범법시犯法時는 스스로 자멸법自滅法을 받는다.

제10규(第十規)

전 인류는 서로 협조하고 아끼며 살아가는 마음으로 모든 생명체를 멸시하거나 두려워함이 없이 보살피어 함께 즐거운 생활을 하여야 하며, 그 행함을 거역하지 말지어다.

제11규(第十一規)

전 인류는 매사를 알아서 행하되 설혹 행위行爲에 위험이 따를지라도 정명定命(정해진 운명)의 잘못이 있을 때는 이도 영법의 벌罰을 받게 된다.

제12규(第十二規)

전 인류는 대자연의 주인(大自然主)으로서 정명命대로 행하며 억조 창생을 내 몸과 같이 사랑하고 아끼며 스스로 자라고 커감을 보호하며 가꾸어야 한다. 단, 참된 마음에서 우러나오지 않는 행위는 스스로 벌을 받게 된다.

제13규(第十三規)

전 인류는 부득이한 경우를 제외하고는 자연생명체를 살해殺害하거나 있는 자연물을 파손, 분열을 할 수 없다.

제14규(第十四規)

전 인류는 자연의 산과 바다, 또는 금석과 일체물(萬物)을 아끼고 소중히 다루되 함부로 그 위치를 자기 뜻대로 옮겨놓을 수 없다(任意移動). 단, 부득이한 경우에는 해당한 곳에 신고하고 허가를 얻은 후에 할 수 있다.

제15규(第十五規)

전 인류는 항상 하늘 뜻에 감사하는 마음으로 모든 자연물(大自然物)을 도와주며 자라나 커감에 부족함이 없도록 돌봐야 할 것인즉, 밑거름과 물을 준비하고 모든 날짐승 동물에게도 먹이와 물을 힘자라는 데까지 돌보아주어야 한다.

❖ 제4원 권리와 의무(第四源 權利와 義務)

제16규(第十六規)

전 인류를 비롯한 억조창생은 서로 아끼고 사랑하는 마음으로 영법이 정하는 바 정명완수定命完遂할 자유와 권리 의무를 진다.

제17규(第十七規)

전 인류는 백천국의 영법을 준수할 의무를 진다.

제18규(第十八規)

전 인류는 자유를 허용하되 싸움은 용납지 않으며 한 집(一庭)의 경우도 동일同一하다.

제19규(第十九規)

전 인류는 영법 앞에 평등하며 모든 영역領域에 차별은 있을 수 없다. 훈장勳章 등의 영전榮典을 받는 자는 다소의 혜택을 받는다. 그러나 어떠한 특권은 이에 따르지 않는다.

제20규(第二十規)

전 인류는 누구나 영법이 정하는 바에 의하여 청원請願할 수 있다. 영법대에 보내는 청원請願은 어떤 곳을 경유치 않고 직접 제출할 수 있다.

제21규(第二十一規)

전 인류는 재해災害로부터 식생활과 모든 것(一切生活必需物)을 보장保障받을 권리가 있다. 또한 조화정은 이를 해결하여줄 의무를 진다.

제22규(第二十二規)

전 인류는 거주, 이전의 자유와 천재지변 시에도 임의로 이주할 수 있고, 천재지변의 피해를 합심하여 복구할 의무도 아울러 진다.

제23규(第二十三規)

전 인류는 협조생활을 하여야 하며 부득이한 경우를 제외하고는 다른 사람의 어려운 노력을 보고 협조함이 없을 때는 이도 죄를 범한 것으로 간주한다.

제24규(第二十四規)

전 인류는 자기에게 맞는 직업 선택은 자유이다. 일을 함에는 취미를 노력으로 합일合─시키어 스스로 꾸준히 임하여 몸에 해로움이 없도록 유의하여야 한다.

제25규(第二十五規)

전 인류는 백천국白天國에 대하여 근로, 납세, 교육의 의무를 지며 그 내역과 조건 및 대우는 인체주의 원칙에 따라서 영법으로 정한다.

제26규(第二十六規)

교육은 붉집(白宮, 배움의 집)에서 여섯 살부터 아홉 해를 배울 권리가 있으며 또한 배울 의무를 진다.

제27규(第二十七規)

전 인류는 누구나 들어오는 수입에서 일부를 스스로 나라에 내야 할 의무를 진다. 따라서 나라에서 필요할 때는 성금을 낼 수 있다(세부사항은 별도로 정한다).

제28규(第二十八規)

전 인류는 누구나 다른 사람에게 누를 끼치는 행위는 절대 금하며 이를 발견하는 즉시 신고할 의무를 진다.

제29규(第二十九規)

전 인류는 어떠한 형태의 사상적 분열도 용납지 않으며 붉을 닦아 나갈 의무와 권리를 가진다.

제30규(第三十規)

온 누리의 모든 것은 일체(萬有一切) 백천국의 것이다. 전 인류는 매사에 각자가 관리 사용하는 모든 것이라도 함부로 남용하면 스스로 죄가 된다. 보호하고 아낄 의무를 진다.

제31규(第三十一規)

전 인류는 생활에 쓰고 남는 모든 재산을 나라에 보관할 수 있다. 나라에서는 이를 잘 보호하여 살펴주어야 하며, 보화寶貨 관계는 늘 리어줄 의무를 진다.

❖ 제5원 옥실제도(第五源 玉室制度)

제32규(第三十二規)

사람이 태어남은 이웃과 더불어 기뻐하며, 나라와 이웃이 보호하여 주되, 스스로 활동할 수 있는 열다섯 살에 이를 때까지 나라에서 보호하며, 양육과 교육의 책임을 진다.

제33규(第三十三規)

전 인류 중 누구나 얼, 넋, 영을 띄울 때(死亡)는 즉시 얼, 넋, 영이 모이는 영화대靈和臺에서 살게 한다.

제34규(第三十四規)

전 인류는 조상이 사시는 영화대靈和臺에 계신 분이 잠수실 정기精

氣를 공급하고 예로써 높이 받들어 모셔야 한다.

제35규(第三十五規)

전 인류는 누구나 옥실에 조상 선령이 와 계시면 편안히 계실 곳인 봉안궁奉安宮을 마련하고 항시 예로써 모셔야 한다.

제36규(第三十六規)

나라에는 악심이 조금이라도 있는 얼, 넋, 영을 선화령궁善化靈宮으로 보내어 맑고 깨끗하게 하여 영화대로 가시게 하여야 한다.

제37규(第三十七規)

전 인류의 6세 전의 아이는 절대 천진天眞이므로 영법을 거스르지 않으니 그 천진이 행하는 바를 거스르지 못한다. 단, 옥실玉室의 가르침은 있어야 한다.

제38규(第三十八規)

전 인류는 조상과 부모에게 막중한 감사를 효도로써 보답하며, 매사에 정성을 다한다. 아울러 자손에게도 웃어른으로서 동일同一하게 사랑으로 인도하고 가르쳐야 한다.

제39규(第三十九規)

전 인류의 결혼은 17세 이상으로 양쪽 옥실의 부모에게 완전한 승낙과 당사자 합의로써 성립하되, 이것이 결여되면 결혼은 인정치 않는다.

제40규(第四十規)

전 인류의 결혼은 일부일처一夫一妻로 정한다(세부사항은 별도로 정한다).

제41규(第四十一規)

전 인류의 옥실에는 그 직분에 따라서 행하는 바가 따로 있으니,

조부는 옥실의 제일 어른으로서 슬하의 자손에게 사랑으로 인도하고 옥실 밖과 모든 일을 총섭總攝하고 보살피며, 맡은 일을 한다.

조모는 옥실 안의 모든 일을 보살피며 자손을 아끼면서 키우고 일에 도움을 주며 맡은 일을 한다.

남편(夫)은 아내(妻)를 자기 몸과 같이 아끼고, 자기의 맡은 일을 하며 옥실의 조화調和를 이루며 생활해야 한다.

아내는 남편을 하늘처럼 받들고 섬기며 따르고, 남편을 도와서 조부모와 웃어른 친척에게 화목으로 받들어 섬긴다.

자손된 사람은 효도로써 그 행함에 부족이 없도록 할 것이며 모든 말씀에 복종 실천하고 배워야 한다.

조부모일지라도 자손에게 그들의 뜻에 어긋나거나 해로움을 줄 수 없다. 부모나 웃어른도 역시 그러하다.

제42규(第四十二規)

조화정造化嵒과 제방諸邦 방주邦主 급에 해당하는 이상과, 천군天君의 천장天將 급 이상, 궁장宮長 급에 한하여서는 옥실의 특별한 보호를 받는다. 단, 생활의 특별한 보장은 받지 못하며 스스로 일을 해야 한다.

❖ 제6원 통치기구(第六源 統治機構)

제43규(第四十三規)

구활진주는 절대권자絶對權者로서 백천국의 모든 통치권을 주관하고, 조화정과 각 방 방주는 구활진주의 명을 받아 맡은 바 직책을 통할統轄한다.

제44규(第四十四規)

조화정造化畏의 정장畏長은 구활진주의 법을 받아 온 천하에 두루 펴고 다스린다.

제45규(第四十五規)

방주邦主는 정장畏長의 명命을 받아서 그대로 펴고 다스린다. 방주는 천하에 여섯이니 육방六邦이 된다.

제46규(第四十六規)

정장畏長과 육방六邦 방주邦主 밑에

신궁神宮을 두어 모두를 살피게 하고, 좋은 점을 골라서 상을 주게 하고, 나쁜 것은 서로 사랑하는 마음으로 지도한다.

명궁明宮을 두어 모든 자연물을 밝게 조사하게 하며, 개발도 한다.

보화궁寶貨宮을 두어 백성이 내는 금전, 재산 및 기타의 나라에서 운영하는 재산을 관장하고 보화창寶貨倉을 두어 돈을 만들고 보관도 하게 된다.

모궁募宮을 두어 사람을 모아서 할 일이 생기면 모으고 각 처에 직책대로 보내주기도 한다.

붉집(白宮)을 두어 모든 사람을 가르치고 훌륭한 인재를 양성한다.

생궁生宮을 두어 모든 사람이 생활하는 데 조금도 불편이 없도록 하여주는 일을 맡아 하고 의식주 문제를 관장한다.

전궁傳宮을 두어 모든 일이 생기는 것을 천하에 골고루 알리고,

산궁産宮을 두어 농사일과 어업의 일에 거두고 내보내어 지장이 없도록 하고,

연궁然宮을 두어 모든 만물을 이롭게 쓰게 하는 일을 하게 하고 도로와 교량 등 교통에 편리하도록 모든 것을 만든다.

조궁造宮을 두어 모든 것을 만들어 내어 생활에 불편이 없이 편리하

고도 사람에 조금도 해가 됨이 없는 것을 생산해내는 일을 하게 하고, 행궁行宮을 두어 모든 문물을 사고파는 것을 관장하며 공급한다.

이상의 각 궁에 필요한 것을 따로 법으로 정한다.

제47규(第四十七規)

천군天軍을 따로 두니 천군은 구활진주의 지배하에 둔다.

제48규(第四十八規)

법궁法宮은 영법을 어긴 자의 그 죄를 가린다. 법궁法宮에는 선화善化를 두어 그곳에서 죄를 회개하게 지도한다.

❖ 제7원 위임분권(第七源 委任分權)

제49규(第四十九規)

구활진주는 조화정造化晟을 수도권首都圈과 제방諸邦으로 나누어 통치統治하되 조화정造化晟과 육방六邦은 해당 지역을 자치自治토록 위임분권委任分權을 실시한다.

제50규(第五十規)

정장晟長과 방주邦主는 구활진주救活眞主 일동의 뜻이 합일하여 급제한 자로서 임명한다.

제51규(第五十一規)

조화정造化晟과 육방六邦에는 모든 것을 필요에 의하여 둘 수 있으나 천군天軍은 절대 둘 수 없다. 별도로 천군이나 살생무기를 만들 시는 엄중한 영법의 벌을 받는다.

제52규(第五十二規)

전 인류의 직위고하를 막론하고 올바르고 참된 것이 아니면 일체 할 수 없으며 부득이할 경우에는 해당 궁에 알리고 허락을 얻은 연후에 실행하여야 한다.

제53규(第五十三規)

천군에서 사용하는 기계류는 특별히 지정된 장소에서 생산하여야 한다.

제54규(第五十四規)

전 인류는 옥실을 지어도 위험이 따르지 않게 지어야 하며 울타리는 나무를 무성하게 길러야 한다.

우리가 나아갈 길

　　　　　　　　　지금까지 선사께서 밝히신 예언들을 살펴보았다.

나의 생각에 이 책을 본 독자들의 반응은 다양하리라고 추측한다.

그러나 그 흥미와 관심의 유무를 떠나서, 잠깐이나마 현재 지구의 상황을 생각해보았으면 한다. 작년부터 시작된 바이러스로 인한 팬데믹의 상황에서 계속되는 변이 바이러스로 전 지구적 죽음에 대한 두려움이 만연하고, 지구 곳곳의 이상기후, 그로 인한 생태계의 변화, 지진, 해일, 화산 폭발, 극지방의 해빙 등등 엄청난 변화의 현실을 누구도 부정할 수 없다.

실제 그동안 지구 곳곳에서 재앙으로 수많은 사람들이 사라졌다. 이제는 어느 민족 어느 국가이건 정도의 차이일 뿐이지 이 땅에 살고 있는 한 그 누구도 안전을 보장받지 못한다.

그렇다면 우리는 어떻게 해야 할 것인가? 여기에 선사는 명쾌하게 답을 제시한 것이다. 그 답은 바로 국선도법에 다 들어 있다고….

아니, 어찌 보면 청산 개인이 아니라 지고지명至高至明한 도를 닦은 인류 최상의 분들이 수천 년을 예시하며 자연승시自然乘時의 때를 기다렸다가 청산이라는 후인에게 구활창생의 임무를 주셨는지도 모른다.

그러면 오늘의 이 시점에서 과연 선조님들과 선사는 세상 사람들, 즉 우리가 어떻게 하기를 바라실까? 또 바라는 바는 무엇일까?

그 답은 누구나가 나름대로 추측해볼 수 있을 것이다.

나는 이에 대한 답을 선사의 사상에서 찾아보려 한다. 그 이유는 모든 행동지침은 결국 사상으로부터 비롯되기 때문이다.

첫째, 개전일여관個全一如觀.

이 말은 대우주와 인간 소우주, 또는 대자연과 나(자신)를 하나와 같이 보는 관점을 뜻한다. 풀어서 말하면, 사람은 대자연의 일부분이므로 대자연의 법칙과 순리에 동화되어 순천하는 삶을 살아야 한다는 것이다.

선사는 자신의 육체를 만들어준 조상 선령님들과 정신을 만들어준 하늘에 감사한 마음의 효를 행하는 대효지심大孝之心을 가져야 한다고 저서와 많은 강의에서 말씀하셨다. 그리고 대우주의 변화 법칙에 맞추어 소우주인 사람도 그러한 변화 법칙에 합일하는 수련을 해야 한다는 것이다. 이것을 대욕지심大慾之心이라고 한다. 사욕私慾이 아닌 우주와 합일하고자 하는 공욕公慾의 큰마음으로 누구나 수도정진하여야 한다는 뜻이다.

결론적으로 말하면, 자연과 나를 하나로 보고 늘 감사하는 마음으로 누구나 수도정진하여야 한다. 이러한 개전일여관은 선사의 사상 중 대표적인 하나이다.

둘째, 인체주의人體主義.

인체주의란 사람들이 가지고 있는 이념, 사상, 철학, 종교 등과 상관없이 육체를 가지고 있는 사람이면 누구나 존중받아야 한다는 사상이다.

현 세상은 너무도 많은 이념과 사상, 종교 등으로 정신적 분열이 되어 있다. 그리고 그것이 분쟁으로 이어져 많은 괴로움과 고통을 낳고 있다.

사람이 태어날 때부터 가지고 나온 양심良心이나 본능적인 진리는 누구나 같다. 예컨대 우리는 예외 없이 기쁘면 웃게 되고, 너무 슬프면 울게 되고, 사랑하는 사람이 죽으면 괴로워한다.

만약 우리 모두가 이제부터 인체주의에 입각하여 생활을 한다면 이념과 사상을 뛰어넘어 한 차원 의식이 높아지며 지구상의 모든 분쟁은 사라지게 될 것이다.

물론 전 세계의 유일한 분단국가인 한반도도 당연히 통일이 되고 말 것이다.

진정으로 한반도 문제의 해결을 원한다면 이제라도 인체주의를 연구해야 할 것이다.

"만약 남북통일이 된다면 세계통일은 오히려 더 쉽다"고 선사는 말씀하셨다.

내가 존중받고 내가 좋은 것은 반드시 남도 좋아한다는 단순한 진리가 바로 인체주의의 핵심이다.

셋째, 구활창생救活蒼生 사상思想.

구활창생 사상이란 죽어가는 모든 생명체를 살린다는 사상이다.

구활사상의 기본은 나 자신부터 시작된다. 우선 내 생명체를 튼튼하게 하고 나서 남도 튼튼하게 될 수 있도록 도와주는 것이다.

여기에 수련修鍊이라는 당위성이 붙게 된다. 그래서 나 자신이 수련을 통하여 바뀐 모습이 귀감이 되어 누구나 수련을 하고 싶어하고 또 모르면 일깨워주어 환란 때에 무서운 질병으로부터 생명을 지킬 수 있다면, 이것이 바로 홍익인간 이념이며 구활창생의 사상이다.

그러나 이 말은 비단 세계적인 환란의 재앙 때만 해당되어 쓰이는 것은 아니다.

이미 지구에서는 모든 생명체가 공해와 오염으로 죽어가고 있다. 지나친 농약으로 토질이 독성화되고, 자동차나 공장 등에서 내뿜는 매연이 하늘을 덮고, 하천의 맑은 물이 오염되어 물고기가 떼로 죽는 등등 너무나 많은 곳에서 거대한 지구 생명체가 죽어가고 있는 것이다.

이것은 심각한 슬픈 현실이고 현재 우리가 당면한 과제이다.

만약 우리 모두가 구활창생 사상에 입각하여 하나하나 해결책을 찾아 나간다면 분명 우리 후대의 아들, 딸들은 걱정을 덜하면서 살게 될 것이다.

넷째, 일화통일一和統一 사상思想.

일화통일一和統一이란 이념, 사상, 문화, 법률, 종교, 민족, 국경 등등 사람이 만든 모든 제도와 관념을 하나로 화합하여 모두에게 알맞게 통일한다는 사상이다.

이런 사상은 우리가 직접 몸으로 수련하여 심리心理, 생리生理, 병리病理, 약리藥理, 물리物理, 천리天理, 지리地理, 윤리倫理, 법리法理 등등의 모든 이치가 결국은 하나로 되어 있다고 말할 수 있는 상태의 통리通理와 도道를 이루어야 나올 수 있다.

그렇다고 해서 꼭 도道를 이루어야만 이 사상을 이해하는 것은 아니다. 진리는 단순하고 쉽다는 말이 있다. 즉, 단어 그대로 어떤 것도 배척하는 것 없이 모두 받아들여 화합하고 하나의 개념으로 통일하여 쓰자는 것이다.

이 사상은 현재 지구상에 존재하는 모든 민족과 국가를 하나로 통일하려면 반드시 거쳐야 하는 관문이다.

우리는 지금부터라도 내 사상, 내 종교, 내 민족, 내 국가에서 벗어나 '우리'라고 하는 차원으로 가야 하고 최종에는 애국심마저도 놓고 인류애로 승화해야 한다.

그러기 위해서는 그만큼 전 인류가 의식이 높아지고 확장되어야 한다. 그래서 하늘은 인류를 한 차원 끌어올리기 위하여 대환란이라는 자극요법으로 묵은 의식을 털어내고 새 시대를 만들 수 있도록 안배했는지도 모른다.

다섯째, 지상선경地上仙境의 건립.

종교宗教라는 단어에는 마루 종宗 자가 쓰이는데, 마루란 가장 근원적이고 가장 높은 것을 뜻한다. 그러므로 종교란 최고의 가르침을 뜻하는 말이다.

종교는 저마다 가장 이상적인 세계를 그리고 있다. 불교의 극락과 미륵불 세계, 천주교와 기독교의 천당 또는 천국이 이와 같다.

이에 비해 지상선경은 선도仙道와 관련 있는 용어임이 확실하다. 그러나 표현은 달라도 그 뜻은 최고의 이상향이란 차원에서 같은 의미이다.

이러한 이상향을 사후死後에 가려는 것이 아니고 지금 우리가 밟고 있는 이 땅에 반드시 이루겠다는 것이다.

이것이 바로 모든 돌아가신 분들의 바람이고, 전 지구상의 민족과 국경을 초월하여 누구나 원하고 바라는 것이다.

세상 모든 일은 때가 있다. 또한 대자연의 변화에는 기미와 조짐이 있는 법이다.

앞으로 우리가 할 일은 위에서 말한 다섯 가지를 이루어가며 마음의 준비를 하고, 특히 한마음 한뜻으로 모든 염원의 에너지를 모으며 때를 기다리고 있다가 2~3년 뒤부터는 점차 실행에 옮겨야 한다.

아무리 천지자연이 바뀐다고 해도 결국 지상선경은 사람이 만드는 것이기 때문이다.

맺음말

높은 산은 멀리서 봐야 한다는 말이 있다.

산속의 품 안에서는 산이 얼마나 높은지 알 수가 없지만, 산에서 멀어지며 바라볼수록 높은 산의 진면목을 알 수 있다.

지금까지 나의 삶이 그러했다.

부자지간이라는 혈육의 끈으로 아버지이자 스승이신 청산선사를 곁에 모시고 살면서 많은 가르침을 받았지만, 정작 선사가 사람들에게 전해주시고자 한 참뜻과 그 뜻의 가치를 깨닫기까지는 적지 않은 시간이 흘렀다.

지그시 눈을 감고 회상해보면 선사는 참으로 남다른 삶을 사셨던 분임에 틀림없다.

태어나서부터 스승을 만나 입산하기까지 순탄치 못했던 가정환경.

그리고 입산해서의 뼈를 깎는 고행의 수련 시절.

이후 맡은 사명과 정명을 완수하기 위해 하산하여 길지도 않은 18년 동안 최대한 많은 사람들에게 도道를 전파하기 위해 동분서주하던 시간들.

어떤 때는 쇠꼬챙이로 살을 뚫기도 했고, 심지어 화상까지 입는 아픈 시련을 감내해야만 하는 시기도 있었다.

광주 민주항쟁의 수많은 죽음 앞에서 고뇌의 시간도 잠시뿐, 구활창생이라는 도인道人의 피할 수 없는 사명을 차마 외면할 수 없어 몇 년 안 남은 세속의 시간들을 희생하면서까지 마지막으로 세상을 향해 사랑의 손길을 내미셨다.

그러나 세상으로부터 돌아온 답은 너무도 차갑고 혹독했다.

대도인大道人 청산의 삶에서 기쁨과 희열의 시간은 잠시 잠시뿐이었다.

그러나 어쩔 수 없이 걸어야 하는 정명완수의 길은 내 몸과 내 가족을 돌보는 것이 아니라 모든 사람, 즉 인류의 구원이라는 거대한 목표점을 바라보고 가는 희생과 고독의 길이었다.

"조물주가 계시다면 참 너무하셔. 평생 편안히 뜨신 밥 제대로 못 먹고, 뜨신 방에서 제대로 못 자고 살게 하시니…"

이러한 인간적인 푸념이 선사에게 삶의 과정들이 얼마나 힘들고 어려웠나를 잘 말해주고 있다.

그러는 동안 점차 이름이 알려지면서 많은 사람들이 찾아와 국선도 수련에 입문했다. 이전까지는 전무했던 수련문화가 우리나라에서 싹트기 시작한 것이다.

오늘날 수련修鍊, 단전丹田호흡, 단학丹學, 선도仙道 등등의 단어들이 그리 낯설게 들리지 않는 데는 분명 선사의 역할이 매우 컸다고 생각된다.

또한 현재 우리나라에서 자생된 심신수련법들을 보면 거의 모두가 선사의 가르침으로부터 직간접적으로 영향을 받아 많은 사람들을 수행의 길로 인도하고 있음을 알 수 있다.

선사가 겪은 세속의 삶이란 어찌 보면 산속의 수행보다 더 어려웠을지도 모른다.

"십 년 사귄 사람도 칼날 만지는 것과 같다"는 자작시의 글귀처럼, 특히 그를 힘들게 한 것은 사람들이었다.

한때 자신을 스승으로 모시며 따르고 배우던 제자들이 스스로 독립해 나가며 세인의 이목을 끌고 자신의 위상을 높이기 위해 스승의 흠을 잡는 모습을 볼 때마다 배반과 배신의 아픔을 느끼셨으리라.

그리고 무엇보다도 그를 힘들게 했던 것은 세상을 향해 던지는 간절한 그의 메시지가 외면당하고 돌아올 때였으리라.

그러나 이 풍진 세상 속에서도 스승에게 받은 소임의 정명을 완수했으니, 이제 남은 할 일은 왔던 곳으로 돌아가는 일뿐이었다.

재입산을 다섯 달쯤 앞두고, 선사는 팔당댐 근처의 물가에서 세 시간 동안이나 대성통곡을 하신 적이 있다. 철없던 당시에는 아무 생각이 없었지만, 이제 중년의 나이에 접어든 아들로서는 참으로 많은 생각을 하게 만드는 기억이다.

외적으로는 만인의 스승이자 도인이시지만, 내적으로 가정에서의 선사는 사랑과 정이 많고 인자한 보통의 평범한 아버지셨다. 아무리 도인이라지만 사랑하는 아내와 철부지 자식들을 두고 기약 없는 길을 가야만 했던 그 심정은 어떠했을까?

　또한 그토록 구하고 싶어 했던 세상이 보여주는 미래의 모습은 어떠했을까? 기근, 지진, 해일, 질병과 죽음들! 아마 선사는 세상에 두 번 다시 없을 참혹한 광경들을 보았으리라.

　아마 그 세 시간의 통곡 속에는 과거와 현재와 미래가 모두 녹아 있었을 것이다.

　그러나 선사에게 과거와 현재보다 중요한 것은 미래의 일이었다. 그래서 그것을 준비하러 다시 산을 찾아 선계仙界로 들어가신 것이다.

　선사께서 재입산하신 지 벌써 38년이 되었다.

　그동안 기하급수적으로 많은 사람들이 수도修道를 하여 몸과 마음의 변화를 체험했다.

그에 반해 정작 그러한 수련 문화를 만드는 데 큰 틀이 되신 분은 잊혀져가고 있다. 또한 그분이 알리고자 했던 미래의 진실도 점차 사람들의 기억 속에서 희미해져가고 있다.

사람들은 역사적으로 위대하게 살다 간 사람들의 업적이나 사상들을 집대성하여 남기고 기리는 작업을 해왔다. 그것은 우리들 자신과 대를 이어 살아갈 후손들을 위한 일이다. 그분들의 가르침과 삶 자체가 주는 교훈이 우리에게 새로운 길을 알려주는 귀중한 나침반이 되기 때문이다.

이러한 이유에서 청산선사의 사상과 뜻, 그리고 행적은 잘 보존되어야 한다. 또한 선사를 의지하고 따르는 데서 그치지 말고 그 가르침에 따라 직접 수도를 하여 극치적 체력과 극치적 정신력, 극치적 도덕력으로 전인적인 인간완성을 이뤄 누구나 성인의 대열에 들어야 한다.

그리하여 진정한 참삶이 무엇인가를 체득하고 현재 닥친 지구의 대재앙을 이겨내며, 나아가 조상 선령님들과 인류의 꿈인 지상선경을 반드시 이룩해야 한다.

특히 한국의 수련인들은 인류구원이라는 큰 사명을 인식하고 더 높은 의식 수준과 더 넓은 포용력으로 착실히 수련하여 미래를 대비해야 할 것이다.

그것이야말로 선사께서 심신을 다 던져 이루고자 했던 사명, 평생을 바친 그 공功에 우리가 화답할 수 있는 유일한 방법이자, 더 나아가 우리 자신과 인류 전체를 행복과 깨달음으로 이끌 유일한 길이기 때문이다.

진목眞目 고남준